U0016043

Such A Fun Age

凱俐・瑞德 Kiley Reid 著　葉佳怡 譯

什麼荒謬年代

各界好評

沒有比此刻更適合看這本書了。

這是一本輕鬆的故事，我輕易地一次看完，因爲極好讀，但，不代表講的故事不重要。情節變化曲折，人物立體寫實，還有很多感同身受的笑點，輕盈卻深刻，天啊，我好佩服作者噢，她眞的在做事。

你一定比我更清楚因爲種族、族群、想法差異，世界天翻地覆了。從國家外交到地緣政治再到經濟景氣，從美國總統選舉到緬甸政變再到新疆棉，噢對不起，那不是不關你的事，根本就你的事，甚至壞了你的事。

當然你也可以好好地過。如果你是那個想變好的人。

我相信，那些嚴肅的話自然有人說，但是輕鬆的話比較好創造改變。

你和我不一樣，這讓我們，不一樣了。

那個不一樣可以更好，而更好，可以從聊聊彼此，聊聊這本書開始。

這年代荒謬嗎？有一點。

更荒謬的是，你竟錯過這故事。

——盧建彰，導演

成長不是斧劈冰層，轟然瓦解的瞬間。眞正災難性的覺醒，更多是滅頂前的一瞥，才終於看見髮絲一樣的裂紋早就緊追自己的腳步前來。《什麼荒謬年代》細細指認冰層裂解的路徑，我們目擊災難，也沒入冰川，不斷重複那致命性的一瞥，因而望進自己生命裡種種善美與可鄙。凱俐．瑞德談的是種族、性別、階級，但又不只是種族、性別、階級，她眞正是用小說家的方式，「不正確」地回應關於歧視與正義的難題。

——顏訥，作家

這不只是一本談種族問題的書，當然也不限溺於人性的辯證，如果可以，請把它視爲一本成長之書。

關於我們如何成爲大人，以及在那之前。從小說回顧所有人成長的年代，就是一個逐漸麻木的荒謬年代。

——蔣亞妮，作家

這是一本種族、階級、女性等議題無一不談的精采小說，帶領讀者從一樁荒謬事件進到美國大熔爐中，去察覺那些顯而易見卻各自表述的爭議討論。

——B編，「編笑編哭」粉絲頁經營者

很久以來沒碰到像這樣的書，整整黏在我手上兩天……這書太聰明，又動人，直指人性。眞的很神。

——潔西．波頓，暢銷書《娃娃屋》作者

瑞德的眼光如法醫般精準，斷開那些人之所以爲人的自毀糾結與僞善。這書我看到停不下來。

——喬喬．莫伊絲，暢銷書《我就要你好好的》作者

這個世界沒有簡單的答案，人的意圖跟行動與期待不一致，後果也難以協調。很多事都只可能部分的善，甚至大部分爲惡……這本書耀眼又精采，瑞德正是我們需要的作家。

——克羅伊．班傑明，紐約時報暢銷書《永生者》作者

光芒耀眼的首作小說……充滿娛樂性又意涵豐厚，把特權、人際連結與帶有善意的陷阱，全講透了。

——《People 雜誌》

生動的角色帶來有如寓言性的警告：千萬別隨便拿「對我們大家都好」來包裝自己的意圖。

——《浮華世界》

本年度最顚覆觀點又引人入勝的娛樂小說！

——《娛樂週刊》

精準完美的節奏……看進虛僞與原諒的肌理，從某個角度來說，這是本關於金錢與階級的小說。總之，這本處女作鏗鏘有力、充滿魅力，故事眞誠可信，是個冷靜又聰明炸了的娛樂故事。

——《觀察家報》

引人入勝的人性解剖書，檢視了我們怎麼看待他者與自己人……作者以趣味筆法來拆解進步分子，既挪用刻板印象又打破模版。

——《金融時報》

《什麼荒謬年代》不但掀風造浪，還要帶動風潮。

——《魅力雜誌》

高明又讓人捧腹的驚悚場景，這本首作狠狠指出通往地獄的路是怎樣鋪出來的。

——《歐普拉雜誌》

幽默、快節奏、諷刺力滿點……但是在喜劇情節底下，帶出非常精采的千禧世代成長故事。

——《大西洋月刊》

作者下筆鋒利清晰，對話機智又生動，不但故事吸引人，更處處轉折驚人，這本處女作幫助我們重新檢視人際焦慮症，以激烈的差異對話，揭露不良關係的毒性內涵。

——《芝加哥書評》

這本小說很逗，夠敏銳，卻不粗暴。作者簡直是把人類拆解了來細描精寫。偉大的小說家都擅長傾聽，《什麼荒謬年代》就是擁有傾聽天賦的作者傑出的處女作。

——《Slate網路雜誌》

亮眼成績

- 入圍二〇二〇年布克獎、二〇二〇年馬克吐溫美國之聲文學獎、紐約公共圖書館幼獅文學獎、Goodreads 書評網讀者票選最佳首作、二〇二一年英國國家圖書獎首作、費城雅典娜年度文學獎
- 紐約時報暢銷書、週日泰晤士報暢銷小說、Goodreads 書評網站年度最佳首作
- 瑞絲．薇絲朋「你好陽光」、美麗佳人、Buzzfeed 等大型讀書俱樂部選書共讀
- 年度選書：華盛頓郵報、芝加哥論壇報、美國國家公共廣播電台、Vogue、Elle 雜誌、美麗佳人雜誌、科克斯書評、圖書館期刊、書單雜誌、時人雜誌、紐約郵報、今日美國五大不可錯過好書、魅力雜誌、Vox 新聞網、Real Simple 雜誌、Good Housekeeping 雜誌、Domino 雜誌、Fast Company 商業月刊、theSkimm 網路媒體、PopSugar 雜誌、E!Online 網路媒體、InStyle 月刊、Parade 週日報、Slate 網路雜誌
- 當月選書：紐約時報、歐普拉雜誌、亞馬遜網路書店、The Millions 線上文學雜誌、Bookish 網路媒體、Refinery29 網路媒體、芝加哥書評、LitReactor 網路媒體、Book Riot 網站
- 年度最期待好書：Vulture 網路媒體、Parade 雜誌、書單雜誌、SheRead 網站

獻給

派崔西亞・愛德蓮・奧利佛

我們肯定會期待過生日，就連吃個冰淇淋也是苦苦等待。那像是（我女兒）努力才能獲得的報償。好比昨天我們答應她吃冰淇淋，但她表現很糟。我就說，「很抱歉，冰淇淋是給乖女孩的。妳今天不乖，或許明天再說吧。」

——瑞秋．雪曼，《不安的街道：富裕的焦慮》

第一部

1

那天晚上，錢伯連太太打電話來，艾美拉只能斷斷續續聽見她的聲音，「……帶布萊兒去……付兩倍薪水。」

艾美拉站在一間擁擠的公寓內，身邊是好閨密薩拉、尤瑟芙和肖妮，對面有個人正尖聲大喊「這是我的歌！」。那是九月的一個週六夜晚，距離肖妮的二十六歲生日結束只剩一個多小時。艾美拉把手機音量調大，要求錢伯連太太再說一次。

「妳可以帶布萊兒去超市一下嗎？」錢伯連太太說：「很抱歉這時候打給妳，我知道很晚了。」

實在太驚人了，艾美拉每日的保母工作（充滿嬰兒連身衣、堆得像山一樣的鮮豔玩具、寶寶濕紙巾、幼兒分隔餐盤）竟然闖入她此刻的夜生活（音樂喧鬧、到處都是緊身洋裝、唇線筆，以及裝滿酒的紅色塑膠杯）。此刻是晚上十點五十一分，錢伯連太太就在電話另一頭等艾美拉答應自己的請求。她的意識因爲兩杯混調烈酒有些朦朧，日夜生活的交疊實在有些可笑，但艾美拉的銀行帳戶餘額可讓人笑不出來：總共只有美金七十九元十六分。在今晚因為派對低消、大量生日烈酒，以及為生日主角湊錢買禮物而花掉二十元之後，能賺些現金真的對艾美拉．塔克很有幫助。

「等一下，」她說。她把手上的酒放在矮咖啡桌上，用中指堵住另一隻耳朵。「妳要我去接布萊兒？現在？」

桌子另一頭，肖妮把頭靠在尤瑟芙的肩上，口齒不清地說：「這代表我變老了嗎？二十六歲算老嗎？」尤瑟芙把她的頭推開，「肖妮，別又來了。」在艾米拉旁邊的薩拉把胸罩肩帶理順，朝著艾米拉擺出作嘔的表情，**唉唷，妳老闆打來？**

「彼得不小心……我們出了點意外，窗戶破了……我只是需要讓布萊兒暫時離開屋子。」錢伯連太太的口氣冷靜且異常有條理，彷彿正在接生一個嬰兒，**好的，現在該用力推囉**。「這麼晚打給妳真的很抱歉，」她說：「我只是不想讓她看到警察。」

「噢，哇，了解。但是，錢伯連太太？」艾美拉坐在沙發邊緣，兩個女孩開始在扶手的另一邊跳舞。肖妮的公寓大門在艾美拉的左手邊打開，四個人一邊進來一邊大吼：「唷呼！」

「老天，」薩拉說，「我們這些黑鬼就愛求關注。」

「我現在看起來實在不太像保母，」艾美拉提醒，「我在朋友的生日派對上。」

「噢，天哪，真抱歉，妳該待在那裡……」

「不、不，我不是這個意思，」艾美拉提高音量，「我可以離開，只是想讓妳知道，我現在穿著高跟鞋，而且喝了……大概一、兩杯酒。這樣可以嗎？」

錢伯連家最小的寶寶凱瑟琳才五個月大，此刻對著話筒哭嚎起來。錢伯連太太說，「彼得，可以請你抱她嗎？」接著她又貼近話筒，「艾美拉，我不在乎妳看起來什麼模樣。我會支付妳過來及回家的計程車費。」

艾美拉把手機丟入斜背小包內袋，確定其他東西都帶好了。她站起身，把打算提早離開的消息告訴她的好姊妹，尤瑟芙說：「妳要先離開去帶小孩？妳天殺的是在開我玩笑吧？」

「各位……聽我說，我可不是需要人照顧的寶寶唷。」肖妮向大家宣告，她的一隻眼張著，另一隻也努力想睜開。

尤瑟芙還沒問完，「什麼樣的媽媽會要妳這種時候去顧小孩？」艾美拉不想說得太詳細，「我需要現金，」她說。雖然知道實在不太可能，但她還是說了，「不過如果很快搞定，我會再回來。」

薩拉用手肘輕輕頂她，「我跟妳一起撤啦。」

艾美拉心想，**噢，感謝老天**，但口中只說：「好，酷唷。」

兩個女孩花了好一段時間，把手上的飲料一口飲盡，尤瑟芙則雙手抱胸，「真不敢相信，妳們竟然現在就要放棄肖妮的派對。」

艾美拉聳起肩膀，又快速鬆下來。「我覺得肖妮本人現在就要放棄肖妮的派對了。」此時肖娜已爬到地板上，宣布她要小睡一下。艾米拉和薩拉走下樓梯，兩人在燈光昏暗的人行道上等Uber時，艾米拉在腦中快速計算了一下。十六美金乘以二……再加上計程車費……幹這錢當然要賺。

艾美拉和薩拉抵達錢伯連家門前時，還能聽見凱瑟琳在裡頭哭。艾美拉走向門廊階梯，看見前方窗戶上有個不規則的小洞，有些黏答答的透明液體從洞裡滴出來。樓梯最上方站著布萊兒，錢伯連太太將她的柔亮金髮綁成馬尾。她對艾美拉道謝，用一如往常的方式跟薩拉打招呼（「嗨，薩拉，很高興再次見到妳」），然後對布萊兒說：「妳可以去跟這兩個大女生玩囉。」

布萊兒牽住艾美拉的手。「本來該睡了，」她說：「但現在不用囉。」她們一起步下階梯。三個女孩一起跨越三個街區，往「倉庫超市」的方向走時，布萊兒不停稱讚薩拉的鞋子好漂亮——顯然是希望能試穿一下，但這伎倆並不成功。

倉庫超市位於一間目前已熄燈的車站內，裡面有賣大骨高湯、松露奶油、冰沙，還有大包的各類堅果。店內明亮空曠，唯一開放的結帳通道只供購買十件商品以下的顧客使用。穿著高跟鞋的薩拉在果乾區隔壁彎下腰，拿起一盒淋上一層優格的葡萄乾，同時壓好自己的洋裝以免走光。「呃……**八塊美金？**」她立刻放回去，站直身體。「天殺的，這還眞是間有錢人的超市。」

欸，艾美拉透過嘴型向薩拉示意，懷中這傢伙啊，**就是有錢人家的小孩**。

「我要J個。」布萊兒學艾美拉咬字[1]，伸出雙手想拿掛在薩拉耳朵上的銅色圓圈耳環。

艾美拉貼近她，「妳該怎麼問？」

「求求妳，我想要J個，小美求求你。」

薩拉嘴巴都闔不起來了。「爲什麼她的聲音老是這樣粗粗啞啞的，但又這麼可愛？」

「把妳的辮子移到另一邊，」艾美拉說：「我可不想讓她扯妳的辮子。」薩拉把長辮子全甩向另一邊肩膀——其中有些是白金色的。然後她捏住耳環朝布萊兒靠近。「下週末我會從我表妹認識的女孩那裡搞到一些捲菸。嗨，布萊兒小妹妹，妳可以摸一摸唷。」薩拉的手機震動起來，她從包包裡拿出手機，開始打字，身體因爲布萊兒的小力扯動朝她傾斜。

艾美拉問：「他們還在派對嗎？」

「哈！」薩拉把頭擺正回來。「肖妮剛剛吐在盆栽裡，尤瑟芙整個氣瘋了。妳得在這

譯註——

1 文中的布萊兒都將 this 發音成 dis，這是非裔美籍人士常見的發音方式。

待多久？」

「我不知道。」艾美拉把布萊兒放回地上。「但我們這位小妹妹呢，光是堅果區就能逛好幾小時，所以沒差吧。」

「小美賺大錢、小美賺大錢……」薩拉舞動著跳向冷凍食品走道。艾美拉和布萊兒跟在她身後，看著她雙手搭膝，眼睛望著自己在冷凍櫃門上的微弱倒影，不停往前舞動彈跳，隱約的冰淇淋商標交疊在她的大腿倒影上。她的手機再次震動。「噢老天呀，我把手機號碼給了肖妮派對上的哪個男人啦？」她望著手機螢幕說：「他實在太想要我了，眞蠢。」

「妳跳舞，」布萊兒指著薩拉，她把兩隻手指含進嘴裡，然後說：「妳……妳跳舞沒音樂。」

「想要音樂嗎？」薩拉開始用大拇指在螢幕上滑動。「我可以放些音樂，但妳也要一起跳唷。」

「不要放那種可以聽清楚歌詞的，」艾美拉說：「要是她學會了，我會被開除。」

薩拉用三隻手指朝艾美拉的方向揮了揮，「包在我身上啦，沒問題。」

沒過幾秒鐘，薩拉的手機就爆出巨大聲響，她皺起眉頭，「哎呀。」然後把音量轉小。合成電音在超市走道漫開，惠妮．休士頓的歌聲傳出，薩拉也開始扭動屁股。布萊兒開始上下跳動，兩手抱著白白軟軟的手肘，艾美拉背靠著冷凍庫門，在她身後，冷凍早餐肉腸和鬆餅的塗蠟紙盒閃閃發光。

布萊兒．錢伯連不是個傻氣的孩子。她從來不會因爲氣球而瘋狂，每次看到小丑摔倒在地，或者手指著火，她也不會因此興奮，反而很擔心。每次在生日派對或芭蕾舞課堂上，只要音樂響起，或者魔術師要求大家一起尖叫時，布萊兒都會爲難地意識到自己格格不入，那雙緊張兮兮的藍眼睛也會望向艾美拉，**眞的得這樣嗎？非做不可嗎？**因此，當布萊兒毫不猶豫地跟薩拉一起隨八〇年代金曲前後搖晃時，艾美拉一如往常地站在一邊，擔任布萊兒偶爾需要尋求的那個出口。每次只要布萊兒對某件事受夠了，艾美拉希望她知道她可以不做。除此之外，艾美拉心中還醞釀著一種甜美感受：此時此刻，二十五歲的艾美拉正在超市跟摯友及最喜歡的小鬼一起跳舞，而且一小時還能賺入三十二美金。

薩拉看來跟艾美拉一樣驚訝。「哇嗚！」看著布萊兒愈跳愈認眞，她說：「好唷，小妹妹，我知道妳的能耐了。」

布萊兒望向艾美拉，「妳也跳，小美。」

薩拉唱起副歌，艾美拉加入，她想跟誰一起熱血一下。她抓著布萊兒轉圈圈，然後雙手交抱胸前舞動。此時有另一個人沿走道接近，那是一位灰髮中年女性，身穿運動緊身褲，還有一件上面寫了「聖保羅南瓜節馬拉松五公里」的T恤。艾美拉放下心來，因爲她絕對是那種曾在人生中跟孩子一起跳過一、兩次舞的人，所以艾美拉繼續跳。女子把一品脫冰淇淋放進購物籃，對著正在跳舞的三人笑了一下。布萊兒大叫，「妳跳得跟媽媽很像！」

歌曲最後一次轉調後，有個比她們高很多的人推著一輛購物車走進這條走道。他的上衣印著「賓州大學」，臉上有雙似乎很想睡的可愛眼睛，但艾美拉正跳得興起，要是現在停下來，一看就知道是因爲他。她在做左右扭動踏步的道基舞步時，瞥見他在推車裡擺了香蕉；她在做掃掉肩上灰塵的舞姿時，他正伸手去拿冷凍綜合蔬菜。薩拉叫布萊兒鞠躬，那男人朝她們的方向無聲鼓掌四下後才離開走道。艾美拉提著屁股上方的裙頭，重新把裙子調正。

「該死，妳讓我流汗了。」薩拉彎下身來。「跟我擊掌，就是這樣，妹子。我閃啦。」

艾美拉問：「妳不跳了？」

薩拉又在用手機了，她的手指正瘋狂打字。「今天可能有人要走運啦。」

艾美拉將黑長髮撥到一邊肩膀上。「小妞，妳想怎樣就怎樣，但那男生是**超級正統的**白人耶。」

薩拉用力推了她一下。「現在都二〇一五年了！是的！我們可以！」

「好唷。」

「感謝讓我一起搭計程車過來。掰啦，好姊妹。」

薩拉搔搔布萊兒的頭，轉身離開，高跟鞋在地板上敲出聲響，一路叩叩地往倉庫超市的門口遠去。此時的超市突然看來無比白亮，又無比窒人。

直到薩拉消失在視線範圍外，布萊兒才意識到她要走了。「妳的朋友。」她用手指向空蕩無人的前方，兩顆外露的門牙擱在下嘴唇上。

「她得上床睡覺了，」艾美拉說：「要來逛堅果嗎？」

「我該上床睡覺了。」布萊兒抓住艾美拉的手，在閃亮的磁磚地上蹦蹦跳跳地往前走。「我們要睡在超市嗎？」

「沒啦，」艾美拉說：「我們再逛一下下就好。」

「我想……我想聞茶的味道。」

布萊兒總在擔心接下來會發生什麼事，所以艾美拉放慢速度向她解釋，她們會先去逛堅果，再聞茶的味道。不過她才正要開口，就有個聲音打斷了她，「不好意思，女士。」接著是腳步聲傳來，艾美拉轉身，眼前是一枚閃閃發亮的金色保全徽章，徽章上寫著「公

譯註——

1 這是歐巴馬總統競選時著名的演講標題。

共安全」，弧形底部的邊緣寫著「費城」。

布萊兒指著他的臉。「那個人，」她說：「不是郵差。」艾美拉吞了口口水，聽見自己開口說話，「噢，嗨。」那男人站在她前方，兩邊大拇指插在腰帶環裡。他沒有回應她的招呼。

艾美拉順了順自己的頭髮，「你們是要關門了嗎？還是怎樣？」她知道這間店還會再營業四十五分鐘——每到週末，這間營業到午夜的超市始終貨品充足，空間整潔——但她想讓他知道自己不是會悶聲忍受的類型。從保全的深色鬢角往後望，艾美拉在走道彼端看見另一張臉：是那個身穿運動服裝的灰髮女子。她剛剛看起來很受三人的舞姿感動，現在卻雙臂抱胸，將購物籃擱在腳邊地上。

「女士，」保全說，艾美拉往上望著他的大嘴巴和小眼睛。他看起來就像那種有個大家族的人，這種家族每到節日會從早到晚待在一起。這種人不會沒事叫別人「女士」。

「這小孩這麼小，現在還在外面實在有點晚，」他說，「是妳的孩子嗎？」

「不是，」艾美拉笑了，「我是她的保母。」

「好吧，不過……」他說：「恕我直言，妳今晚看起來實在不像是在帶小孩的樣子。」

艾美拉意識到自己的嘴唇開始扭動，彷彿喝到太燙的飲料。她在冷凍庫門上瞥見自己從頭到腳的變形倒影。她的臉部細節幾乎無法在倒影中清晰呈現，包括豐厚的棕色嘴唇、小小的鼻子、覆滿黑色瀏海的高額頭，而在冷凍庫門的厚重玻璃上，她的黑色襯衣、緊身V領上衣還有液狀眼線都無法展現形貌。她能在倒影中看到的就只是一個非常黑瘦的人影，最上頭的一小簇金色則屬於布萊兒．錢伯連。

「好，」她吐出一口氣，「我是她的保母，她母親打電話找我來，是因為……」

「嗨，我很抱歉，我只是……嗨。」走道另一頭的女性走過來，腳上破舊的網球鞋在磁磚地上發出噗嘰噗嘰的聲音。她一隻手搭在胸口，「我是一位母親，我聽見這個小女孩說，她現在沒跟**她的**媽媽待在一起，而現在真的很晚，所以我有點緊張了。」

艾美拉似笑非笑地望著那名女性。她知道自己當下的情緒很幼稚，但仍滿腦子想著，**妳竟然真跑去打我的小報告？**

「那些門……」布萊兒指向走道的其中一端，「那些門外面有什麼？」

「讓我想一下，這位媽媽。好的……」艾美拉說：「我是她的保母，她媽要我帶她來這裡，是因為他們家有些緊急狀況，她要我暫時把她帶開。他們只住在三個街區外。」她感覺脖子上的皮膚緊繃起來。「我們只是來這裡逛逛堅果而已，總之，我們什麼都沒亂碰。我們只是……我們只是真的很愛堅果，所以……就這樣。」

有那麼一刻，保全的鼻孔撐開，他對自己點點頭，彷彿證實了一個剛剛出現在腦中的疑問，「妳今晚是否喝了酒？女士？」艾米拉閉上嘴巴，往後退了一步。站在保全旁的中年女子也往後退，「噢，天哪。」

她意識到雞鴨肉和紅肉區就在前方，剛剛穿著賓州大學上衣的顧客此刻已停止所有動作，認真在聽艾美拉這邊的對話。突然之間，除了這些莫須有的指控之外，一切互動都讓她備受羞辱，彷彿有人大聲表示她不在派對的賓客名單上。「你知道嗎？其實沒關係，」她說，「我們可以直接離開。」

「等一下，」保全伸手阻止，「我不能讓妳離開，這可是有關一個小孩的安危。」

「但她現在是我的小孩，」艾美拉又笑了，「我是她的保母，法律上的合法保母……」她在說謊，但艾美拉想藉此暗示自己是透過正式文件雇用的保母，她和這孩子擁有合法關係。

「嗨，甜心。」那名中年女子彎腰，雙手撐在膝蓋上，「妳知道妳媽咪在哪裡嗎？」

「她媽媽在家。」艾美拉說話時輕點了自己的鎖骨兩下，「妳可以直接跟我說話。」

「所以妳的意思是，」保全試圖解釋，「三個街區外某個不知哪來的女人，要求妳在這麼晚的時候來照顧她的孩子？」

「噢我的老天呀，不是，我剛剛哪是這樣說的？我是她的合法保母。」

「幾分鐘前還有另一個女孩，」中年女子對著保全說：「我想她剛剛離開了。」艾美拉的表情逐漸變得驚異不已，此刻的她幾乎像是沒人能看到的透明人。艾美拉想舉起手臂，就像在一大群人中找朋友，另一隻手還拿著手機說：「看到我了嗎？我正在揮手。」中年女子搖搖頭，「她們正在……我甚至不知該怎麼說……就是某種電臀舞之類的？所以我覺得，好，這實在不太對勁。」

「什麼？」艾美拉的聲音開始飆高，「妳是認眞的嗎？」布萊兒朝腿側打了個噴嚏。

那名賓州大學的男子走過來，艾美拉看見他了，他正把手機舉在胸前錄影。

「噢我的老天，」艾美拉用已經有點掉色的黑色指甲擋住臉，彷彿不小心闖入團體照的拍攝現場。「你可以別管閒事嗎？」

「我覺得妳會想留下證據，」他說：「要我叫警察來嗎？」艾美拉把手放下，「叫警察來做什麼？」

「嘿，妳是個大女孩了，」保全膝蓋著地蹲下，聲音溫和又老練，「那邊那個人是誰呀？」

「小甜心？」中年女子輕柔說：「這位是妳的朋友嗎？」

艾美拉想蹲下抱住布萊兒——如果布萊兒能把她的臉看得更清楚，或許就能把她的名字好好說出來？——但她也知道自己的裙子無敵短，前面又有一支手機在錄影。突然之間，她的命運似乎掌控在這個相信花椰菜是樹寶寶的幼兒手上，這個幼兒還相信，只要躲在被子底下，別人就不太可能找到她了。布萊兒把手指塞進嘴裡，艾美拉屏住呼吸。然後布萊兒說了：「小美」。艾美拉心想，**感謝上帝**。

但保全說：「我不是問妳的名字，親親，我是問妳這位朋友的名字。她叫什麼名字呢？」

布萊兒尖叫：「小美！」

「她說的就是我的名字，」艾美拉告訴他，「我叫艾美拉。」

保全問，「可以把名字的拼音告訴我嗎？」

「欸欸，」拿著手機的男子試圖吸引艾美拉的注意力，「就算他們要求，妳也不用出示身分證，賓州法律是這樣規定的。」

艾美拉說：「我很清楚我有什麼權利，老兄。」

「這位先生？」保全站起來，轉身，「你沒有權利介入犯罪調查。」

「等等、等等，犯罪？」艾美拉感覺自己正快速墜落，體內所有血液似乎在嗡嗡作響，瞬間湧向她的耳朵和眼球後方。她伸手把布萊兒抱入懷裡，雙腳站開保持平衡，頭髮甩向後方。「這裡現在有誰犯了什麼罪？我是在**工作**，我在賺錢，而且我敢賭我賺的還比你多。我們就是來這裡逛逛堅果而已，所以現在我們是被逮捕了嗎？還是可以走了？」艾美拉說話時伸手遮住布萊兒的耳朵，布萊兒把手滑入她上衣的V領口內。

那個愛嚼舌根的中年女子再次用手遮住嘴巴。這次她說了：「噢，天哪，噢，可惡。」

「聽我說，女士？」保全也站開腳步與她對峙，「因爲這孩子的安全可能遭到威脅，我必須把妳拘留在這裡訊問。請把孩子放回地上……」

「好吧，你知道嗎？」艾美拉從小皮包中取出手機時，左邊的腳踝還在顫抖。「我現在要打給孩子的父親，他可以過來這裡，他是個老白男，我確定他來了一定會讓你們大感安心。」

「女士，我需要妳冷靜下來。」他把手掌搭在艾美拉身上，雙眼再次定定望著布萊兒的眼睛。「聽我說，小寶貝，可以告訴我妳幾歲嗎？」

艾美拉按下彼得．錢伯連的頭四個拼音字母，點下亮藍色手機號碼。在布萊兒的掌心底下，艾美拉可以感覺自己的心臟正大力搏動。

「妳幾歲啦？寶貝。」中年女子問：「兩歲？三歲？」然後她對警衛說：「她看起來大概兩歲。」

「噢我的天，她快三歲了。」艾美拉嘟噥著。

「女士？」警衛指著她的臉，「**我正在跟小孩子說話。**」

「噢好吧，好唷，因爲她才是你問得出答案的好對象呢。小寶貝，來，看著我。」艾美拉努力用嘴唇擠出一個歡快表情，將懷中幼兒往上捧了兩下。「妳幾歲啦？」

「一二三四吳！」

「我幾歲了呢？」

「生日快樂！」

艾美拉回頭望向警衛，「滿意了嗎？」手機接通，「錢伯連先生？」她聽到一些喀拉喀拉的聲響，但沒人說話。「我是艾美拉，哈囉？聽得見嗎？」

「我要跟那位父親說話。」保全伸手要拿她的手機。

「幹你要做什麼？別碰我！」艾美拉別過身，布萊兒因為這個動作倒抽了一口氣，手緊抱住她的背。艾美拉的人造編髮像玫瑰經念珠一樣掃過她的胸口。

「你不該碰她的，老兄，」賓州大學的男子出言警告，「她沒有抵抗，她只是在打電話給孩子的爸。」

「女士，勞駕妳將手機遞給我。」

「你很清楚的，老大，你不能拿走她的手機。」

保全伸長一隻手，轉身對他大吼，「退開，先生！」

布萊兒的雙手埋在艾米拉的頭髮中，艾米拉用手機緊貼臉頰，尖聲大叫，「你甚至不算真的警察，所以你才給我退開，臭小子！」她看見他的表情出現變化，眼神說著：**我跟**

妳槓上了，我很清楚妳是哪種敗類。他開始叫後援，艾美拉屏住呼吸。

艾美拉從手機聽筒聽見了錢伯連先生的聲音，「艾美拉？」他又說「哈囉？」

「錢伯連先生？可以請你來倉庫超市嗎？」就跟今晚這一切的開頭一樣，她的語調驚恐但仍節制，「他們認爲布萊兒是被我偷走的小孩。可以請你快點過來嗎？」他說了一些大概是「什麼鬼」還有「噢老天」之類的話，然後說，「我現在就過來。」

艾美拉沒料到的是，比起之後的沉默，剛剛的激烈指控還比較不難熬。他們五人就這樣呆立原地，在等待最後贏家揭曉之前，本該各自理直氣壯的他們卻更顯惱怒不快。艾美拉開始跟地板大眼瞪小眼，布萊兒則拍弄艾美拉肩上的頭髮，「跟我的小馬的毛毛好像，」布萊兒說。艾美拉又把懷中的她往上捧了一下，「嗯哼，這編髮很貴，拜託小心點。」終於，她聽見自動門滑開，有腳步聲快速接近，錢伯連先生從穀片走道冒出來。布萊兒伸出一隻手指，「是把拔。」

錢伯連先生看來是一路慢跑過來，鼻頭上全是細細的汗珠。他把一隻手搭上艾美拉的肩膀。「發生什麼事了？」

艾美拉把女兒抱還給他。中年女子往後退了一步，她說：「嗯，很好，剩下的事就交給你們了。」保全警衛開始解釋並致歉，後援抵達時，他脫下了帽子。

錢伯連先生開始教訓保全，對自己必須大老遠跑來表示不滿，也表示他們不能在沒有合理原因時不放人走。不過，保全等人也質疑他身爲家長所做的決定是很不恰當的，但艾美拉沒等錢伯連先生說完，就先低聲對他說：「那我們明天見。」

「艾美拉，」他說：「等等，我要付妳保母費。」

她揮舞雙手拒絕。「我都是星期五領保母費。布布，我們就等妳的生日再見面囉。」

不過布萊兒已在錢伯連先生的肩膀上睡著了。

走出倉庫超市後，艾美拉朝錢伯連家反方向的街角跑去，她在一間打烊的烘焙屋前停下腳步，前頭有保全柵欄放下的櫥窗內展示著許多杯子蛋糕。她沒在傳訊息什麼的，但雙手仍不停發抖。她用鼻子吸氣，嘴巴吐氣，同時在手機上瀏覽數百首歌曲。她扭動了一下屁股，把裙子重新往下拉好。

「欸欸。」賓州大學男子出現在街角，他走向她後開口：「妳還好嗎？」艾美拉的肩膀本來悲慘地繃緊著，此刻陡然垂下，意思是「我也不知道」。她把手機擱在肚子前方，嘴巴緊抿。

「聽著，剛剛那樣實在是太糟了，」他說：「我全錄下來了。如果我是妳，會把影片交給電視台，這樣就能……」

「哇，酷唷……我才不要，」她說。她把臉上的亂髮撥開。「我不可能這樣搞，但……總之還是謝啦。」

他一時沒說話，舌頭掃過門牙。「這樣呀，那傢伙剛剛對妳的態度很渾蛋，難道妳不想讓他被開除嗎？」

艾美拉笑出來，「那又能怎樣？」她穿著高跟鞋的雙腳換了一下重心，重新把手機收回皮包。「好讓他去另一間超市找另一份時薪九美元的垃圾工作？拜託。我可不想要大家上網Google我的名字，然後看到我在華盛頓廣場上的一間超市神情恍惚，手上還抱著一個不是我的寶寶。」

那男人嘆了口氣，舉起一隻手表示放棄。他的另一隻手臂下夾著一個倉庫超市的紙袋。「我的意思是……」他把那隻沒拿東西的手叉在腰上。「至少妳可以因此在超市免費購物一年吧。」

「噢，最好是，好讓我可以在家囤積一大堆康寶茶之類的狗屎嗎？」

他笑了，「這樣說也對。」

「給我看你的手機，」艾美拉向他攤開手掌，中指和無名指往上勾了勾。「你得把那影片刪掉。」

「妳確定嗎？」他小心翼翼地問：「我是認眞的。這影片絕對可以幫妳在報紙搞來一個專欄之類的。」

「我又不是作家，」艾美拉說：「而且我可不想招惹網民，拿來。」

「等等，這樣如何？」他拿出手機。「這不甘我的事，我也很樂意刪掉影片，但讓我先用電子郵件寄給妳，以免妳改變心意。」

「但我不會……」

「就是以防萬一……這裡，把妳的電子郵件地址打在這裡。」

比起用其他方式說服他，打個電郵地址似乎比較不麻煩，所以艾美拉單手抓著皮包背帶，另一隻手開始打字。當她看到寄件地址上寫著KelleyTCopeland@gmail.com時，她停止動作，「等一下，這個天殺的『Kelley』是誰？」

他眨眨眼，「我就叫凱利。」

「咦？」她打完電郵地址，抬頭，「你真的叫凱利？凱利不是女生的名字嗎？」

「好了、好了。」他把手機拿回來。「我都熬過中學生活了，妳傷不了我啦。」

艾美拉微笑，「難怪你會在這裡購物。」

「嘿，我平常不太會在這裡購物。」他笑了。「不過別再打擊我了。我的袋子裡現在還裝著兩種不同的康寶茶呢。」

「嗯哼，」她說：「你把影片刪掉了嗎？」

「沒了。」他把螢幕秀給她看，還沿著時間軸往前滑了一下。最新的照片上有個她不認識的男人，臉上還黏著一張便利貼。她看不清楚便利貼上寫了什麼。

「好。」艾美拉把一簇黏在唇蜜上的頭髮撥開，對他拉出了一個哀傷的「我也搞不懂這一切」的微笑，然後說：「那就掰啦。」

「嗯，好，晚安，保重。」他顯然沒料到話題就這樣結束，但艾美拉不在乎。她一邊朝火車站走，一邊傳訊息給薩拉：**結束後來找我**。

艾美拉可以搭計程車——錢伯連太太一定會把車錢補給她——但她沒這麼做，她從來不這麼做。她會把即將到手的那張二十元鈔票留著，然後搭火車回到位於肯辛頓的公寓。凌晨一點剛過，抵達公寓樓下的薩拉打了她的手機。

「換作是我根本不知道該怎麼辦。」薩拉坐在艾美拉的馬桶上這麼說。艾美拉正把妝從臉上抹掉，眼神死盯著朋友在鏡中的眼睛。「這個，怎麼說呢……」薩拉雙手舉到臉龐兩側。「『奔跑舞步』何時開始被當作電臀舞了？」

「我不知道。」艾美拉用毛巾擦掉唇膏。「還有，我們不是討論過了？」她略帶歉意地簇起眉頭。「我們都同意，我的舞跳得比妳好。」

薩拉翻了個白眼。

「倒也不是說我們一定要爭個輸贏啦，」艾美拉再次嘗試緩和氣氛，「但我就是比較強。」

「親愛的，」薩拉說：「剛剛可能會出大事的。」

艾美拉笑了，「小薩，沒事的。」

但接著，她用手背摀住嘴，安靜地哭起來。

2

從二〇〇一到二〇〇四年，雅莉克斯．錢伯連寄出超過一百封信，換得價值九百多美金的商品。這些免費商品包括咖啡豆、蛋白棒、化妝品試用品、薰香蠟燭、用來在宿舍牆面貼海報的油灰黏劑、定期寄來的雜誌、防曬乳，還有面膜——雅莉克斯會把這些試用品跟室友和同樓層的朋友分享。她在紐約大學主修行銷，副修金融，大二和大三時還爲學生報寫商品的使用評價。大四時，她辭掉學生報的工作，成爲一個小型刊物的美妝版實習生，但她仍會寄那些免費索取試用品的信。雅莉克斯會用厚重又有質感的信紙和信封，寫上夢幻的花體字，好聲好氣索取想要的商品，一旦出手幾乎很少失敗。

接下來四年，雅莉克斯寫信給雷朋太陽眼鏡公司、脫口秀演員康納．歐布萊恩、美國學樂教育集團、克里格咖啡機公司、露露檸檬服飾公司、W旅館、聰明水瓶裝水公司，還有其他數百個品牌。大多時候，她都會在索取商品時語帶肯定及讚許，但也常技巧性地提出一些提供對方改善的怨言和建議。雅莉克斯有個本領，她有辦法將收到的免費產品拍得非常高檔，然後將收到的試用品跟信件照片發到部落格上推廣。這是她一時興起的計畫，但卻獲得一小批追蹤的粉絲。大約在這段期間，她認識了彼得．錢伯連。

雅莉克斯是在一間酒吧遇見了彼得，當時她二十五歲。說老實話，他在兩人對話結束後站起身時，她認為他沒有想像中那麼高。但除了身高之外，他的個性跟自己真的很合。彼得舉止迷人，但不張揚，比如他會在水杯裡加薄荷，私下會把小費給到三成。他馬上就讓雅莉克斯傾心的地方是，他把她的副業當成一份真正的工作看待。雅莉克斯在描述自己寫的那些信時有點羞恥：「欸……我會寫信、寫商品評論，還有一個部落格……但就是個小計畫，沒什麼大不了。」彼得要求她試著再描述一遍，但這次必須說得像一個大事業。彼得在紐約上州長大，之前是記者，現在是新聞主播。他比雅莉克斯大八歲，對於上鏡頭必須化妝不會感到彆扭，也堅信一個人該建立自己的品牌。雅莉克斯在二十八歲時跟彼得結婚，當時所有的婚禮派對禮物、她婚禮穿的鞋子，還有賓客喝的白酒，都是她用優美的手寫信免費換來的，當然她也保證會為商品寫出熱情盛讚的評論。去希臘的聖托里尼島度蜜月時，每段狂熱讚揚這趟行程的話語也都有彼得幫忙。

雅莉克斯有個朋友是紐約州最好的高中哥倫比亞預校的英文老師，她邀請雅莉克斯去亨特大學，為她的一個班級主持「自我推薦信工作坊」。班級中有個十七歲的學生，露西，這位高三生的牙齒白到不像真人，頭髮是淺粉色，而她的 Instagram 帳號有三萬六千位追蹤者。工作坊結束三個月後，露西在帳號上傳了一張照片，照片中是雅莉克斯和她一起起草的自我推薦信和短論文，還有她來自加州大學爾灣分校、加州大學聖塔芭芭拉分校、紐約福坦莫大學，還有波士頓愛默生學院的錄取信。露西在圖說中寫道：

這一切都是雅莉克斯的功勞，老實說，如果不是她把我的申請內容搞得這麼勁爆，我根本連其中一半的學校也申請不到。

#你只需要求助　#寫一封信　#讓她教你寫一封信

露西的貼文得到超過一千七百個愛心，雅莉克斯・錢伯連似乎因此在一夜之間建立了自己的品牌。她能搞到免費商品的才能成爲一種哲學，不但幫助女性發聲，也能帶領人重新檢視人際溝通的基礎技巧。她在半夜時把Instagram的自我介紹改成**#讓她發聲**。彼得建議她重新進行網站的品牌定位，還要她出名時別忘了自己。

二十九歲那年，雅莉克斯辭掉在亨特大學的工作，開始到處開設書寫自我推薦信及面試準備的工作坊，她會去重返社會訓練所、領導力進修營、兄弟會，還有夜間職涯訓練活動開課。許多學生會在大學博覽會上報名她的課程，她的收件匣中充滿各種「謝謝妳！」還有「我錄取了！」的信件。另外有一間高端的紙業公司聯絡雅莉克斯，希望她幫忙設計一款新的辦公室文具系列，目標客群是職場女性，後來的成品是象牙色的紙張，深藍色的筆。若說紐約大學的學生報算是她初次出道，這次她登上《青少年時尚》雜誌可看成是二度出道。雅莉克斯的藍眼睛很大，還有一雙長腿，拍攝雜誌時裝照時很有優勢。她有了新網站，簡介頁面放的就是她坐在辦公桌邊緣大笑的照片，她的腳邊有兩只信件堆到滿出來的收納籃，沙灰色粗髮在頭頂蓬鬆地綁成一簇，看來慵懶又迷人。

彼得對她有信心，他一直如此。她的工作開始產生巨大的影響力，她開始有許多新的實習生幫忙把感謝她的話語整理、拍照後放上部落格。不過，對於許多活動主辦方如此大方肯定她的能力，雅莉克斯還是常常感到驚訝。她還獲邀去研討會演講，而其他講者可是討論「在職場保有開放心態」還有「領袖創意行動挑戰」的小企業老闆。她去錄女性主義的podcast節目，參與討論如何在科技及工程領域維繫對女性友善的工作文化。還有一次，雅莉克斯去一場名爲「取得先機」的工作坊發表演講，兩百位單身女性坐在台下用透明塑膠杯啜飲香檳。雅莉克斯喜歡寫信，也覺得這是自己擅長的事，不過「讓她發聲」的概念之所以能開花結果，卻是有賴於她周遭所有人持續對此抱持的信心及正向態度。

在一場早午餐中，當她正對一小群教育工作人員談論在學校教導草寫字的重要時，突然感覺肚子一陣翻攪，當時她心想，**我該不會是懷孕了**。結果她眞的懷孕了。兩星期後，在大學大道及第十三街的街角，她把確認過的消息告訴彼得，彼得喜極而泣，接著立刻問：「該搬家嗎？」兩人四年前認識時，搬回雅莉克斯位於費城的老家感覺一直是個很久以後才會實行的計畫。她想要有個給孩子活動的後院，也想讓孩子某天可以在家附近熟悉的死巷騎腳踏車，而不是在有人賣各種仿冒品的大街上，一旁還有必須用柵門鎖起來的地窖。不過由於從未想像能夠實現的事業正得意，雅莉克斯從彼得身邊退開，「不、不，」她說：「還不行，還不到時候。」

布萊兒．路易斯出生了。雅莉克斯世界的座標變成嬰兒床、白噪音機器、被咬得爛爛的乳頭，還有切半葡萄。她的生活突然充滿各種第三人稱視角的發言（「那是媽媽的耳環」「媽媽在講電話」），談及年齡時是以「月」而非「年」爲單位，還會在所有事物前面加上「大女孩」來帶動氣氛（大女孩床床、大女孩湯匙、大女孩牛仔褲）。她也開始接受這個最近才開始在她體外存在的迷你人類，一邊流著口水一邊張嘴濕答答地親吻她。

那時雅莉克斯已經有了一個團隊，其中包括一位編輯助理和兩位實習生，另外在他們位於上西區的公寓內，還有一個蔓延到廚房的「辦公空間」。彼得想搬家，他想在紐約市成爲新聞主播的夢想受到現實嚴重打擊：他每星期一到五的晚上會出現在電視上，但觀眾只有河谷鎮不超過八千位的居民，報導題材也都是些慈善團體舉辦的狗狗婚禮、被迫回收的玩偶商品，又或者是時代廣場有遊客在完成障礙路線後有機會贏得「百思買」禮物卡。費城有些資深記者很快就要退休，他們的薪水跟彼得在河谷鎮的收入差不多。此外，坊間也有謠言表示他們目前住的公寓可能會變成合作公寓[1]。搬到費城一直是他們的計畫，但雅莉克斯．錢伯連的事業才剛起步。

雅莉克斯整頓過的部落格每天有六千點擊數。她的部落格詳細描述了其他女性的故事，這些女性都透過寫信獲得升遷或得償所願。她正跟一間醫院合作，希望以熱愛寫信為主題舉行為期一週的慈善募款活動。雅莉克斯還參加了兩間女子高中的畢業典禮，身穿深色長袍和帽子的她對著一排排表情熱切的臉龐發表演說。除了事業順利之外，自從大學畢業後，這也是雅莉克斯第一次擁有一群好姊妹。瑞秋、喬蒂和塔瑪拉講話辛辣，她們擁有自己的事業，也必須養育年幼的孩子，而正因為身邊有這樣一群女人，對雅莉克斯來說，生寶寶似乎從來不是件嚇人的事。

不過才轉眼之間，布萊兒就開始會說話了。

布萊兒的大嗓門總是透過兩顆大門牙穿透而出，碾壓所經之處的一切事物。她的聲音很大、很粗，沒有停下的時候。每當布萊兒入睡，就像火災警報器終於被關掉，雅莉克斯的頭會因為記憶中的平靜及安詳感受而一陣陣興奮搏動。雅莉克斯的好姊妹安撫她，說她們的小朋友也都這樣，這些小傢伙只是因為終於有辦法溝通而興奮。儘管如此，情況仍顯得失控。布萊兒會一直提問、唱歌、咕噥個不停，又哼唱，她會說自己為何喜歡熱狗，說她看過一隻烏龜，說她想跟人擊掌，還會說她一點也不累。雅莉克斯去彼得母親位於中城的公寓接布萊兒時，那女人會迫不及待地迅速拉開大門，雅莉克斯非常清楚那是什麼感受。她甚至都還沒抵達目標樓層，就能在電梯裡聽見女兒說話的聲音。雅莉克斯繼續處理著她的生意、享受有限的靜默時光、爲了出書向文學經紀公司提案，然後有一天，當她拎起布萊兒的搖椅時，她意識到自己又懷孕了。彼得在他們家的廚房聽到這個消息，這次的反應不太是開心，反而像是困惑。

「我以爲……」他搖搖頭，「我以爲不會發生這種事，妳不是還在餵母乳嗎？」

雅莉克斯咬住嘴唇，那是一個「我也這麼以爲」的表情。「很少見，但不是不可能。」

「雅莉克斯……我們這樣不行。」彼得指的是用來孕育「讓她發聲」計畫的廚房桌，上頭擱滿拍立得相片和厚重牛皮紙。許多水杯晾在窗台邊的紙巾上，不知收到哪裡的資源回收堆在焗菜盤上。那天早上，彼得下樓，眼前是一位實習生爲了綁馬尾彎腰把頭倒掛在身前。他泡咖啡時，她跟另一位實習生就在一旁換上制式的白色馬球衫，口袋上繡著「讓她發聲」的字樣。「我們根本沒地方擺第二個孩子了，」他說。兩天後，有公司來信表示要收購他們的公寓，彼得立刻宣布：「我打算聯絡費城的房仲。」

她能怎麼辦？能說不嗎？紐約的房屋供需失調，如果她提議買下這裡，或是租一個

譯註——

1 合作公寓（Co-op）的住戶不擁有產權，只擁有股權，在轉租方面也有嚴格限制。

更大的地方，那她就是瘋了。沒錯，她現在賺的錢史無前例的多，但還不足以在目前住的西區負擔一處讓兩個孩子舒適生活的空間。當然，她是可以去皇后區或紐澤西找找看，但這麼做還不如乾脆搬去費城。**反正**雅莉克斯是在家上班，費城也不算很遠，最重要的是，是費城形塑出彼得在酒吧遇見的那個雅莉克斯。「我覺得我只能再忍受紐約三年，」她當時告訴他，「每次在地鐵上，只要我坐到某人留下的屁股汗，能忍耐的時間就又少了兩星期。」這是他之前最喜歡雅莉克斯的特質之一：她不愛亂湊熱鬧、她喜歡出城走走、她是個技術很好的司機，而且她喜歡讓孩子沿街去不同房子玩「不給糖，就搗蛋」，而不是在公寓大廳和杜恩里德那種連鎖藥妝店。

所以她得搬家。雅莉克斯和她的家人會搬離紐約市，但實在沒有比現在更糟的時機了。雅莉克斯之前一直在寫一封很重要的信，收件人是希拉蕊．柯林頓的競選團隊，當時她才剛宣布參選總統。這計畫對她來說很重要，希拉蕊所提供的女性主義平台跟她的品牌完全契合，如果可以跟希拉蕊搭上線，即便不住在全國最重要的城市，雅莉克斯也還能保有一定的影響力。幸運的是，雅莉克斯的摯友塔瑪拉認識國務卿希拉蕊的一位競選顧問，對方也是女性。她的信寫了四個版本，最後的問候語在「永遠的支持者」「致上最高祝福的雅莉克斯」還有「雅莉克斯」之間選了又選，最後才終於按下「寄出」鍵，送出這封志願者提案信，希望能拿到運作專案的資金。幾星期過去了，她還沒從競選團隊或徵詢出書事宜的經紀公司那裡獲得任何回應。

突然之間，一切都已打包完成，但雅莉克斯不允許自己的工作日程慢下來。她熱愛這一切，她愛坐在研討會上聆聽傑出女性發言，她們身穿寬鬆輕便的長洋裝，嘴唇塗著顏色誇張的唇彩，另外還有青少年將獲得工作機會的成功故事寄到她的電子信箱。但她還是沒有從希拉蕊·柯林頓的競選團隊獲得任何回音，六個收到她出書提案的經紀公司也沒回信。雅莉克斯在參加募款餐會和早午餐活動時，總會一邊跟眾多高中生握手一邊心想，**就這樣了嗎？我的事業高峰僅止於此了嗎？**

不過，最後一次在紐約市發表演說時——那是在一場名爲「小企業女力」的研討會——雅莉克斯腦中閃現一個朦朧的想法，總之她不打算用擠乳器。她打電話給其中一位實習生，對方在照顧小孩方面比較有經驗，然後說，「研討會時，如果讓布萊兒待在妳的大腿上，可以嗎？」

在蘇活區一個劇場空間的舞台上，雅莉克斯坐在兩位男性講者之間，其中一位是podcast主持人，另一位是有五胞胎女兒的實境電視節目主持人。台下有三百位聽眾，討論主題是生殖照護以及給女孩看的培力書籍。在此同時，雅莉克斯的乳房正因脹奶而疼痛，尤其是左乳。終於，在聽眾被主持人的笑話逗笑後，布萊兒逐漸甦醒，張開眼睛。

布萊兒開始發出哼哼哈哈的聲音，她問媽媽爲什麼在台上，問實習生有沒有麥片圈圈餅，還問媽媽可不可以下來。雅莉克斯把手指舉到唇邊，要坐在前排的女兒安靜。她的實習生指向門邊，用嘴型問，**要我把她帶出去嗎？**雅莉克斯搖頭。她一直等到有人問她下一個問題。

「我認爲，女性通常只是希望能在討論中占有一席之地，」雅莉克斯說，固定在她鎖骨上方的麥克風將聲音發送到會場最後方。「不過，人們聽到的卻是『我想要**特殊待遇**』，而事實並非如此。事實是……其實啊……」雅莉克斯身體往前傾，心跳急速狂飆。「這樣打斷發言以及我們的對話，眞不好意思。」她眞要這樣做嗎？**沒錯**，她告訴自己，**她要**。「我對這個主題還有很多話想說，但我女兒坐在前排，就是毛毛躁躁的那傢伙，因爲她剛剛小睡了一陣子，如果大家沒意見的話，我想要……好吧，我其實不是眞的在徵詢大家的意見。」她站起身，自說自話地走到舞台前方，「我打算一邊餵女兒一邊參與這場研討會，因爲我絕對可以同時勝任。」

群眾立刻開始鼓譟歡呼。雅莉克斯蹲下，雙膝往兩側張開，雙手伸向布萊兒，布萊兒立刻抱住她的脖子，群眾也馬上發出讚嘆感動的「噢天哪」。「可以把那件衣服丟給我嗎？」雅莉克斯把一件粉彩質地的粉色衣服指給實習生看，那件衣服就裝在剛剛發給她的禮品袋中。她把衣服掛在肩上，往後台走。

活動主持人是名看來作風隨興的研究生，她對著麥克風說：「勇往直前吧，女孩！」

接著她望向後台，悄聲問：「我該繼續嗎？」但雅莉克斯時機抓得正好，此時她已從後台現身。布萊兒緊黏在她的左乳上，那件粉色T恤從她的肩膀披垂而下，觀眾因此無法看見布萊兒的頭。雅莉克斯在位子上坐好時，布萊兒的鞋子就搭在她的右臂上，看來非常可愛。

「好，我跟布萊兒正式開始工作了，其實不花多少時間，對吧？」雅莉克斯重新轉向主持人，「我很樂意把沒說完的話講下去。」雅莉克斯確實講下去了，等她講完後，主持人因為她的回答及率真態度顯得激動，也加倍表示感謝。正如雅莉克斯所料，主持人問了她女兒的名字和年紀，雅莉克斯仔細、清晰地回答，「我這位客戶名叫布萊兒．路易斯，她兩歲，工作表現良好。」雅莉克斯的微笑基本上是在挑釁，想知道聽眾聽見吸住她乳房的女兒年紀時，敢不敢表現出任何不認可的情緒。

活動攝影師先是擠到舞台邊，再沿著走道往後退，好更清楚地拍攝到雅莉克斯。她兩隻腳踝交叉，坐在兩位西裝筆挺的男性中間發言，同時還讓孩子靠在因懷孕而突出的肚子上吃奶。有位攝影師一度開口，「妳可不可調整一下T恤，秀出上面的活動標誌？」雅莉克斯笑著答應。她把布萊兒頭部旁邊的T恤理平，讓衣服平整垂下。那件遮住她女兒頭部的衣服上，大大的黑色字體寫著：小企業女力。

雅莉克斯在那天又賺進了一千多位粉絲。「小企業女力」活動將當時的一張照片發在他們的Instagram帳號，圖說寫道：「找個可以同時勝任的女人吧」。兩份嬰兒雜誌希望採訪她，要她談談「小孩主導之親餵」及隨之而來的汙名和好處。爲了讓實習生加班一小時回覆電郵、電話和採訪邀約，雅莉克斯付給她們雙倍薪資。希拉蕊．柯林頓的競選團隊中有位代表打了她的手機，表示他們漏回了她的電郵，很抱歉，但今年之後的一些活動還是非常希望她能參加。雅莉克斯之前洽詢的兩個經紀公司回信，她把書賣給哈潑柯林斯出版社一位名叫莫拉的編輯，莫拉是一名有孩子的女性，回信速度快到驚人。

在舞台中央哺乳帶來的成功讓她陶醉，這份陶醉帶領她跨越賓州州界，帶領她抵達新家，也橫跨了她的整個第三孕期。離開紐約市之前，雅莉克斯和她的助理及實習生在擁擠的小辦公室中辦了道別派對，拍了很多照片，但她完全沒有發上網路。她完全沒在部落格及社交媒體上提起自己離開紐約的事，也沒告訴希拉蕊團隊，只是在團隊有需要時搭火車過去。她打算在寫書時假裝自己還住紐約，等兩個女兒大一點之後，她也打算更常回來。

然後在費城，經過不長的五小時生產過程，凱瑟琳．梅出生了，那張臉簡直跟她母親是一個模子印出來的。雅莉克斯凝望那張迷惘的皺巴巴小臉，心想，**妳知道嗎？我在這裡一定會過得很好**。

她確實過得很好。那些「不紐約」的小事重新出現在她的生活中，而且每次出現都令人充滿希望。她有車可以載買好的日用品。電影票一張不用花上十四美金，現在只要十美金。她住在一棟三層樓的褐石樓房內（距離里滕豪斯廣場走路只要七分鐘），房子位於一條沿途有樹蔭的街道。屋內有鋪著大理石地板的寬敞玄關，二樓還有迷人的廚房。廚房流理台的空間非常充足，水晶吊燈底下還有一張六人大桌，一旁的弧形窗可俯瞰街道。每天早上，當鬆餅跟雞蛋還在爐子上烹煮時，雅莉克斯可以和孩子們一起坐在窗邊看底下的人遛狗，或是收垃圾的清潔人員來回走動。每次看到這些事物，並意識到其中的價值時，雅莉克斯立刻開懷起來，但又浮現一種痛苦的渴望，她好想把這些美好展示給大家看，最好是讓所有人都看到，無論是她的好姊妹、「讓她發聲」計畫的實習生，還是站在紐約市地鐵對面月台上的骯髒陌生人。

來到費城之前，雅莉克斯從沒請過長期的保母。彼得的母親總是有空，再加上有三個同樣有幼兒的友人。她們有默契，只要哪個媽媽需要臨時去看牙醫或寄包裹，總會有另一個人幫忙多帶一個孩子。彼得在電視台的新同事推薦了幾個女孩，於是雅莉克斯在新廚房的吧台高腳凳上面試一堆名叫「卡莉」還有「凱特琳」之類的女孩。這些女孩大多是校園諮商顧問和宿舍輔導員，她們都說自己是雅莉克斯「讓她發聲」計畫的大粉絲，還說希望申請大學時可以有她在一旁幫忙，又說她們不知道她竟然搬到費城了。雅莉克斯很清楚，這些女孩都不行。

在紐約時，雅莉克斯就對如何獲取所需商品非常在行，在費城找保母當然也一樣。她的女性友人絕不會這麼做，但她到「保母鎮」這個網站註冊，開始瀏覽那些幼保人選的相片。一切看來都矯情又缺乏人情味，但雅莉克斯之前在曼哈頓住過三間公寓，其中有兩間就是在「克雷格斯列表」這個分類廣告網站上靠著很不怎麼樣的相片找到的，而艾美拉・塔克的履歷沒有附照片，就跟雅莉克斯極度低調的二十多歲時一樣。她在簡介中表示自己是坦普大學的畢業生，懂初階手語，每分鐘可打一百二十五個字。雅莉克斯看了覺得有點意思，「嗯哼，」然後點了「邀請面談」。她們先用電話連絡後，艾美拉才來他們家。當雅莉克斯打開大門，第一次看到艾美拉時，她發現自己又發出了興味盎然的「嗯哼」。

其他女孩都問雅莉克斯一堆問題：書進行得如何？還要再生一個孩子嗎？見到希拉蕊・柯林頓了嗎？但艾美拉幾乎沒說話。布萊兒立刻將此視為一場挑戰，開始用言語對這名二十五歲女性發動攻擊，她先是談到發生在新後院的各種小事，還有她被禁止碰觸的蟲蟲，還有漂浮橡膠圈只能在泳池使用。等布萊兒說完，艾美拉彎下腰，對她說：「好的，小姐，還有什麼想說的呢？」最重要的是，艾美拉・塔克從沒聽過「讓她發聲」計畫。

「所以時間會是週一、週三和週五。」這是雅莉克斯第六次對可能的保母人選解釋日程規畫。「從中午到晚上七點。有時我會把凱瑟琳帶在身邊——她是個超隨和的寶寶——有時我就會在附近的咖啡店寫作。」

「好。」艾美拉跟著布萊兒一起在廚房桌邊坐下，並將一塊「培樂多」黏土遞給她。

「是爲了工作寫作，還是純粹爲了興趣？」

「我有自己的……」雅莉克斯靠在橫亙兩人之間的流理台邊，「我其實正在寫自己的書。」

艾美拉說：「哇，這麼厲害。」

等待艾美拉問自己在寫什麼書、出版社是哪間，還有正式出版時間的過程中，雅莉克斯覺得既空虛又不耐。「基本上就是一些之前的信件集結……」她在一片靜默中這麼說。

「喔，這樣。」艾美拉點頭，「有點像是那種講歷史的書嗎？」

雅莉克斯用手指擺弄項鍊。「對，就是那種。」她把手肘撐在流理台上，「艾美拉，妳何時可以開始工作？」

此後一星期有三天，雅莉克斯可以在陽光下坐上好幾小時——凱瑟琳通常就睡在一旁的樹蔭下——此時她會讀一些在曼哈頓絕不會讓人發現自己在讀的書。比如《美國週刊》和《People雜誌》，還有據稱和四名男性追求者上床的單身女性的爆料文章。某個特別的星期五，雅莉克斯打開筆電，點開滿滿的日程表，還有一頁頁新書提案，但最後卻在設於屋頂的露台餐廳追看了三集《國際房屋獵手》。凱瑟琳只在肚子餓時躁動，此時雅莉克斯會把她抱起來說：「嗨，小可愛。」再把她塞進別人送的一條餵奶披巾下。本來她幻想可以用上艾美拉打字快速的技能，但這想法很快顯得可笑，因爲她還是得先手寫下來，才有東西給艾美拉打字。某天晚上在床上，彼得說：「妳在這裡看起來實在快樂多了。」

雅莉克斯很難確認自己到底是快樂多了，還是在意的事變少了。除了因爲生小孩增加的體重，她確實還胖了一些。跟在紐約比起來，她的寫作量降低，睡得也比布萊兒出生後還多。不過在一個九月的週六晚上十點四十五分，有蛋殼在他們家的前側窗戶上碎裂，把她從深沉的睡眠中喚醒。

雅莉克斯一開始沒意識到那是什麼，但接著聽到有人說：「種族歧視的屎貨！」她一聽，整個人清醒過來，忙伸手輕碰丈夫。雅莉克斯和彼得立刻衝到樓梯邊，看到有破裂的蛋黃和蛋汁黏在屋子前側窗戶上。彼得才開口：「就跟妳說吧。」，隨即又有兩顆巨大的蛋衝破防線。玻璃碎片、蛋殼和長條長條的黏液齊齊飛進錢伯連家，碎裂聲響嚇得雅莉克斯胸口緊繃。終於再能喘口氣時，她聽見男孩笑鬧聲、穿球鞋跑開的腳步聲，以及某人說：「噢，該死！走，快走！」

凱瑟琳大哭出聲，布萊兒說：「媽媽？」

彼得說：「我打給警察，」接著又說：「幹，就跟妳說會發生這種事。」

那天早上，跟彼得搭配的主播蘭妮・賽克報導了一則消息，主題是學生邀請約會對象參加舞會的創意作法，這是比肯・史密斯高中校友舞會的一項可愛傳統。彼得呼應搭檔主播興致勃勃的語調，「米斯蒂正在校園爲我們報導這浪漫的一刻。」接下來的畫面中有許多學生，影片還搭配了米斯蒂的旁白解釋。有老師受訪，也有學生站在巨型的氣球造型裝飾旁。接著，一陣打氣加油聲逐漸拉高為尖叫，一個滿臉雀斑的女孩被帶到美式足球的半場線，有位穿著球衣的高三生拿著一盒披薩出現，他打開披薩，盒蓋內側有字寫著，「我知道很俗氣，但，跟我一起返校好嗎？」盒內的義大利辣味香腸排成一個巨大的問號。

這段影片的最後，有位身高大約一百五十公分的學生大步走向一群女孩，他臉戴白色面具，髮型是厚平頭。他把一台手提音響放到地上，按下播放鍵，為了跳舞，旁邊有群同樣戴著面具的朋友幫忙清開空間。他想邀請的女孩用手摀住嘴巴，她朋友拿出手機拍攝。這群人用頭在地上旋轉，還用手指舞出一堆繁複精巧的形狀和圖案，最後亮出一面白旗，上頭用麥克筆寫著「一起返校？」，最前方的黑人青少年拿下面具，獻上一朵玫瑰。

大家因為女孩接受邀請而大聲歡呼，在此同時，米斯蒂將鏡頭轉回攝影棚內的彼得。

「哇！」彼得說。

「很令人印象深刻，」蘭妮同意，「沒人這樣邀請我去舞會過。」

「這個嘛，」彼得搖頭。他對著攝影機露齒笑，「希望最後一位男孩有先取得對方父親的同意。謝謝你們收看WNFT頻道，我們明天早上在《費城行動新聞》再相會。」

不滿的聲音馬上出現了。

現在都可以在網上評論了。雖然影片下方的評論區有許多正面的留言，其中仍夾雜了一些批評及質問。

——嗯，爲什麼那個黑人必須先問過女生的爸，白人就不用？

——這話有點性別歧視吧，現在還是十八世紀嗎？

——搞什麼鬼？有必要說這種話？

雅莉克斯正在咖啡廳工作，但現在這行程已充斥著冰沙、含羞草雞尾酒，以及跟曼哈頓的姊妹群組聊天。她告訴彼得，不過就是間高中的事，沒那麼糟，之後也根本不會有人記得。（因爲香檳微醺時，雅莉克斯發現自己在想，如果這事不是發生在紐約，說實話誰會在意？）但彼得自己嚇傻了。「我就是脫口而出，」他說：「我甚至不知道爲什麼……就是脫口而出了。」雅莉克斯安撫他，保證眞的沒那麼糟。

但突然之間就眞的變很糟。玻璃被打破後，雅莉克斯把小女兒從搖籃中抱起來，由於速度太快，凱瑟琳幾乎差點從她的懷抱中滑出去。不過相對之下，雅莉克斯的世界只在檯面下隱然開始變動。**要是彼得被解雇怎麼辦？**因爲自己的疏失，彼得已經直接去找節目製作人道歉，他們把此事件大致定調爲「人有時就是會失誤」還有「你還是新人」。不過要是學生們眞的太氣，讓製作單位開始改變想法怎麼辦？雅莉克斯再次從樓梯井往下窺看，看到一地碎玻璃散落在磁磚上，有些還黏著蛋液。**要是希拉蕊的競選團隊發現了怎麼辦？他們會覺得她丈夫性別歧視嗎？或者更糟，他們可能會懷疑他有種族歧視？她怎麼會淪落至此？她又怎麼會變那麼胖？我到底爲何會住在這種房子裡？**

彼得抱著布萊兒，她用兩隻手緊緊摀住耳朵。「我不喜歡這麼吵，」她說：「我不喜歡……我不喜歡這麼大的聲音，媽媽。」

「噓噓噓，」雅莉克斯這週大概是第一百次要布萊兒安靜了。她轉向彼得說：「我試著打電話給艾美拉看看。」彼得的手機正搭在耳朵上，他點點頭。

十五分鐘後，身穿人造皮裙的艾美拉走來，儘管腳踩綁帶高跟鞋，她的腳步仍驚人地穩健。雅莉克斯將布萊兒的細小手腕交到她手上時，心裡想：**等等，在我眼前的這個人是誰？噢老天……她知道彼得說了什麼嗎？**突然之間她發現，比起或許會當上美國總統的那名女性，要是艾美拉知道彼得說了什麼，會讓她感覺更糟糕。

彼得在對兩位警察提供證詞時，雅莉克斯在水晶吊燈刺目的光線下用小毛巾將碎玻璃蒐集起來。她將碎玻璃抹起來的每一下都好漫長、好悲傷，她一邊抹一邊叫自己天殺的清醒過來。妳該好好寫這本書，妳該好好住在費城，妳該好好去認識艾美拉·塔克。

馬里蘭州有個小鎮名叫西維爾橋，其中有百分之六點五的居民（五八五〇人）都有聽力不全的問題。艾美拉・塔克就出生於這座小鎮。艾美拉的聽力完美無缺，她的父母和弟弟、妹妹也一樣，但塔克家有一種崇尚手工技藝的頑固癖性，虔誠的程度已帶有宗教情懷，而西維爾橋這座小鎮也完美呈現了這種人生哲學。塔可家的所有人都是用他們的雙手維生。

塔克先生有一間蜂房，狹長屋頂的蜂房裡通常存放著有蜜蜂在嗡嗡作響的大量蜂巢。多年來，塔克先生雇用了好幾位聾人在此工作，此外他也老在訓練自己的手指做一些與蜜蜂無關的手工藝。塔克家屋前的樹蔭下增建了一間圍滿玻璃的陽光間，塔克太太就在裡頭製作線裝書。她製作的項目包括嬰兒相簿、婚禮紀念冊，和聖經修復本，那張工作桌上總是堆滿皮料樣本、針、摺紙棒，還有各種將本子固定的零件。

二十一歲的亞爾菲・塔克在二〇一三年的全國拿鐵比賽中拿到第二名，因此獲邀到德州奧斯丁的一間烘豆坊擔任見習生，身穿母親手縫圍裙的他負責在那裡訓練其他咖啡師。

十九歲的賈絲婷．塔克是裁縫師，她經營一間手縫藝品店，平日會接好萊塢戲服及花童禮服等訂單。賈絲婷剛從高中畢業就獲得一間社區大學聘用，投入之後《小城風光》和《小島尋情夢》兩齣音樂劇的製作。

她的家人都是自然而然找到自己的興趣，也都在等她的手「找到自己的才華」，在此之前，先讀大學似乎是個可接受的選項，艾美拉於是成爲家族中第一個就讀四年制大學的人。她在坦普大學認識了薩拉（當時兩人正排隊等著拍學生證照片），在那裡生平第一次喝醉（還吐在皮包側邊的夾層裡），之後靠著在課堂間去圖書館打工存的錢，買了生平第一頂假髮（一頂又長又黑的大波浪假髮）。

在坦普大學時，艾美拉去學了官方手語，但要擺脫自己在西維爾鎮成長階段學會的非正式手語卻比想像中困難許多。艾美拉也學了聽打，那似乎是個看來合理的生涯選擇，考量她的成長背景也算好理解。大四時，艾美拉就曾爲兩位聾人學生聽打上課內容，每堂課收費十三美金，這多少也導致她在坦普大學主修英文五年後決定不再讀下去。艾美拉並不介意讀書或寫報告，但這也成了最大的問題：艾美拉什麼都不愛做，所以基本上要她做什麼也都行，因爲她都不太排斥。

畢業後的夏天，艾美拉回到老家，但又極度思念費城。她帶著父親的嚴厲建議回來：去找件事做，而且好好做。所以艾美拉註冊了聽打學校，但她痛恨這地方。她在這裡不能翹腿坐，背誦那些醫學專有名詞也令人難以忍受。於是在她的速記機上有個按鍵壞掉時，她沒拿去修理（要花上數百美金），反而直接輟學，然後在分類廣告上隨便找了份兼職工作。之後在一棟高聳大樓六樓的狹小辦公室裡，在一個充滿隔間且貼了「費城綠黨」的巨大空間內，身穿T恤的白人女性貝芙麗問艾美拉是否眞能每分鐘打一百二十五個字。「我可以，」艾美拉說：「只要妳不介意我翹腿坐。」於是每週二和週四的中午十二點到傍晚五點，艾美拉就待在一個狹窄的角落，戴著軟趴趴的耳罩式耳機，將演說和會議內容聽打成文字檔。如果最近要打的案子沒那麼多，貝芙麗就會要求她幫忙接電話。

艾美拉畢業後，坦普大學非常友善地爲她保留了兩年外包聽打人員的資格，但學校也希望將這種初階工作機會開放給在學學生，所以合理地提醒她到了夏天就會失去資格。艾美拉沒跟家裡說她沒讀聽打學校了，她想先確定下一步怎麼走再說，而不是讓家裡看到一段毫無熱情的空白生涯。基於難以言說的驚慌，艾美拉改變了自己在「保母鎭」網站上的接案狀態，兩天後，她見到了雅莉克斯．錢伯連。

在艾美拉不停擔心該拿自己的雙手及往後人生怎麼辦時，布萊兒爲她提供了愉快的喘息空間。布萊兒老愛問問題，像是「爲什麼不能聞那個？」或是「松鼠的媽媽去哪裡了？」又或是「爲什麼我們不認識那位女士？」某次布萊兒初嚐櫛瓜，艾美拉站在她的高腳椅前方，問她喜不喜歡這味道。布萊兒一邊張嘴咀嚼，一邊環視四周，同時努力一字一字回答：「小美？怎麼、怎麼……因爲……妳要怎麼知道自己喜不喜歡？誰決定妳喜不喜歡？」身爲一位保母，艾美拉相當確定，大家認爲妥當的回覆應該類似「妳會自己想通的」或「妳長大就懂了」。不過艾美拉只是擦擦小朋友的下巴，「這眞是個很棒的問題，我們該去問妳媽。」她是眞心的，艾美拉多希望能有人能告訴自己最喜歡做什麼。她自己能問母親的問題數量也正以令人驚心的速度減少當中。

艾美拉沒把自己靠做保母及聽打維生的事告訴爸媽，所以也無法分享那晚在倉庫超市發生的事。倒不是說他們能提供什麼令人耳目一新的見解，只是，能有個放心分享挫敗感的對象也挺好的。四年級時，有個白人同學在午餐時間大剌剌走到艾美拉桌邊，問她是不是黑鬼（一聽說這事，她母親立刻伸手拿電話，同時問艾美拉，「他叫什麼名字？」）。曾有一次在布魯克兄弟服裝店內，艾美拉在買父親節禮物時被推銷人員糾纏（她母親當時說：「他們是沒其他事好做嗎？」）。還有一次，艾美拉去做比基尼線除毛，結束後，艾美拉被告知她的毛質太有「種族特色」，所以最後支付的不是廣告聲稱的三十五美金，而是四十美金（針對這件事，艾美拉母親的反應是，「等等，妳去除什麼毛？」）。如果可以跟爸媽說說這起倉庫超市的事件就好了，因爲那眞的是艾美拉近期遇上的大事，還跟她最喜歡的小傢伙有關。艾美拉很清楚，她最該在意的是這場糾紛中赤裸裸的種族偏見，但在倉庫超市經歷了那一夜之後，每次回想起來，她卻總是一邊反胃一邊聽到腦中有個響亮的低語，**妳這傢伙連份像樣的工作也沒有**。

如果妳能該死的有份眞正的工作，就不會發生這種事了，搭火車回家時，交疊著雙臂及雙腿的艾美拉心裡這麼想。如果有份好工作，**就不必離開派對去照顧小孩，也會有自己的健保，也就不會用現金付帳，還會天殺的成爲一個像樣的人**。截至目前爲止，照顧布萊兒是艾美拉最喜歡的工作，但布萊兒總有一天會去上學，而錢伯連太太似乎不想讓凱瑟琳離開自己的視線，就算她願意好了，兼職的保母工作也永遠不可能讓她得到健保。到了二〇一五年底時，艾美拉就不能再使用父母的健保。她都已經快二十六歲了。

有些時候，艾美拉手頭特別沒錢，她會說服自己：如果她能有份像樣的工作，一份朝九晚五、福利佳，薪資也不錯的工作，往後的人生就能過得更像個成年人。她就會在早上起床後把床鋪整齊，她會開始喜歡咖啡。她也就不會癱坐在臥房地板上，一邊找新音樂來聽一邊建立新的播放清單，就這樣搞到凌晨三點，然後把自己拖上床，心想，**妳爲何要把自己搞成這樣？**她會試用新的約會 App，也會培養更多能寫上履歷的有趣嗜好：她可以眞正做些有意思的事，而不只是和薩拉到處閒晃、看老音樂錄影帶、擦指甲油、一星期有四晚吃一樣餐點（用碎雞肉、莎莎醬和起司煮的電燉鍋料理）。如果艾美拉有份像樣的工作，她就會望著自己衣櫃中塞滿的「草莓」和「永遠二十一歲」的平價服飾，告訴自己，妳的衣著品味早該升級了。

艾美拉總是試圖說服自己，她一定可以再找到一個孩子來帶，那個孩子的父母一定會很好相處，而且需要全職保母。他們可以不用私下支付她薪資，她也就可以說自己有在交稅。他們會帶她一起去度假，把她視爲家中的一份子。可是每當艾美拉看到其他孩子，布萊兒・錢伯連以外的孩子，她就發自內心地覺得噁心。那些孩子根本說不出什麼有趣的話，雙眼無神就算了，還讓人毛骨悚然，而且聽話的樣子詭異到像是經過演練（艾美拉常看到布萊兒在鞦韆或溜滑梯附近嘗試接近其他小朋友，但他們會轉開身體，說：「不要，我害羞。」）。其他孩子非常好取悅，只要送送貼紙，或者在他們手上蓋印章即可，但布萊兒隨時隨地都可能陷入存在性危機。

表面上看來，布萊兒就是個喋喋不休的孩子，她的內心總是亂糟糟、容易恐慌、心思細膩，而且老在跟「行爲必須得體」的心魔搏鬥。她喜歡散發薄荷氣味的東西，不喜歡太大的噪音。除非你的肩膀歡迎她把耳朵靠在上面，她才會認爲擁抱是表達感情的合宜方式。兩人一起度過的夜晚到了最後，通常都是艾美拉在翻閱雜誌，布萊兒在浴缸內玩耍。布萊兒坐著，雙手抱住腳趾，臉上有各種情緒交錯，又是唱歌又是嘗試吹口哨。她會在腦中跟自己對話，艾美拉常會聽見她對腦中那個說話的聲音解釋，「不對，小美是我的朋友，她是我特別的朋友。」

艾美拉很清楚，她得找份新工作才行。

4

事發隔天早上，雅莉克斯沒讓布萊兒看以海洋多彩魚群和動物爲主題的兒童節目，而是把兩個孩子放進家長慢跑時用的雙人幼兒推車中。在費城，可以跑步的空間實在太多了，她不用爲了維持心率在紅燈前原地慢跑，也不用費盡心思跑上公路才有辦法再多跑個一百步。只不過跑了快五公里（感覺起來更像跑了四十多公里），她的兩個孩子就已在搖晃中睡去。雅莉克斯去咖啡廳買了杯拿鐵，拿到戶外的一張長板凳上喝。

我現在就需要來場群組視訊，沒有誰死了或病了，但情況緊急。她傳出簡訊。

雅莉克斯之前在群組中直呼過**瑞秋**、**喬蒂和塔瑪拉**的名字好多次了，所以不可能再藉此讓她們意識到情況有所不同。況且自從搬家後，她就沒用這種口氣跟好姊妹傳訊過。最近她們的對話內容大多跟共同認識的其他女人有關，或是試用商品的心得、正在看的文章和書，還有對丈夫的抱怨，因此，這條訊息才送出去沒幾秒，就立刻有兩人回傳：

妳還好嗎？

塔瑪拉，妳可以發起群組視訊嗎？還有一條訊息是這麼寫的。

喬蒂是童星的選角導演，她有年紀分別爲四歲和一歲的紅髮孩子，兩人很常在電視劇或電影中擔任「正在哭的孩子」這類龍套角色。瑞秋對自己的猶太及日本背景非常自豪，她經營一間設計書籍封面的公司，目前正試著讓兒子不要在踢足球時表現得太好，畢竟當初誰會知道練習這麼累？他才五歲耶。塔瑪拉是曼哈頓的一間私校校長。這四個女人每年會找兩次機會一起大啖紅酒、起司和豆泥，而提供酒和點心的正是想提高孩子入學機率的父母，另外許多問題學生的家長爲了怕孩子被退學，也會寄來這類禮物包裹。塔瑪拉有兩個女兒，兩人都頂著長度只有二點五公厘的爆炸頭，其中一個兩歲半，另一個能識字的四歲女孩還會說最簡單的法語。塔瑪拉的孩子都叫她「媽小咪」。

雅莉克斯把事情都跟她們說了。她說話時坐在長凳上，雙膝打得很開，冷汗不停從太陽穴冒出來。

瑞秋聽完倒抽一口氣，「什麼?!」

塔瑪拉咬字過度用力地說，「他們不讓她離開？」

喬蒂說，「這些事都在一天內發生？」

「老天哪，紐約不可能發生這種事，」瑞秋說，「哈德森，把那個從嘴裡拿出來！抱歉，我們這邊正在踢足球。」

雅莉克斯的心跳加速，跟前晚一樣快到令人反胃的程度。當時彼得帶著布萊兒回來，艾美拉沒跟著。「先跟妳說，大家都沒事，」之後彼得才開始詳細解釋。一旦兩個小孩離開她的大腿之後，雅莉克斯就開始問一些空泛又無用的問題。「她有沒有哭？她生氣了嗎？她看起來真的很不高興嗎？」如果有人問雅莉克斯，艾美拉在每個週一、三和五的精神狀態如何？她根本不知道該怎麼回答。這些日子的大多時候，雅莉克斯基本上就是一邊出門一邊把布萊兒丟進艾美拉懷中，再回頭對她大聲交代一些事項，比如布萊兒還沒吃午餐，或者還沒好好大便。至於艾美拉不在的週二和週四，她們會去青年中心上游泳課，布萊兒總是游得很認真、幾乎是用盡全力，所以結束後總會斷斷續續小睡上三小時。等她終於睡夠了，她們會一起在Netflix上看電影，等電影到了尾聲，演職員表於螢幕浮現，爸比就回家了。這樣的生活模式維繫得無比完美，導致雅莉克斯根本不知道她的保母是什麼樣的人。她會哭嗎？會提告嗎？還是什麼都不會做？塔瑪拉彈舌發出嘖嘖聲響，「妳現在就得打電話給那小妞。」

「我在Google上搜尋彼得的影片，」喬蒂說：「好，觀看次數五百多……不算太糟。」

「有人手上有那段影片嗎？」塔瑪拉問。

「你們或許可以協助她對那間店提告。」瑞秋說。

「不知道，我現在慌到不行。」雅莉克斯把雙肘靠在膝蓋上。「我之前對她實在不怎麼好。她一直很棒，總是很準時……布萊兒很喜歡她，但因爲這個在超市當警衛的該死蠢貨，我覺得要失去她了。」幼兒座椅的安全帶邊緣壓在睡著的布萊兒嘴上，雅莉克斯伸手移開，然後環顧四周，確保沒人聽見她在孩子面前罵出「該死蠢貨」這種話。「我最近做什麼都亂七八糟，這一切感覺像是一種嚴厲的報應。我寫書完全沒有跟上進度，我變肥了。今天彼得有十幾個同事要來參加布萊兒的生日派對，本來艾美拉應該來幫忙，但光是想到可能會失去她，我就覺得快要崩潰了。要是沒有她，我永遠不可能寫完這本書。」

「嘿，」瑞秋打斷她，「無論如何，妳都會寫完這本書。妳超厲害的，絕不會虎頭蛇尾，但現在妳得優先處理艾美拉這件事。」

塔瑪拉說：「百分之百同意。」

「小愼？」喬蒂把電話拿得離嘴巴有一段距離，「分給跟弟弟一起玩，聽懂了嗎？」接著她把嘴巴靠近話筒，「我同意她們剛剛說的。」

「當然，我懂，我也知道我該打給她，」雅莉克斯說，「但說什麼……我該怎麼跟她說？」

「別教她寫信就是了。」瑞秋咕噥著說。

喬蒂說，「瑞秋，這不是開玩笑的時候。」她用跟女兒講話一樣的媽媽口氣說。

「老實說，」塔瑪拉說，「她可能連電話都不會接，妳得做好這樣的心理準備。」

雅莉克斯身旁的咖啡廳門打開，門上掛著的鈴鐺響起。一對情侶走出來，其中的女性說：「我敢打賭可以在亞馬遜上面租到，」男人則回答：「但重點是要體驗3D的效果呀。」雅莉克斯垂下頭，汗水從鼻頭滴下。「我真的要崩潰了。」

「嘿，如果她沒接電話，」塔瑪拉說：「就當面去對她說，妳對於發生的一切感到遺憾，無論她需要什麼，不管是要找律師還是什麼都不做，總之妳都會支持她。」

「沒錯，不要投入自身情緒就好，」瑞秋告訴她，「我不覺得妳會，但只是想確保一切以她的感覺為重……哈德森！這沒關係好嗎，小子！」瑞秋拍打大腿的聲音傳來。「你想回家嗎？不想？好吧隨便你。」

雅莉克斯心知肚明，若不是因為要展開她和艾美拉有史以來最長的一段對話，情況倒也不會那麼嚇人。她深吸一口氣，開口：「叫她去那裡，是我的錯嗎？」

「哎呀，親愛的，不是。」喬蒂說。

「換成是我也會打電話找她！」塔瑪拉說。

「搬去費城倒是妳的不對，」瑞秋說：「抱歉，但我還是要再說一次，紐約就不可能發生這種事。不管我去哪裡接哈德森，他們都完全不相信他是我的小孩。但只要是亞內塔去接，他們的態度大概就是，『小孩交給你啦！對了他對堅果過敏，那就掰啦。』」

「小愼？」喬蒂大喊：「我要數到三囉，小姐，一、二……感恩妳囉，大小姐。」

雅莉克斯往後靠上椅背，濕答答的上衣黏在肩胛骨上。在她面前，睡著的凱瑟琳穿著嬰兒軟鞋的雙腳動個不停，彷彿正在夢中奔向某處。塔瑪拉說：「就打電話給她吧，」雅莉克斯說：「我知道。」

「雅莉克斯？」喬蒂喊她：「我愛妳，而且妳很美，妳一直很美。但我現在必須行使好友的義務，我得問妳到底胖了幾公斤？」

雅莉克斯低頭望向自己的螢光橘短褲，在濕答答的背心底下，有一大團肉從褲頭冒出來，那是因為生過孩子而多出的一大團軟趴趴脂肪，再加上她一直沒加入健身房，又在大太陽下猛喝含糖奶昔。雅莉克斯嘆了口氣，「我根本不敢量。」

「噢，老天，」塔瑪拉說：「怎麼不早點跟我們聊聊呢？」

「好……甜心？聽我說。」喬蒂說：「妳得把這些爛事搞定，因為妳不是這樣的人。妳很擅長處理衝突，妳還曾在一大群聽眾面前哺乳，之後也會寫出一本很成功的書。妳現在得掛掉視訊，去哀求妳的保母留下來，叫彼得以後講話小心一點，然後搞條健身手環來戴，好嗎？」

「對呀，她說的沒錯，」瑞秋附和。「等妳的書出版，照片會出現在各種地方，更何況，書封照片往往會讓人看起來比原本胖七公斤，我沒開玩笑。」

「就把這當成一場勸說大會吧，」塔瑪拉也表示同意，「不過是一場非常友善、非常支持妳的勸說大會。」

「費城那裡有排毒餐吧？」瑞秋問：「需要我寄一組過去嗎？」

「我覺得那裡至少還有果汁啦，小瑞，」喬蒂笑了，「她又不是住在蒙大拿。」

★

艾美拉沒接她的電話，所以雅莉克斯跑去沖澡後又試了一次。這次她接了，雅莉克斯把朋友的建議一一傳達出去，腦中還逐項打勾確認，但就在她說「一切看妳的意思」後，艾美拉回答：「等等……我遲到了嗎？」

雅莉克斯聽見電話那頭薩拉說：「誰這麼早打電話給妳？」雅莉克斯看錶，現在九點十四分，此時雅莉克斯才意識到，接電話的艾美拉根本還沒清醒。

「不，妳沒遲到！」雅莉克斯向她保證。「派對還是中午開始，或者十一點四十五分，如果妳可以早點來的話……不過也沒有一定要來，但要是妳願意來，我會很開心。**我們**都很希望妳來，但一切看妳的意思。」

「沒事的，我會去，」艾美拉說：「我會過去，別擔心。」

「不是，艾美拉，我不是打來查勤的，我的意思是……只是想確認妳好不好，」雅莉克斯努力找出正確的說詞，「就是看看妳的狀況如何，不過沒關係的。我們中午見？或者十一點四十五分？」

「嗯。」

薩拉的聲音又出現了，這次似乎比較清醒了，「我想吃點貝果，妳也來一個嗎？」

雅莉克斯說：「等等見！」艾美拉把電話掛掉。

我打電話了，她似乎不想談。雅莉克斯傳訊息給塔瑪拉。

那就尊重她的選擇。她會來派對嗎？塔瑪拉回訊。

會。

好，保持冷靜，多喝水，別吃義大利麵。但妳的寶貝已經三歲了，妳可以吃點蛋糕。塔瑪拉回訊。

雅莉克斯望向布萊兒，她正在臥房地板上玩兩把梳子。「布布，」她說：「生日快樂，親親，」布萊兒非常嚴肅地回應了，「妳剛剛說Shen日快樂[1]是假裝的嗎？」

如果布萊兒可以自己決定，她的派對主題會是眼鏡，因爲這名幼兒狂熱地想要各種眼鏡。她不只想摸其他人的眼鏡，也想知道自己透過不同眼鏡看起來是什麼模樣。不過布萊

譯註

1 布萊兒在這裡說的是Happy Birfday，這也是非裔美籍人士說Happy Birthday時常用的發音。

兒也喜歡飛機，她喜歡用手指出飛機，也喜歡飛機的聲音，而雅莉克斯覺得，比起布萊兒的其他興趣（聞茶包、聞其他人的肚臍，還有撫摸媽媽耳垂上的柔軟皮膚），她對飛機的興趣應該公開受到鼓勵。

雅莉克斯把客廳家具推到牆邊，讓許多飄飛的白色氣球平均散布在高聳的天花板上。每條六公尺長的氣球線底下都綁著一架藍色紙飛機，飛機的邊緣及輪胎都圓潤可愛。接著她擺好一張點心桌，放上雲朵圖樣的紙巾，又在門邊掛上許多軟質飛航護目鏡，好讓來的小朋友可以拿來戴。她還準備了染成天空顏色的杯子蛋糕，派對禮物則裝在一整排亮藍色紙袋中，紙袋上還綁了可以轉動的白色迷你螺旋槳。雅莉克斯近拍了那些螺旋槳和杯子蛋糕，將照片發上Instagram（因爲鏡頭距離離被攝物太近，根本看不出是在哪裡拍的，就算說是在曼哈頓也很合理）。彼得拿了幾個氣球出去，貼在窗戶上那個邊緣不規則的鋸齒狀大洞周遭。雅莉克斯探頭出去看時，他說：「這樣很怪嗎？」她搖頭，內心突然湧現一股暖流，卻又爲他感到哀傷。她知道他在新聞上說的話沒有惡意。「不會，」她說：「一點都不怪。」

雅莉克斯上樓換上寬鬆的丹寧連身褲，梳齊頭髮。彼得正對著躺在床上的布萊兒和凱瑟琳唱〈白鯨寶寶〉，同時一邊綁皮帶、扣襯衫的釦子。正唱到「深海底下」和「海豚玩耍的地方」，他探頭進浴室。「她還是會來幫忙，對吧？」

雅莉克斯在替下眼睫毛刷睫毛膏，她透過鏡子望向他，「她說會。」

艾美拉在十一點四十五分抵達。

艾美拉自己有一副鑰匙，當樓下的關門聲傳來，彼得和雅莉克斯越過兩個孩子的頭互看一眼。布萊兒終於換上壽星的衣服，那身獵人綠的連身褲讓她看起來就像《捍衛戰士》電影裡的飛行員，凱瑟琳則被包裹在一身雲朵般的服裝中。雅莉克斯把一枚金色翅膀別針遞給彼得，說「等我們一下」，然後立刻衝下兩道階梯。艾美拉正把背包掛到牆上，她身穿深色牛仔褲，一條鬆鬆的辮子垂在背後，眼睛畫了厚重的黑色眼線。

在錢伯連家當保母的第一週，艾美拉帶布萊兒去上了一堂繪畫課。她當時穿了一件寬版針織羊毛衫，是沾上顏料就不可能洗掉的那種織品，所以雅莉克斯表示可以給她一件自己訂製的白色馬球衫，就是上面印著「讓她發聲」的衣服。「這衣服我真的有一大堆，妳穿的尺寸就跟我之前的實習生一樣，」她說。「欸，妳穿起來可能還是有點太大，但隨時都可以拿一件去穿。」此後這就成了艾美拉的制服。每週總共三次，雅莉克斯下樓都會看到艾美拉正套上那件白色馬球衫。她每次都會在離開前將衣服掛回衣帽架上。但就在雅莉克斯從氣球底部垂落的藍色緞帶下走過時，這項更衣傳統中象徵的溫情與默契突然讓她喉頭一緊。她走到樓梯最底下時，艾美拉說「嘿」，同時把辮子從後方衣領內拉出來。

「嘿，嗨。」雅莉克斯站在艾美拉面前，兩隻手緊抱手肘。「我可以……可以抱妳一下嗎？」

話才說出口，她就覺得自己很白癡。雅莉克斯不希望這是兩人之間的第一個擁抱，但既然說出口就得執行。在她懷中的艾美拉散發著嬰兒乳霜、頭髮遭染劑過度腐蝕、指甲油和廉價香水的氣味。

「首先，」雅莉克斯退開，「妳今天可以不用來的。」

「喔，別這樣說。我都來了，這沒什麼。」艾美拉轉向自己的背包，從前方小袋子中取出護唇膏。

雅莉克斯雙踝交叉站著，雙臂抱在胸前。「我甚至不打算假裝了解妳現在的感受，或妳昨晚的處境，因爲我不可能眞正明白，我只想讓妳知道，無論妳需要什麼，我都願意幫忙。如果需要律師或者……提出民事訴訟……又或者……」

艾美拉微笑，「又或者？」

「艾美拉，」雅莉克斯說話時意識到自己雙肩緊繃，幾乎要聳到比耳朵還高，所以努力讓自己放鬆下來。「妳可以告那間店。妳完全有權採取法律行動。」

「喔，不。」艾美拉抿了抿雙唇，關緊護唇膏的蓋子。「我沒打算做那種事。」

雅莉克斯點點頭。「我完全尊重妳的決定。我們只想讓妳知道，我們眞的很抱歉，還有……」

另外有個聲音從屋外傳來，「雅莉克斯？」

艾美拉身後的前門打開了約五公分的小縫，艾美拉伸手往後打開門，兩個小男孩和他們的媽媽正站在門口：是跟布萊兒一起上游泳課的一家人。

「噢我的天，嗨！」那女人開口，「我知道我們太早來了。嗨！我敢打賭妳都還沒布置好，但我們可以幫忙，不會造成任何麻煩。妳看起來太可愛了！」

雅莉克斯趕緊要他們進來，眾人忙不迭地又是「嗨」又是「你好嗎」。兩個男孩衝向點心桌，其中一人脫掉鞋子。就在那名女子開始脫外套時，雅莉克斯對艾美拉輕聲說：「我們之後再聊。」

「沒事的，」艾美拉說：「真的沒關係。」她一邊從背包底下的一個紙袋提出一只玻璃小圓缸，缸口邊緣綁著一圈橘色緞帶，裡頭有條亮黃色金魚。

「天哪，等等，艾美拉，」雅莉克斯把一隻手壓在心口，「這是妳送的？」

「對呀。」艾美拉將魚缸放在壁爐檯上，就在有架寫了「禮物園地在此」的小紙飛機旁。

當艾美拉轉動魚缸，好讓緞帶蝴蝶結面向前方時，雅莉克斯想起來了，沒錯，艾美拉之前有問能否送魚給布萊兒當生日禮物。她好幾天前就問過雅莉克斯和彼得，但雅莉克斯沒當真，她其實沒認真在聽，但此刻魚已在此，全身金黃又扭動著身軀。艾美拉本來是把緞帶繞著小魚缸綁緊，但因爲運送過程的關係，緞帶現在看來歪歪扭扭，悽苦又鬆垮地從缸緣垂落。

早到三人組抵達才不過兩分鐘，其中一個三歲孩子就已吐在馬桶旁的地上，還因爲難爲情而開始哭鬧。等地板清乾淨，道歉儀式也終於結束後，彼得的一群電視台同事紛紛到來。雅莉克斯放了點音樂，然後走到門邊說：「嗨，我想我們見過面，我是雅莉克斯。」（每次只要跟別人初次見面，雅莉克斯介紹自己名字的咬字都會過度清晰——雅阿—莉克斯——確保大家知道是「雅」莉克斯，而不是更常見的「愛」莉克斯。）

一直以來，彼得看起來都不像比雅莉克斯大八歲——他完全沒有水桶腰，輕薄的髮型還有點孩子氣——但和他的同儕共處一室時，雅莉克斯突然覺得自己像是在參加父母那一輩的朋友聚會，而且不停期待聚會趕快結束，才能回房間去亂看一些音樂錄影帶。彼得的女同事幾乎都穿著印花洋裝前來，洋裝是上半緊身下半寬鬆的經典款式，腳上踩的則是傳統的楔形鞋或高跟包鞋。就連唯一前來的黑人女性都把頭髮反梳得很蓬，綁成鮑伯頭，還做了老氣的挑染。這些優雅的女士戴著巨大而浮誇的項鍊，搭配彷彿扮裝派對的各式珠寶及鍊子。男人們則身穿卡其褲和高爾夫球衫，看起來就像世故成熟的肯尼娃娃[+]。

最受歡迎的聊天場地就是前廊窗戶的破洞旁。在還不知道倉庫超市的事件之前，她一邊等警察做完報案筆錄，一邊擔心彼得的同事可能會跟比肯．史密斯高中的高三生有一樣想法。當時她擔心的是彼得在費城的事業可能還沒展開就要夭折，或許公司會把他派回河谷鎮……但如果這代表她能回去紐約，那倒也不賴。但面對那個邊緣凹凸不平的玻璃大洞，電視台那些人的反應卻詭異地像是獲得主場勝利，情緒中還有一些和彼得惺惺相惜的成分在，就彷彿這個鎮上新來的傢伙，只是受到眾人開玩笑又恰到好處地惡搞一下罷了。他們想知道事件發生的詳細細節，然後笑著說，「別太擔心啦。」他們拿杯子輕敲彼得的啤酒杯，「唉呀總之，歡迎來到費城！」

布萊兒生日派對上的賓客以前都沒聽過雅莉克斯，也沒聽過「讓她發聲」計畫。她啜飲碳酸水，聆聽兒歌團體「舞動小子」和麥克・傑克遜組成的播放歌單，決定把自己沒沒無名的現狀當作一種挑戰，並對此進行研究：她可以藉此觀察，爲印在書衣上的作者介紹想出一個更有力的版本，這是她尚未著手開始進行的眾多工作之一。但無論她怎麼想，想到的敘述都不堪用。

「哇，所以妳其實不太算是**在寫**這本書，」其中一名女子說：「有點像是……那本小說叫什麼？《郵寄祕密》？還記得嗎？那本書……超情色的是不是？」

譯註——

1 肯尼娃娃是芭比娃娃的男友，芭比娃娃出現於一九五九年，肯尼娃娃出現於一九六一年，長相和衣著都反映了當時白人主流文化中對時尚產業的想像。

「我們倒是看了一部超古怪的電影，叫《她》┴，喔不對，是叫《她的》，欸是《她的》嗎？」另一名妻子望向丈夫，想確認自己有沒有記錯，但他沒給出任何回應，所以她逕自講下去。「也有可能叫《她們》。總之，電影主角的工作就是幫別人寫情書，對象是他根本不認識的人。實在太詭異了，妳做的是這種事嗎？」雅莉克斯假裝聽到凱瑟琳在哭，禮貌地表示自己得先離開。

跟彼得搭檔的主播蘭妮．賽克帶了四歲的女兒貝拉來，另外也帶了黃玫瑰、一瓶紅酒，還有裝了餅乾烘焙材料和食譜的玻璃梅森罐。她送給布萊兒和雅莉克斯的禮物都有用包裝紙包好。她一見到雅莉克斯就張開雙臂與她打招呼，臉上的表情就像在說「久仰大名」。「噢我的老天爺呀，我覺得好像認識妳好久了，」她說：「給我個擁抱吧。妳現在已經是『費城行動新聞』這個大家族的一份子了。」雅莉克斯兩度覺得兩人已經抱到不能再抱下去了，但蘭妮還繼續哼哼唧唧地在說話，並抱著雅莉克斯左右搖晃。貝拉也走向布萊兒，同樣抱住她前後搖晃。

之前在曼哈頓時，雅莉克斯每個月會和瑞秋、喬蒂和塔瑪拉一起參加至少兩場生日派對。她們會一起坐在角落用紙杯喝紅酒，輪流和孩子跳舞。她們會爲了土豪氣很重的巧克力噴泉或各種「幼兒大改造」的裝扮竊竊私語，或者會在看到派對禮物繡上或壓上壽星的名字首寫字母，還有總是由紐澤西雇來的各種迪士尼「假貨」公主時大翻白眼。不過參加布萊兒這場簡樸生日派對的賓客似乎更賣力。所有女性的穿衣風格都是「想像自己住在紐約上東城，但並非眞住在那裡，也不像眞的有去過」。她們穿的跟鞋不可能舒服，而且爲何沒人穿牛仔褲？雅莉克斯覺得格格不入，不自在地覺得自己身形碩大。

但之前彼得可是參加過雅莉克斯的一大堆午餐會、派對跟各種家族活動，而且從頭到尾保持微笑。他也會陪老婆熬夜，坐在她身邊替五百封高中女生寫給未來自己的信件蓋郵戳。每當她的工作坊不小心超時，他會負責哄孩子上床睡覺，還會說服布萊兒相信媽媽只要一回家就會立刻來親她。雅莉克斯努力提醒自己記得丈夫的好，同時想辦法找出一個能跟自己聊得來、不介意把孩子跟布萊兒一起丟在電視前，而且願意跟她一起去上瑜伽課的人。但這些甜美的女士不但老派，作風還老土到令人焦慮。彼得的主播搭檔蘭妮親暱把玩著雅莉克斯的連身褲肩帶。「我一直想穿穿看這種衣服，」她說，「但在我身上**絕不可能**好看。」她俯身貼近她，笑開，問雅莉克斯穿著這一身到底要怎麼尿尿。

緊接著看來是禮物時間。曼哈頓的孩子們絕不會在派對中拆禮物，所有禮物都會被送上計程車、裝進後車廂，又或者塞進大型透明塑膠袋內，好讓壽星一家和剩下的蛋糕一起帶回家。如果記得先把幾個禮物藏在櫃子深處，之後一家人要搭飛機時可以拆著當消遣，

譯註——

十 本片原文是 *Her*，中文片名是《雲端情人》。

又或者拿來當孩子在正確場所尿尿時的獎勵。不過就在彼得及雅莉克斯正和其中一位電視台職員聊天時，她的五歲孩子跑來抱住她的膝蓋。「他們什麼時候要拆禮物？什麼時候要吃蛋糕？」這男孩細聲哀號著。

彼得望向雅莉克斯，「我該布置一張壽星寶座嗎？」

於是布萊兒坐在雅莉克斯的大腿上，艾美拉將禮物一個個遞過去。拆了兩個禮物後，布萊兒的耐心開始流失，她拍打著雙臂說：「我不喜歡我不喜歡。」雅莉克斯繼續拆開每個禮物，艾美拉則和彼得繼續安撫布萊兒。

就在拆開一個「DIY果凍公主模型」和一個感覺散發出塑膠臭氣的公主皇冠之間，雅莉克斯從口袋掏出手機，傳訊給瑞秋、喬蒂和塔瑪拉。

殺了我吧，我恨這裡所有人。她打字。

所有送給布萊兒的禮物都荒謬至極，不是散發出性別歧視的意味，就是陳腔濫調到可怕。這個三歲孩子收到一件銀色芬迪牌連身雪衣，白粉配色的小淑女茶具組，可食用的蔬果擺飾（他們是在網路上訂的嗎？），還有一個插著「薰香蠟燭」且盒蓋貼著「熊熊工作室」賀卡的絨毛「生日蛋糕」。艾美拉將所有拆下的包裝紙塞進雅莉克斯腳邊的一個大型回收袋。布萊兒一臉迷惑地拿起一個禮物，那是一條縫滿漂亮褶邊的藍色圍裙，還附有成套的老派軟質女帽。艾美拉對她說，「那是送妳的，小壽星。」雅莉克斯好想雙手緊抓艾美拉的雙肩，對著她的臉慎重解釋：**這個派對不是我的風格**。

雅莉克斯的家鄉充滿她常在機場見到的那種母親，這種母親現在已是大家鄙視的對象。這些女人總是化滿全妝，帶太多行李（維拉．布拉德利牌[一]的登機箱和莉莉．普立茲[二]設計的護照套），腳踩楔形涼鞋，手中裝滿紀念品的塑膠袋更足以塞爆座位上方的行李櫃。一旦飛機落地，她們就會大呼小叫地打電話通知丈夫，又或者報告自己會趕到下一個登機門跟他們會合。她們會排隊準備下飛機（「東西都拿了嗎？之後沒法再回來拿了唷。」）。她們會鉅細靡遺地描述自己在廁所中如何用衛生紙把坐墊包成紙藝作品，但就是不願像雅莉克斯一樣懸空蹲在馬桶上方，把上公廁當成一種肌力訓練。甚至是一直到第二次懷孕，雅莉克斯才有了嬰兒推車。她非常擅長打包行李，若只是週末短旅行往往只帶背包就可以出門，還常傳訊通知彼得自己趕上另一班能更快到家的航班。

因此，當雅莉克斯在客廳環顧四周，實在不知要怎麼把費城稱爲她的家鄉。如果她身邊都是這種只因爲忘記脫掉外套，就會要所有過海關的人乾等她的女人，那她又怎麼能在

譯註

一 維拉．布拉德利（Vera Bradley）是一九八二年創立的印花提袋及行李箱品牌，是以中產階級為主要客群的中低價位品牌。

二 莉莉．普立茲（Lilly Pulitzer）在一九五九年創立了自己的品牌，主要賣的是顏色鮮豔、花紋絢麗的度假風女性服飾，以及各種旅行相關用品。

母親及小企業主的身分之間靈活切換？

家長們開始奮力把鞋子重新套回孩子腳上，孩子們則開始在派對禮物袋內東翻西弄，此時雅莉克斯站在門邊說：「得讓孩子準備好回家囉。」她大概喊了四次，期間好多人來親吻她的臉頰，或者輕捏她的手道別。

然後蘭妮再次來到雅莉克斯身邊，想跟她掏心掏肺。「我眞的很高興你們夫妻搬來這裡，」她說：「等小孩都睡著之後，我們應該一起喝點雞尾酒。」

蘭妮顯然對她很友善，但也是在向雅莉克斯保證，儘管每天坐在她丈夫身旁，她仍是跟女生較好的那種人，跟她丈夫之間也絕對沒有任何不正當來往。雅莉克斯其實從未往那上面想過，甚至還因此有點內疚。蘭妮的笑容總是有點難爲情的樣子，牙齦跟牙齒的比例不均衡，而且老愛說「我的老天爺呀」這類老派的話。蘭妮整個人就是「甜美」的化身，雅莉克斯擁抱她時心想，**要是能喜歡妳就好了，爲什麼這件事這麼難？**

雅莉克斯從蘭妮的肩膀往後看，看到艾美拉正彎腰幫一個小男孩穿夾克。「我們沒有玩到我最喜歡的遊戲。」那個五歲孩子告訴她。

「喔，是這樣嗎？」艾美拉幫他把長袖拉好。「你最喜歡的遊戲是什麼？」

他轉身面向她說：「我最喜歡的遊戲叫做『我是殺人犯』！」

「酷耶。」艾美拉起身走到隔壁房間大喊：「嘿，布萊兒？過來牽好我的手，快一點，來吧。」

雅莉克斯終於送走了蘭妮和她的家人，把門關上，然後再次拿出手機。更正剛剛說的話，我恨所有人，只有我的保母除外。她傳訊給朋友。

妳最好給那女孩加薪，塔瑪拉說。

或者把可食用蔬果擺飾送她！瑞秋回答。

那天晚上，布萊兒上床睡覺，床頭櫃上放著剛收到的金魚，那是雅莉克斯沒打算捐出去的禮物之一。剛滿三歲的布萊兒立刻幫魚取名為小湯匙，她睡著前一直看著魚在缸中轉圈圈。

5

就在艾美拉決定跟剛滿三歲的小女孩保持距離，每天去瀏覽分類廣告及求職網站，而且只找那種雇用成年人及福利完善的工作時，錢伯連太太開始認眞改善和她之間的關係。倉庫超市的事對錢伯連太太造成了某種影響，她刻意擺出一種隨興態度，試圖藉此糾正那天晚上的種種錯誤，而這一切都讓艾美拉戒慎恐懼。自從那天晚上開始，錢伯連太太每天在六點四十五分回家，找艾美拉坐下談一些兩人從未觸及的話題。「艾美拉，再告訴我一次，妳大學主修的是？」「妳之前說妳住在哪裡？」「妳有說過妳對什麼過敏嗎？」這個時機點實在無法更糟了。通常人們會在剛認識時問這些問題，而不是在艾美拉試圖結束這份工作的時候。不過就打工而言，錢伯連家給的薪水很不錯，因此，對於之後錢更少又沒有布萊兒的各種工作，她實在很難感到興奮。畢竟每個隔週的星期五，雅莉克斯都會把裝了六百七十二美金的信封交給艾美拉。

倉庫超市事件發生兩週後，那只信封感覺變得特別厚。暈紅的夕陽正要西下，站在前門廊的艾美拉往信封裡瞧了瞧，竟看到一千兩百美金。那疊百元鈔上還用迴紋針別上一張

厚厚的謝卡，雅莉克斯用漂亮的筆跡在其中一面寫了：給艾美拉

過去兩週來，妳不但在布萊兒生日那天幫了大忙，還在那天徹底拯救我們安然度過糟糕的一晚，這是給妳的補償。謝謝妳做的一切。我們很高興有妳幫忙，我們永遠支持妳。

親親抱抱，彼、雅、布和凱

艾美拉俯瞰眼前的街道，笑了出來，口中小聲罵了「幹」。然後她立刻去買下了生平第一件皮夾克。

地下鐵車廂擠滿人。艾美拉正要去和薩拉、肖妮和尤瑟芙一起吃晚餐，之後她們打算去喝一杯，再去享受些二十多歲人會有的夜間娛樂。雖然已經遲到了，但她心情很好，因爲有了那件新夾克，她所穿戴的其他一切更顯光采奪目。那是件黑夾克，拉鍊釦的形狀左右不對稱，夾克長度剛好卡在臀部上方，腰帶則鬆鬆地垂掛在她的身體兩側，前臂的拉鍊沒有完全拉上。艾美拉爲這件夾克掏出兩百三十四美金，除了床架和筆電外，這是她買過最貴的東西了。她一隻手抓住車廂內的桿子，另一隻手傳訊告訴薩拉自己在路上了，在此

同時，她覺得自己既可笑又可悲，竟能在穿上一身昂貴衣物時感到如此廉價。她把無線耳機的音量調大，在車廂轉彎時小心保持平衡。

艾美拉身後有個六人家族，看樣子不像來自費城，其中的媽媽大喊：「下一站就要下車了，大家聽見了嗎？」艾美拉的耳裡迴盪著音樂，但同時在聽左邊的人講話，有個西裝男說他需要一個不參加家庭聚會的理由，他身邊的女人說：「我不介意你拿我當藉口。」艾美拉身穿黑色緊身褲，屁股看來很翹，當她瞥見自己頸上多層次金鍊閃出的光芒時，她就著窗中倒影將鍊子弄順，窗外是快速移動的水泥牆面和一片片黑暗。她又整理了劉海，以及波浪般垂在肩上的黑髮，然後在一首歌結束，下一首歌還沒響起的空檔，她聽見有人喊她的名字。

艾美拉轉身，看見了那位KelleyTCopeland@gmail.com，他越過一堆棒球帽、馬尾和擠在一起的肩膀又叫了她一次，但這次是叫全名「艾美拉．塔克」。艾美拉重新抓好扶桿，發現自己眞的很緊張。

這次的他看起來有魅力多了，當然一部分是因爲這次艾美拉沒在顧孩子，也沒人在一旁指控她犯罪，但現在的他確實也比較討人喜歡。凱利．柯普蘭有一頭黑髮和黑色眼睛，臉龐細瘦蒼白，大大的下巴看來非常有力，不知爲何讓人感覺他整個大學時期都在玩運動。艾美拉歪起一邊嘴角笑了，此時凱利一邊說「不好意思」一邊擠到她身邊。

「還記得我嗎？一定記得吧，嗨！」凱利笑著自問自答。「或許不該說出來，但我其實擬了六封電郵草稿，但都沒寄給妳。」他沉默了一下，「我得知道妳到底有沒有辭職。」

艾美拉還沒從他的高大身形及友善態度反應過來。她交叉雙腿站好，「抱歉，你說什麼？」

「抱歉，」他說：「我很好奇妳有沒有辭掉那份保母工作。」

凱利．柯普蘭眞的很高，高到把手平貼在車頂天花板都沒問題，而他也確實在艾美拉面前這麼做了。艾美拉心想，太明顯了，這討人厭的舉動不就是想展現男子氣概，但又不可思議地吸引人。

「喔，其實，」艾美拉說：「嗯……我其實不算正式的保母。」

「哇，」他說：「所以妳眞的辭職了，太讚了。」

「喔，不是這樣，我還在做那份工作。」艾美拉把包包背帶從右肩換到左肩，「但說不上辭不辭職，我只是個鐘點保母，不是正式保母。」

「可以告訴我差在哪裡嗎？」凱利問，「我不是想找麻煩，是眞的不知道。」

列車停下來，有個提了四個購物袋的男子要下車，艾美拉讓路給他。凱利指向一個空座位，艾美拉接受邀請坐下。「正式保母是份全職工作，」她說，「領正式薪水，也有獎金和假期；我這種鐘點保母只是兼職，工作時間大概是……家長有重要約會，或者是有緊急狀況的時候。」

「好，懂了，」凱利說，「抱歉，我那天晚上聽見妳在店裡說自己是正式保母。」

「我不是，但你也沒說錯。我當時只是不想要那傢伙煩我，」艾美拉自嘲地解釋，「效果顯然非常好呢。」

「有夠好唷，」凱利擺出那種有點不開心的惡搞表情，就是有喝醉乘客在車廂大鬧，或者司機不停廣播表示車程又有延誤後，很多人會擺出的那種表情。「好吧，如果妳沒辭職，一定是有妳的理由，但我希望妳至少獲得加薪。」

艾美拉把一絲頭髮從睫毛上撥開，袖子上的拉鍊釦發出歡快的敲擊聲。她微笑著說：「他們很照顧我。」

凱利現在兩手都靠在艾美拉頭頂的扶桿上。「妳現在要去哪？」他問。

艾美拉挑起一邊眉毛。她抬頭望向他時忍不住心想，**他是來眞的？**因爲看到凱利狀似悠閒的鍥而不捨，再受到十二張毫無皺摺的百元鈔催化，她有點負氣地想，**好呀，來就來吧，沒問題，管他去死**。她緊抿雙唇，然後說，「跟朋友吃飯，然後去魯卡夜店。怎樣？」

「魯卡夜店。」他的嘴唇驚訝地張開，「很高檔的地方呢。」

艾美拉聳肩表示：「有嗎？我不知道。」那姿態有點可愛。

「我請妳喝一杯如何？花不了太久時間？」他說，「然後我們就各走各的。我今晚也要跟朋友見面。」列車停下，一個女人擠過凱利身邊，搶下艾美拉旁的位子。

艾美拉裝出不太願意的樣子，她跟他一樣享受這個曖昧的過程。她計算著今晚何時還能見到他，根據她的判斷大概要到凌晨兩點。「我已經遲到了，」她說，「但你可以到魯卡夜店請我喝一杯。」

凱利笑了。「啊，我進不去那裡的。」

艾美拉低頭看向他的鞋子，那是一雙綁鞋帶的棕鞋，另外他還穿了深色牛仔褲和看起來很貴的灰色連帽衫。「你穿得還可以呀，」她保證，「應該沒問題的。」

「我不是指我的穿著，但謝謝妳，我現在更是自信滿滿啦，」他露齒一笑。「只是我聽說，除非有帶女伴，不然他們是不會讓男顧客進去的。」

艾美拉下一站就要下車了。列車開始減速時，她起身站到他身旁。「好吧，你有我的電子郵件，只要寫信跟我說一聲，我就出來接你。」

凱利拿出手機，「傳訊息不是比較快嗎？」

艾美拉笑著嘆氣，「你可以寄電郵給我，小子。」

「是啦，當然可以。」他一臉「可惡」地把手機收起來。「我也是這麼想，寄電郵，讚啦。」

艾美拉站在雙開門邊說：「嗯哼。」

凱利坐在艾美拉之前坐的位子，以他的身形來說實在太擠了。他把雙手擱在膝蓋之間，非常熱烈地對艾美拉微笑。她又抬起眉毛，眼神落到手機上。

「那是我女朋友，」他非常大聲地對坐在一旁的女人說。那女人本來在看書，此刻抬起頭來，「嗯？」

「那邊那位是我女朋友。」凱利指著艾美拉。

女人的表情似乎是覺得有點好玩，她望向艾美拉，艾美拉則搖搖頭說：「欸，不是這樣。」

「她老愛這樣，」凱利說話時眼神盯著坐在他右邊的女人，「很可愛，只要我們一起搭地鐵時，她就會玩這個遊戲，就是假裝不認識我。」

「噢我的老天。」艾美拉用三指手指壓住額頭。

「等我們回家之後，她就會說，『這樣不是很好玩嗎，寶貝？』然後我們會笑到不行，太搞笑了。」

女人笑著說：「很浪漫呢。」

列車停下，艾美拉說：「掰啦。」

凱利大聲喊：「我們家裡見呀，親親！」然後車門在她身後滑動闔上。

在魯卡夜店時，肖妮要了一個位於側邊高樓層的包廂，還跟服務生叫了整瓶酒。「搞什麼呀？小婊子？」薩拉問，肖妮說：「怎樣？反正我付錢。」這個包廂非常奢華，椅子上都裝飾著白羽毛，四個女孩在其中暢飲酒水，還隨音樂大力舞動。然後肖妮點了第二瓶酒，酒來時，她拿起手機用 Snapchat 錄影片，對著鏡頭宣布：「我們今晚過得眞他媽太美好了，**懂嗎？**」

肖妮的爸媽多有錢，肖妮就有多大方。她家在美國南部經營連鎖的得來速洗衣店。肖妮之所以這麼友善又慷慨，是因爲她深信因果報應，還有網路上那些激勵人心的勵志格言。自從她們三人認識彼此後（那次是薩拉下課後來找艾美拉說：「這個膚色很白的女孩說要請我們去看演唱會，她可能會害死我們，但現場也可能酷爆。」），肖妮就總是借衣服給她們穿、請她們喝第一輪酒，或者把她的加大雙人床分給她們睡。艾美拉在肖妮家的沙發上過夜時，常會渾身大汗地醒來，身上披著肖妮晚上不知何時來幫她蓋上的毯子。

尤瑟芙是肖妮的室友。肖妮有多可靠，尤瑟芙就有多反覆無常。她要不是待在家抓著電話不放，邊看網路上新出的迷因圖和影片，邊透過 FaceTime 用西班牙語跟姊姊和媽媽聊天，就是想出門喝酒，一路瘋鬧到隔天早上。尤瑟芙之前讀的是波士頓大學，現在是卓克索大學的研究助理兼研究員。她家說只要她還在學校，就會提供經濟支援，所以她正在讀第二個碩士學位，這次讀的是公共衛生。

「我邀了一個傢伙，但我不覺得他眞會來。」艾美拉在包廂前方跳舞時對薩拉說，她身後是可以俯瞰一樓的欄杆。「我搭車過來時遇到的，反正就這樣。」

「他要帶朋友來？」

「他是這樣說的。」

薩拉點頭表示了解，然後把一條腿踏到桌上，跳起左右搖擺的電臀舞。

肖妮靠近她的耳邊說：「今晚有男生要來？」

「沒有、沒有，」艾美拉搖頭，「應該不會。」

正在跳舞的薩拉推了一下肖妮的肩膀，「沒差吧，妳有男友啦。」

肖妮抬起雙手做出投降的樣子，「我只是問問！」

尤瑟芙宣布：「我想拍照。」從螢幕的反射可以看見四個女孩的膚色由淺至深一字排開。尤瑟芙有一頭棕色粗髮，嘴唇粉亮，肖妮則是一頭鬈髮搭配蜜色圓臉，薩拉的頭髮剛燙好，拍照時臉上拉開大大的微笑，而排在最後的艾美拉則有一頭大波浪鬈髮披在肩上。她們一起把手搭在欄杆上，對著閃光燈微笑。

艾美拉不停查看自己的電郵。刷新收件匣時，她心想，**妳何苦爲了裝可愛搞出這一齣必須用電子郵件的爛戲？**不過在看到沒有新郵件時，她又想，**不，他別來比較好。畢竟他**

可能會看上肖妮，這樣很尷尬。

不過看見他在魯卡夜店的二樓走動時，艾美拉就明白凱利爲何沒寫信要她出來接人，也不需要她幫忙帶進夜店了。大約十一點左右，凱利和四個朋友出現，而讓艾美拉全然驚訝的是，這些朋友全是黑人。凱利看起來就像在拍攝一支會被大肆吐槽的音樂錄影帶，他的其中一名男性友人戴著太陽眼鏡，兩個人腳上穿著Timberland。

艾美拉上前介紹時，看到尤瑟芙已經把手機收起來，肖妮把鬈髮撥到一邊的肩膀上，薩拉則瞇眼瞪著艾美拉的新朋友。凱利的其中一個朋友表示他們要去點酒，還問了女士們要喝什麼，然後一行男人下樓走到酒吧樓層。等最後一個人的頭消失在樓梯間，薩拉立刻開口，「嗯？真的嗎？小賤貨？」

「好啦，妳知道嗎？誰管妳。反正我現在心情好。」包廂內，艾美拉羞紅了臉在肖妮旁邊坐下。尤瑟芙擠到她右邊，所有女孩的高跟鞋喀拉喀拉地敲在一起。

「少在那邊給我『誰管妳』。」薩拉坐在肖妮的另一邊，對艾美拉豎起食指搖晃。「我就直說了……妳這樣可以嗎？像話嗎？」

「哎呀哎呀，」尤瑟芙開始指著薩拉笑，「妳和那個紅髮白人一起離開肖妮的派對就可以囉？」

肖妮還記得這件事，「他人超好的！」

薩拉把一隻手搭在胸前。「看來是我不能跨種族亂搞，但艾美拉就可以？妳買了件皮夾克就自以爲比大家了不起啦？」

「好啦，好啦，」艾美拉笑了。「我懂，**抱歉啦**。但妳知道我的意思。妳上的那個傢伙還有一個『羅盤』刺青咧。」

「那個可愛傢伙可是在下面爲我服務了一張單曲CD的時間呢。」薩拉扭動著一隻手腕。「我沒看到什麼刺青，也不在乎。」

肖妮坐直身體，好越過欄杆往底下的酒吧區瞧。「好吧，但妳是認眞的嗎？艾美拉，那傢伙看來確實**不錯**。」

艾美拉跟著肖妮一起望向一樓，凱利正將雙手搭在吧檯上，和一位金髮調酒師靠得很近在說話，艾美拉立刻瘋狂忌妒起來。「算不上認不認眞啦，」她說，「我們是那天晚上在超市第一次見面，今晚搭車又正好巧遇。我沒想到他眞的會來。」

薩拉靠了過來，「就是那天晚上幫妳拍影片的人？」

「沒錯，答對啦。」

「那爲什麼不講？偷偷摸摸的幹麼？」

「我沒想到他眞的會來！」

肖妮還盯著一樓，「他穿的是Everlane[+]的毛衣嗎？」

艾美拉翻了個白眼。「我哪知道。」

薩拉也望向凱利和他的朋友，姿勢變得跟肖妮一樣。現場播起一首新歌，凱利一邊點頭一邊無聲跟唱。「他就是每個黑人婚禮中會出現的那種白人，而且總是過度熱切地想跟大家一起跳『邱比特洗牌舞』。」

「噢我的天，」肖妮說，「我愛死了邱比特洗牌舞。」

「但還是有點怪，不是嗎？」尤瑟芙一手拿酒一邊接續剛剛的話題，「我的意思是……他確實挺可愛、也挺不錯的，但是誰能告訴我，爲什麼他的朋友都是黑人？」

艾美拉、薩拉和肖妮一起轉頭望向她們的這位朋友。「嗯……」艾美拉用一隻拳頭撐住下巴。「不知道耶，小瑟，那爲何妳的朋友都是黑人呢？」

「首先，妳有夠沒禮貌。」尤瑟芙豎起手掌擋住艾美拉的臉。「再來，我才剛拿到『23與我』公司爲我做的基因檢測結果，我有百分之十一的西非血統，**感謝各位支持！**」

薩拉的臉皺成一團，「爲何現在要拿『一滴血規則』[十二]當擋箭牌啊？」

譯註——

十一 Everlane是二〇一〇年在加州創立的網路時尚平價品牌，強調對勞工友善、重視環境永續。

十二 一滴血規則（one-drop rule）是美國在二十世紀用來在社會上區分「黑人身分」的原則，只要你有一個祖先是黑人，你就會被視為黑人，二十世紀初期甚至有部分州將此原則寫入法律。因為帶有歧視色彩，相關法律條文目前已在美國廢止。

「第三點，」尤瑟芙說：「我是認眞的。我希望他沒什麼怪癖。我用配對App的時候，這些老白男總想摸我的腳，還要我叫他們『爸比』之類的，超噁心。」

「我倒是希望他願意去摸『那個誰』的腳。幹得好呀，這位姊妹。」薩拉和艾美拉擊掌。「我打算支持妳，因爲跟『某人』不同，『我』呢，是妳的好朋友。我還會去貼著他那個髮型推得很帥的朋友大跳熱舞，支開他。」

尤瑟芙和薩拉開始來回討論誰打算假裝今天生日。薩拉在猜拳中三戰二勝，所以當凱利和朋友回來時，她們正對著薩拉唱生日快樂歌，薩拉則一邊跳舞一邊吹熄尤瑟芙手中的打火機。四個男人中有兩位對肖妮表示興趣，她也大方接受他們的關注（其中一位還剛好今天生日），尤瑟芙則挑戰另一個男人跟她比腕力。一個小時後，凱利拍拍艾美拉的肩膀，「好啦，小姐，我還欠妳一杯酒。」

凱利跟著艾美拉下樓，她在吧檯前坐下，他則在一旁站著。就著吧檯邊緣的燈光，艾美拉意識到自己的牙齒和睫毛正發出粉色螢光。凱利買單了她今晚的第四杯酒，舉杯跟她敲杯。「敬妳，」他說：「敬妳那令我始終想不通的耐心。」她道謝，啜飮了一小口酒，接著凱利說：「妳應該不是大學生了吧？希望不是。」

艾美拉翹起腿坐好。「不是，我沒在讀大學。」

「那妳一定是舞者，對吧？」凱利把手上的酒杯放回吧檯。

「妳一定是受過古典訓練，才有辦法跳得像是……」他噘起嘴，用手拍拍肩膀，表示艾美拉是個專業大師。

「喔，哇，講得跟眞的一樣。」艾美拉笑出來。「那天比較特別。我帶的那個孩子，有人對他們家丟雞蛋，所以警察來處理的時候，她媽媽希望我幫忙帶一下……結果就是讓我去超市見到其他警察，哈。這樣講懂了嗎？」

「懂了，」他說：「超市那傢伙根本不是眞正的警察，但沒差。所以妳不當保母的時候做什麼工作？」

艾美拉把手肘靠上吧檯，對他露齒笑開，「接下來你打算問我的休閒娛樂嗎？」

「可能唷。」

「也太俗氣了吧。」

「好吧，但總比問有幾個兄弟姊妹好吧？」

「好啦，嗯……」她說：「我在下城的綠黨費城辦公室當聽打員，還做一些基本的行政工作。」

「眞的嗎？」凱利說：「妳看起來不像是會參加綠黨的人。」

「我只是在那裡打字而已。」

「妳打字多快？」

「一百二十五個字。」

「每分鐘嗎？」

「嗯哼。」

「認真的嗎？」

艾美拉微笑，「百分之百認真。」

「該死。如果妳需要更多工作，我一定可以幫妳牽線，」凱利說：「我的公司會花大把鈔票請聽打員。」

「說不定我已經賺進大把大把鈔票了。」**哎呀，小妞，妳喝醉囉**，艾美拉告訴自己。她身上的夾克和皮包中的百元鈔票讓她有點不自量力，甚至開始虛張聲勢。

凱利舉起雙手擺出投降貌，「說的也是。」

「你又是怎樣？在人力資源部門工作嗎？」她問。「我遇見你的那天晚上，你那副『你該寫專欄』的樣子是怎麼回事？還眞有模有樣的。」

凱利靠在吧檯上，往上望向各式瓶罐及苦啤酒。「我是有這麼說……還眞尷尬。」他瞇眼望向艾美拉，挺眞誠地問了，「我是個渾蛋嗎？」

「你嗎？喔，當然是。」艾美拉點頭。「我的意思是……我沒有跟你相處的經驗，但就統計學上來說應該是吧？百分之百是，但也沒差啦。」

「沒差嗎？」他笑開。

「對呀，算是吧。」

「我覺得我們該叫台計程車。」凱利貼著她的耳朵說，口氣異常隨興，微醺的艾美拉覺得有點好笑，因爲聽起來就像他是在說「我認爲妳這傷口需要縫上幾針」，又或者「很遺憾，妳的信用卡沒辦法刷。」

艾美拉笑著拿起她的酒，將吸管含入口中後說：「你喝茫了。」凱利將雙臂交抱在胸前，「妳也一樣好嗎，小姐。」

在前往凱利公寓的電梯上，艾美拉檢查了一下手機。

喔好唷掰啦婊子。該死該死被騙了那個穿里昂比恩鞋的有個小屌唉。薩拉傳訊來說。

在電梯另一邊，凱利背靠扶手望著她，然後又站直身體問她，「話說我可以站到妳旁邊嗎？」

進公寓後，在一座感覺昂貴又堅實的沙發上，艾美拉坐上凱利的大腿，他則抱住她的大腿後側。整個空間瀰漫著一股男孩子房間的氣味，也像衣物用號稱無香精洗劑洗過的味道。凱利上方的客廳牆面穩穩掛著一幅巨大的賓州亞倫鎮藍圖。有扇窗戶敞開，艾美拉就著透入的微光親吻他，終於他退開，悄聲說：「嘿。」

艾美拉說：「嗯？」

凱利把頭靠在沙發椅背上。「妳應該不至於只有，二十歲之類的吧？」

「不是，我二十五。」

「哎呀，好吧。」他將雙手枕在腦後。「我三十二。」

艾美拉起身開始脫褲子。「好唷。」

「比妳大七歲呢。」

「嗯。」艾美拉傾身向前，解開他的腰帶釦後笑開，「你……算數很強唷。」

「好啦，小姐。」凱利大笑。「我只是要確定妳不介意。」

在兩人不停彼此撫摸、親吻之際，凱利拿出一枚保險套，放在左邊的沙發墊上。那枚物件就展示在那裡，彷彿是在求和，又像顆逃生鈕，可謂代表彼此合意的塑膠象徵物。他將她的骨盆往上抬，告訴她，「靠近我，坐高一點，」接著將她的下體壓向他的唇。艾美拉說出她認爲「非常白人」的台詞，「啊，你其實可以不必這樣……」這句話的言下之意是，**我希望之後可以不用禮尚往來**。凱利似乎明白她的訴求，他笑著說：「我知道，」便再次將她含入口中。然後他又停下，「除非妳眞的不想要，」艾美拉聽了立刻說：「不會，我想要。」她將雙手及一隻膝蓋撐在椅背上保持平衡，然後那晚第二次在腦中說了，**那就來吧，管他去死**。她抱住了他的後腦杓。

之後艾美拉重新坐回他身上，伸長了手去拿保險套。情勢似乎很清楚了：做的時候是她在上面。

結束後的她還是挺醉的，她拿出手機傳訊給薩拉，妳在哪？

凱利已穿上短褲和T恤，還為她拿了杯冰水放在沙發上。他回到廚房喝飲料，眼神越過中島流理台望向她。微波爐上的時鐘顯示為一點十分。

艾美拉伸手去拿自己的鞋。「可以幫我叫台Uber，順便來點零食嗎？」

凱利伸手去拿手機。「叫台Uber沒問題，但零食的話，妳得先給我妳的電話號碼。」

艾美拉笑了。她的右邊有台電唱機，電唱機旁有一整箱黑膠唱片。「你為什麼會有《等待夢醒時分》[十]的電影配樂？」她問。另外她還能看見靈魂樂老牌歌手夏卡．康和奧蒂斯．雷丁的唱片。

凱利嘆了口氣，雙眼盯著他的手機。「因為我的音樂品味就跟中年黑人婦女一樣，」他說。

譯註——

十《等待夢醒時分》（*Waiting to Exhale*）是一九九五年的美國浪漫電影，主演都是非裔美籍的演員。

艾美拉翻了個白眼，但凱利沒看見。或許尤瑟芙沒說錯，他確實有某種怪癖。艾美拉想問他剛剛那句討巧的台詞用過幾次，但終究沒說出口，最後她只是說：「你有些好貨。」此刻鬆懈下來的她有點疲倦，但心情不錯。她環顧四周，除了那架電唱機外，她還看見一張似乎不是從 **IKEA** 買的椅子，廚房流理台上有台黑色咖啡機，很像那種透過結婚登記禮物清單會獲贈的家電，另外還有一台腳踏車和打氣幫浦靠在牆邊。她把頭往左轉，「你這邊有些很不錯的東西，成年人才有的那種。」

「妳看起來不像小偷，但如果是，那妳看貨的能力實在很差。司機哈桑三分鐘會到樓下。」

「亞倫鎮，」艾美拉盯著頭上的那張藍圖，她瞪著那座城鎮的名字，眨眨眼，感覺一顆顆字母不停浮現又消失在視線之外。「我有認識的人也來自亞倫鎮。是誰呢？」

「我就是在亞倫鎮出生，妳認識我呀。」凱利走向她，在她的大腿上放了一包爆米花，「先報出妳的電話區碼吧。」

艾美拉一邊吃爆米花一邊把電話號碼給了凱利，她的右手臂彷彿失神般垂靠在頭頂，小指倚在那張藍圖上，而就在小指上方的兩條街之外，正是凱利．柯普蘭毀掉莉莉．莫菲高四生活的地方。二〇〇〇年春天，莉莉．莫菲還沒變成雅莉克斯．錢伯連。

第二部

6

錢伯連家的玄關有張小柚木桌放在靠近前門的位置，桌上有只用來裝零錢的小瓷杯，一條長形木質盆器內有三棵正在成長的多肉植物，以及電信公司CB2從牆面內拉出來的直立式手機充電座。過去幾週來，雅莉克斯培養出一個她自己也知道很糟糕的侵略性習慣，她會在回家時把門輕輕關上，彎腰去偷看艾美拉的手機。這個小玄關必須再通過一扇門才會進入主要門廳，所以雅莉克斯覺得自己還不算眞正進入「家」的範圍，自己這樣也還不算眞正在偷看別人的手機。她不知道艾美拉的手機密碼，就算知道也不會用，但艾美拉尚未解鎖的螢幕上總是塞滿訊息，那些訊息青春洋溢、充滿各種生猛細節，讓人看了會上癮。

她從來沒把艾美拉的手機從充電座拔下來，也幾乎沒按過任何按鈕（訊息和通知會自己亮起來），不過每週總有三次，她會一邊用中指滑動螢幕訊息，一邊聽艾美拉在二樓煮晚餐，同時叮嚀布萊兒「吹吹」以免食物太燙。倉庫超市的那個晚上已經是一個月前的事，在這段期間，雅莉克斯對艾美拉發展出了一種幾近於迷戀的情感。她只要一聽到艾美拉用鑰匙開門的聲音就開始興奮，到了她要離開時又失望不已。每當艾美拉在沒人刻意要求時說話或笑出來，雅莉克斯就像中了大獎，但這種情況發生的頻率實在太低，所以雅莉克斯才一直偷看自家保母的手機。如果艾美拉有用社交媒體的話，她一定會直接上網蒐集資訊，但根據她的搜尋，艾美拉沒開過任何帳號。

艾美拉有個名爲「手足」的聊天群組，她的弟弟和妹妹會傳歌曲、迷因圖和即將上映的電影預告給她。此外，艾美拉一天到晚傳訊給一個叫做「妖后薩拉」的人，對方回應的訊息總是切成一段一段，每段都緊接著前段發出（不。住嘴。妳敢講試試看。我做不到）。

艾美拉幾乎每週末都和薩拉一起出去，兩人之間的訊息幾乎都在討論行程。某天下午，艾美拉一定是把手機剛放上充電座沒多久，雅莉克斯就到家了，因爲擱在那裡的手機螢幕還沒鎖定，雅莉克斯甚至不用滑動螢幕就能看到一切。艾美拉剛剛傳了「妳穿什麼？」薩拉回應「騷貨」，艾美拉又回應，「讚啦，妳也一樣。」雅莉克斯上樓時，艾美拉正在地板上跟布萊兒玩，「好，現在妳必須告訴我，妳第二喜歡的蔬菜是什麼？」

有些時候，手機上沒有雅莉克斯能看到的對話，但總有聽到一半按下暫停的音樂。有些歌手的名字雅莉克斯認得，像是饒舌歌手德瑞克、珍娜・傑克森、嘻哈團體「流浪者」和唱R&B的亞瑟小子，但其他名字對她來說都很陌生，像是J・科爾、泰加、大尙恩和崔維斯．史考特[一]。雅莉克斯只好一直用Google搜尋「淘氣阿甘是一個人還是團體？」「SZA要怎麼發音？」之類的問題。某天晚上，雅莉克斯背下一首歌名，之後在房間用Google搜尋，才用耳機聽了第一段，「來個黑鬼跟我打呀，來打呀/我幹他媽的把他一家都打趴」，雅莉克斯的眉毛就挑得老高，望向身邊的凱瑟琳，悄聲說：「哇靠。」

不過，在過去幾週蒐集到的資訊中，最讓她好奇、之後也最能拿來跟艾美拉聊的一件事，是艾美拉看來正在跟某人交往。艾美拉在手機裡把這人的名字設定爲《凱南和凱爾》[二]，那是一齣喜劇的名字。某天下午，雅莉克斯在出門時看到這男人傳訊來說，或許下次先讓我知道妳不喝咖啡好嗎，小怪胎。某個週三晚上他則說，妳會對籃球有興趣嗎？又有一次，艾美拉將和他的對話截圖傳給薩拉，薩拉看了回覆，那小子還眞沒在裝。艾美拉和這個新傢伙的訊息往來時，展現出各種過度冷淡及謹慎的態度，人只有在關係的一開始才會這樣，因爲此時的你想讓對方覺得自己還沒太認眞，還想展現出信手捻來的幽默，甚至會故意一段時間不回訊，好表現出自己很忙，根本沒空爲這傢伙心煩意亂。

譯註——

一 此處提到的都是黑人饒舌歌手。

二 《凱南和凱爾》（*Kel and Kennan*）是美國的情境喜劇，主角是兩位非裔美籍演員，播送時間是從一九九六到二〇〇〇年。

雅莉克斯實在很想跟艾美拉聊聊這個人，想知道他的名字是凱南、凱爾還是其他。她希望兩人的關係可以升級，好讓艾美拉願意主動跟她分享消息，更重要的是信任雅莉克斯可以守密。今晚，在艾美拉髒兮兮的粉色橡膠手機殼內，雅莉克斯一看到艾美拉收到的最新訊息：「期待今晚跟你見面，塔克小姐」，就決定要讓兩人的關係更進一步。

雅莉克斯上樓走進廚房。布萊兒本來望著抽屜，此刻抬起頭來說：「媽媽？媽媽這不是一個可怕的鬼，好嗎？」雅莉克斯將皮包放上流理台，發現屋內充滿香甜溫暖的氣味。那天早上，她將南瓜和葫蘆瓜放在餐桌正中央，還把從後院蒐集到的落葉掛在俯瞰街道的窗戶上。布萊兒正為一隻看來非常友善的鬼塗色，鬼的旁邊還有一盤黃瓜、鷹嘴豆跟義大利白麵。冰箱上擺了新的美勞作品：毛氈巫婆的兩隻大眼似乎正咕溜咕溜地轉動，還有紫色紙張剪出的「嚇！」。這張剪紙的細節處理得很好，顯然是艾美拉「幫助」布萊兒完成的。雅莉克斯脫下一件垂墜式羊毛衣，親吻布萊兒的額頭，艾美拉早已將凱瑟琳抱起，雅莉克斯從她手中接過寶寶。

「大家今天過得好嗎？」

「不錯，」艾美拉挑揀著牛仔褲膝頭上的果乾。「我覺得挺不賴的，不是嗎？小布？」

布萊兒拿起一根蠟筆，「妳畫。」

艾美拉在她旁邊坐下，「我要畫什麼？」

「應該要說『拜託妳畫，』布布，」雅莉克斯說。「艾美拉，」她又說：「妳喝葡萄酒嗎？」

艾美拉從布萊兒手上小心接過蠟筆，然後眨眨眼，「呃……喝呀。」

雅莉克斯從櫥櫃中拿出兩只玻璃杯，**嗯，我知道你喝啃**，然後她坐下，將酒瓶夾在雙腿間，竟然也一邊抱著凱瑟琳一邊拔出了酒瓶木塞。凱瑟琳抬頭望向她時，雅莉克斯說：「嗨，妳是想我了嗎？還是怎樣？」

雅莉克斯告訴艾美拉，她幫布萊兒洗澡時可以把酒杯帶進去，還說雅莉克斯自己一天到晚這麼做。她自從午餐後就沒吃（自從那場充滿愛與鼓勵的勸說大會之後，她已經減了將近二點五公斤），而此刻啜飲那杯葡萄酒時，她一邊清掉廚房桌上的玩具，一邊聆聽艾美拉幫布萊兒快速洗澡的聲音，感覺透過禮節與人劃清界線，因而得以疏懶的那種美好感受逐漸消失。她在廚房流理台上點亮兩根蠟燭，點開包含搖滾樂團佛利伍麥克和創作歌手崔西．查普曼的音樂播放清單。當她將廚房的大燈關掉，只留桌子上方的吊燈亮著時，雅莉克斯意識到這些舉動簡直是在追求自己的保母。不過，這個夜晚也讓她想起和瑞秋、喬蒂還有塔瑪拉渡過的無數週五夜晚。她已經好幾個月沒幫另一個女人倒上一杯酒了。

再次現身的艾美拉腋下夾著幾本圖畫書，手上拿著半滿酒杯。換上睡衣的布萊兒則跟在她身後，身上裹著她最愛的破舊白毯子。艾美拉在廚房流理台邊停下腳步，又啜飲了一小口葡萄酒。「這樣眞棒。」她說。

「我也喜歡這樣。」雅莉克斯從桌上拿起酒杯，仔細觀察酒的顏色，同時正在餵躺在另一邊臂彎內的凱瑟琳喝奶。「妳是特別愛葡萄酒的人嗎？」

「欸，我喜歡葡萄酒，」艾美拉說。她將杯子放在桌子另一頭，也將腋下取出的那幾本圖畫書放下。「但我比較習慣喝……盒裝葡萄酒，所以，對啦，我算不上什麼品酒師。」

雅莉克斯嘗試輕鬆看待這種尷尬的時刻，但一切仍會卡在她的心臟及耳朵之間某處。她知道艾美拉有上大學，也知道艾美拉主修英文，但有些時候，看到她手機上按了暫停鍵的歌曲標題是〈屌爆的婊子〉或〈我超酷炫有名〉，然後又聽到她說出「品酒師」這類高級詞彙，雅莉克斯會瞬間感到迷惑又極度讚嘆，之後又因為這種反應而陷入罪惡感的深淵。她實在沒理由把艾美拉視為一個不經世事的人，更沒理由為此感到讚嘆，雅莉克斯對此心知肚明，但她必須事先提醒自己，才不會出現這種反應。

「嗯，我之前也很愛盒裝葡萄酒，」雅莉克斯說：「但妳知道這些酒不是我買的，對吧？」

艾美拉坐下，把布萊兒抱在大腿上。「嗯？」

「喔，對啦，我不太買酒，其實很多其他東西也不是用買的。」雅莉克斯又喝了一小口。「我這樣做已經好幾年了。我會寫信給酒品公司，說我打算辦場活動，需要試喝他們的酒，然後他們就會免費寄幾瓶來。這瓶是來自……」她轉動瓶身查看標籤，「來自密西根吧，我想。」

「這代表妳之後有活動要辦囉？」

「等我出書之後，總會辦的囉。」雅莉克斯眨眨眼。

艾美拉大笑著說：「見鬼了，好唷。」

「我現在讀這個！」布萊兒拿起一本硬紙板書大聲宣布。「我讀這個。」

艾美拉說：「好，讀吧。」

白天的時候，布萊兒會忍耐著讓別人讀故事書給她聽，但根據艾美拉的經驗，雅莉克斯的孩子是唯一不喜歡在睡前跟別人一起享受故事時間的人。布萊兒喜歡在眼神變得朦朧之前，讓大家看著她「讀故事」給自己聽。她總會「噓」抱著她的人，要他們安靜，就算他們什麼都沒說也一樣。所以雅莉克斯試圖保持溫和、平緩的語調，好讓布萊兒滿意，也讓她的保母願意繼續坐著跟她說話。

「今天有什麼開心的活動嗎？」

艾美拉點點頭。「就是去吃個晚餐。」

「已經知道要去哪了嗎？」

艾美拉雙臂交疊在布萊兒大腿上。「一個叫做葛羅莉亞餐館的地方，賣墨西哥菜。」

「葛羅莉亞餐館？」雅莉克斯進一步確認，「就是要自己帶酒去的那間嗎？很吵的那間？」

「嗯哼。」

「我去過那裡，很好玩，喔，妳該把這帶去。」雅莉克斯搖晃眼前的酒瓶。「我還在擠奶，不能喝超過一杯。」

艾美拉說：「真的嗎？」此時布萊兒抬頭望向她說：「噓，不，小美，不不。」

艾美拉把一隻手指壓在嘴唇上，布萊兒翻頁，艾美拉用唇形對雅莉克斯無聲說了**謝謝**，雅莉克斯回答：「不用客氣。」

這樣很好，雅莉克斯心想，**雖然還不到我心目中的理想狀態，但已經有進展**。見過其他好姊妹跟保母之間的關係後，雅莉克斯知道自己對於和艾美拉建立關係的期待可能太高了。瑞秋和她的保母亞內塔常討論離婚的事、討論她們在哈德森班上最討厭的小孩，還有哪個孩子的爸爸最有魅力。塔瑪拉曾經請假一天，還讓孩子翹了半天課，就為了看一場日間肥皂劇，因為他們最親愛的保母雪兒碧在其中演了一個有台詞的角色。喬蒂總會買一些圍巾和乳液，因為她的保母卡門很愛這兩樣東西，也常希望有機會試穿或試擦。雅莉克斯不知道艾美拉喜歡什麼，不知道她討厭什麼，她不知道她如何不發胖，也不知道她信不信教。認識艾美拉不是一蹴可及的工作，但她打算努力下去，就算必須在每次陷入沉默時當率先開口的那個人也無妨，而她跟艾美拉之間的沉默時刻可多了。

「妳是跟好姊妹一起去嗎？」

艾美拉微笑搖頭。

雅莉克斯擺出一個有點像卡通人物的八卦眼神，「噢？」艾美拉笑了。她的嘴唇挑逗又神祕的抿了起來。「哎呀，別這樣，他可愛嗎？」

艾美拉點點頭，擺出一副慎重思考的模樣。她將一隻手舉到臉旁邊，跟手掌呈九十度的四隻手指與地面平行，「他眞的很高。」

「有夠讚，」雅莉克斯說，艾美拉又笑了。雅莉克斯覺得艾美拉的笑容背後仍有勉強配合的意味，但她不在乎，畢竟和她跟彼得任何一位同事的對話相比，這次聊天的品質都算不錯了。她輕輕搖晃著懷中的凱瑟琳，「在哪裡認識的？」

「嗯……」布萊兒用力闔上第一本書，準備開始讀第二本。艾美拉揉揉她的瀏海，「搭車時遇到的。」

「眞的？太可愛的巧合了。」懷中的凱瑟琳逐漸入睡，但小小的嘴唇仍以原本的節奏激烈吸著空掉的奶瓶。雅莉克斯把奶瓶放到桌上，小指伸進女兒嘴巴。「這是你們第一次約會嗎？」

「那是要給小馬的，」布萊兒對著書本說。「我們需要一張地圖。」

「好像是……第四次？」

「噓，小美。」布萊兒說。

「好，噓。」艾美拉也悄聲回應。

雅莉克斯無奈搖頭，同時翻了個白眼，「抱歉。」

艾美拉用嘴型回覆，**沒事**。

凱瑟琳逐漸睡著後，只要在某個特定時間點將她放進嬰兒床，她就會立刻睡著，雅莉克斯知道就是現在，但她實在不想打斷這個片刻。她不能問那男人的名字，這樣會讓她聽起來像個長輩。她也不能問自己眞正想知道的事情，也就是艾美拉究竟跟對方睡過沒？艾美拉會在跟別人正式交往前上床嗎？跟某人上床對她來說意義重大嗎？現在已經是七點六分了，艾美拉從沒待到這麼晚過。雅莉克斯知道在必須讓她離開之前，自己還能再問一個問題。「妳覺得有可能跟這人認眞交往嗎？」

艾美拉的身體垮下，臉上露出笑容，「我不知道，」她說：「他很可愛，但我沒打算……太快成爲誰的太太。」

這個說法讓雅莉克斯在內心尖叫起來。她好想問艾美拉的媽媽是幾歲結婚？然後再表示自己的媽媽二十五歲就嫁了。

她想知道艾美拉之前有過認真交往的對象嗎？還想知道現在這個新出現的對象是做什麼工作的？但本來細聲讀書的布萊兒已經開始打瞌睡，艾美拉單手扶住她的額頭，避免她真的敲到桌子。菲爾·科林斯的歌聲從音響流瀉而出，她們兩人的酒杯都已經空了。

雅莉克斯慎重點了兩次頭，「這樣很好。」她摸了摸酒瓶，抱著懷中的寶寶站起來，「我去把這瓶酒放在妳的包包旁邊。」

7

錢伯連家附近有間兩層樓的星巴克咖啡，許多自由工作者和大學生會去那裡一次待上好幾小時。保母工作結束後，艾美拉通常都會走上咖啡廳二樓——看起來像是要跟同學或朋友會合——然後去單人廁間換衣服。今晚的她只有牛仔褲沒換，其餘部分換上白T恤、牛血色短靴，還有肖妮的褐紫紅色棒球夾克，夾克左前側有一枚織紋的S字母。艾美拉對著鏡子上唇膏，將頭髮綁成馬尾，然後傳訊給凱利，我遲到了很抱歉我在跑了。

葛羅莉亞餐館總是塞到爆滿。牆上常年掛著聖誕燈、糖製頭骨、玫瑰，以及圖樣密集的毯子。艾美拉擠過那些在餐館外候位的伴侶和團體，又經過一名正在大喊「魯本，六位！」的服務生。等眼睛適應了餐館內的光線，她看見凱利坐在角落，「真抱歉。」

「沒事、沒事。」凱利輕撫她的手肘，吻了她的臉頰，退開時滿臉微笑地說：「如果我說妳聞起來像剛洗過澡，會很變態嗎？」

凱利．柯普蘭在賓州的亞倫鎮出生。他有一個姊姊，姊姊目前有一個孩子，他還有兩個弟弟在同一間郵局上班，就連爸爸之前也在那間郵局工作了二十八年。凱利盡量在晚上十點後不看電腦或手機螢幕，而且只讀紙本書，睡前還會戴「阻藍光眼鏡」，那是一種大到令人尷尬的橘色有色眼鏡。他每天至少有一半時間都在盯著電腦螢幕寫程式，主要是爲健身房、瑜伽療癒館、物理治療課程，還有飛輪中心建立會員約課用的App介面，其中包含浮誇的回覆及推播通知功能。艾美拉知道凱利的鎖骨斷過兩次，當咖啡廳的客人沒聽到店員叫自己的名字時，他會「非理性地憤怒起來」，還有光是想像喝全脂牛奶就覺得噁爆了，但她不知道和他上床第二次會是什麼感覺。

魯卡夜店那晚過後四天，凱利問艾美拉能否在工作前跟他喝杯咖啡。艾美拉把他的邀約訊息截圖傳給薩拉，薩拉的回覆是，*我實在不確定妳現在算是通過主管面試還是被甩了*。和凱利喝咖啡感覺異常正式，兩人就像在假裝上次見面時沒做愛，彷彿她沒有兩次把他搭在自己頭髮上的手拿開（他說了兩次抱歉，她說沒關係），彷彿他沒有姿態可愛地將坐到的遙控器挪開，再放到小邊桌上後說：「抱歉，請繼續。」在這樣一個非常時髦、充滿自然光，又提供四美金冰涼精釀啤酒的地方，艾美拉一直在等凱利跟自己推銷些什麼，或者問她何時要跟其他人會合。但他問了她的家鄉，她在Instagram上追蹤的哪個人最讓她難爲情——她沒有Instagram帳號，他的Instagram大頭照是一隻寵物浣熊——還問她是否曾在白天做著某些尋常小事時，突然想起前晚做的夢。

如果凱利曾見過艾美拉的母親，哪怕只有一次，她媽媽一定會說出類似「那男生有夠愛講話」之類的話。凱利有種習慣，他會問她很多問題，為的是之後再來解釋自己的答案，不過他也很認真聆聽對方說話，所以艾美拉並不覺得討厭。凱利有點傻，但不是說話大聲或粗魯無禮的那種傻。他曾提議玩一個遊戲，就是猜身邊經過的人正在用耳機聽什麼。之後有一次，他們走過兩個不停大哭的寶寶身邊，他望著艾美拉說，「我不是說了，分手超悲慘的，對吧？」又有一次，他們看完一場籃球比賽正要離開，前方一個小鬼在唱煩死人的〈永無止盡的歌〉，凱利小聲對著艾美拉的耳朵說，「給妳七十五塊，妳把可樂倒在那孩子頭上，但必須立刻動手才算數。」

艾美拉坐在他對面，脫掉肖妮借她的夾克，仔細看向他。「我本來一定會準時……」她說：「但我的老闆一直問我問題，感覺她很想聊天。」

凱利又繼續低頭就著燭光看菜單，「她把妳派去費城最『白人』的超市，是不是怕被告啊？」

「我不知道。喔，但是，等等！」艾美拉把手伸向座位後方，探入掛在椅子側邊的背包，拿出重新塞好木塞的葡萄酒。錢伯連太太之前就把這瓶酒擺在她充電的手機旁。「她倒是給了我這個。」

凱利掏出手機，就著手機的光線讀酒瓶上的標籤。「妳老闆給妳這支酒？」

「她問我想不想喝一些，然後就擺出『拿去吧』的樣子。」

「這看起來超貴，」凱利說：「妳介意我用網路查一下嗎？」

「不介意呀，你查吧。」艾美拉伸手拿薯片，沾了莎莎醬。「她甚至不是用買的。她寫信給酒品公司，說她要辦一場活動，他們還就眞的寄過來了。」

「眞的嗎？」凱利的臉被手機螢幕的光打亮。「妳之前說她的工作是什麼？」

「她是作家，」艾美拉說，前陣子她才搜尋過錢伯連太太，看到她跟大學年紀的學生一起拍的照片，所以艾美拉又補充說：「或許也是個老師吧？我不知道。她在寫一本歷史書，明年要出版。」

「活見鬼了！」凱利瞇眼望向艾美拉，「這瓶麗絲玲品種的白酒要五十八美金。」

艾美拉說：「見鬼了。」但她的內心並不驚訝。錢伯連太太本來就喜歡昂貴的事物，只是從未公開承認，反而比較喜歡把省錢的過程告訴艾美拉。她曾透露某張地墊的精確價格，但又強調自己根本沒花什麼錢就搞到了，簡直跟「偷來的」沒兩樣。她也會說自己在聖誕節搶到廉價機票，「感覺好極了。」艾美拉總是禁不住想，錢伯連太太明明付得起這些商品的原價，爲什麼不乾脆坦率地去買呢？艾美拉常在查詢錢伯連太太家中物品、她提出的採購建議，以及她的生活風格可能產生的開銷。錢伯連太太的每個皮包裡都有一條「果漾美顏」睫毛膏，每條價格爲二十二美金。艾美拉發現她曾在波士頓住的某間旅館，週間每晚要價六十八美金。還有一次，艾美拉說因爲布萊兒坐到泥巴堆裡，她只好幫她買一條新短褲時，錢伯連太太立刻急匆匆道歉，還伸手往皮包裡掏：「我來付短褲的錢，三十塊夠嗎？」艾美拉是在連鎖藥局「沃爾格林」買的短褲，而且兩件一包才要價十塊九九。艾美拉把這段過程告訴薩拉，薩拉完全無法接受艾美拉沒收下多出來的錢。「哇靠！你有什麼毛病呀？」她說：「幹麼不跟她說，『沒錯，那條短褲就剛好三十塊，不客氣，再見。』這樣不就好了？」

「好吧。」凱利把葡萄酒遞回去。「我帶啤酒來，是因爲我以爲我們都是勤懇的勞工階級，但要是我早知道妳打算色誘我的話……」

「最好是，哼。」艾美拉吃著薯片微笑，這點她也不打算跟凱利計較：他想認定自己算勞工階級就隨他去。凱利可是在高檔辦公室工作，每個人都擁有一模一樣的大空間，頭戴鬆軟耳機，還有無限量的穀片和碳酸水可享用。但她沒打算拿這點來找麻煩，也不打算提起她就住在魚鎮的連鎖健身房樓上，她只是說：「不開玩笑，這確實是我喝過最好的葡萄酒。」

但最後他們還是喝啤酒，因爲葛羅莉亞餐館規定不能喝開過的酒。艾美拉把酒塞回背包，凱利說：「我們之後再處理那瓶酒。」

他們聊起各自今天過得如何，但在此同時，艾美拉不停想，**如果你今晚不幹我，我一定會暴怒**。凱利似乎還有點介意兩人之間的年齡差距，而且不只艾美拉這麼覺得，薩拉也同意她的猜測。就像每次只要身處一個白人氣息特別重的地方（比如牙醫診所、只有她一名黑人女性出席的奧斯卡主題派對，還有每週二和四去綠黨的時候），她也會感覺白人女性用類似的態度過度遷就她，凱利現在就是這樣，因為過度想彌補兩人之間的年齡差距，他帶艾美拉到一堆完全不性感的地方，最後再以親吻她的耳際結束約會。艾美拉本來對兩人的第一晚深感讚嘆，他們搭配得很好，火花四射，在她看來，這種契合度通常得花上一段時間才能達到，而在問了一堆「有去過歐洲嗎？」和「贏了大樂透要做什麼？」之類問題的兩次約會後，她已經準備好再去他家過夜了。兩人共處的第一晚，在他家沙發上，艾美拉完全沒想起布萊兒，也沒想很快必須解決的健保問題，又或是一過了新年，她的房租要漲到九十美金。

凱利將雙手往頭後方高舉，接著在服務生幫他們送餐時快速放下。「所以我想，妳該跟我說說之前那些約會對象了，就是在我之前的那些輸家。」

艾美拉笑了，「喔，到這階段了嗎？」她把啤酒放回桌上。

「嗯哼，還要說他們現在在做什麼，沒了妳之後又過得多慘。」

「噢，哇，好唷。」她重新調整坐姿。「嗯……我這個夏天跟一個傢伙約會了幾個月，一開始還不錯，但後來他開始一天到晚傳一些勵志金句給我看……？我真的不行，玩不來這套。」

「來一則訊息我看看。」

「我幾乎都刪了。」艾美拉切著盤子裡的辣醬玉米餡餅努力回想。「不過，對啦，他會傳一堆照片和格言，像是『麥可．喬登也沒有入選他的高中籃球隊』之類的，我就會覺得……好唷，所以呢？」

「好吧，總之妳不愛看名言佳句，再來一瓶嗎？」凱利指著裝了瓶裝啤酒的桶子，艾美拉點頭。

「我大學時跟一個樂手約會了一年，算還可以，但有點純情吧。我想他應該和某個樂團在外地巡演，現在正在幫吉他調音之類的。」

凱利將口中食物咀嚼完畢後說：「為什麼我覺得那個樂團可能叫『嗆辣紅椒』之類的。」

「拜託，我知道『嗆辣紅椒』好嗎？」艾美拉假笑了一下。「然後我從高中到大學跟一個傢伙約會了大概，十個月吧，但後半都是遠距離，所以也算是有點純情。」

「這樣呀。」凱利用餐巾擦臉，雙手放上餐桌。「所以妳還沒有過，怎麼說呢，穩定的長期關係？」

艾美拉一邊咀嚼一邊微笑。「欸，我連人生都還不夠穩定，活得也沒有多長，所以當然沒有。你是要告訴我你已婚又有小孩之類的嗎？」

「不是不是……為什麼我突然很想說『就我所知沒有』！」

艾美拉乾笑了一下，「拜託別說。」

「我知道啦，忽略那句話。」凱利搖搖頭，然後從頭開始解釋。「我和上一任女友大學就認識，但幾年後才開始約會，她現在在亞利桑那州接生嬰兒……我在大學最後兩年有個女友，現在還偶爾會互祝生日快樂或聖誕快樂，我想她應該住在巴爾的摩。大一時也有過一個女友，我們現在關係還行。還有……妳剛剛連高中男友也講了，所以我猜我也該說一下。十七歲時，我有個女友，她是鎮上最有錢的女孩。」

艾美拉翹起腳來，「你指的是多有錢？」

凱利豎起一根指頭。「我來告訴妳她多有錢。我們有趟校外教學是去華盛頓特區，當時她比我高一年級，我們大概三十位學生一起搭飛機。她第一個上飛機，我就跟在她後面。等找到座位後，她就把行李放在走道上，直接坐下，完全沒打算把行李收好。」

艾美拉快速點了一下頭，馬尾隨之擺動，「她覺得你會幫她處理嗎？」

「不是，」凱利靠近餐桌，「她覺得**飛機上的人**會處理。我打開頭頂的置物櫃時，她一副『拜託你別亂搞！』的樣子。她之前搭的每一架飛機，都會有人幫她把行李收好。」

「有那種飛機嗎？」

「顯然在頭等艙是這樣。」

「喔，該死，」艾美拉說：「她現在有自己的飛機了嗎？」

「可能吧，我還滿確定她現在人在紐約。我一直記得那一刻，或許聽起來有點怪，但就是在這種『純眞失落』的時刻，你突然明白了世界的一些眞理，妳懂嗎？我跟她在一起時經歷了**很多**類似時刻，不過那又是另一個故事了，但我還記得當時大部分的同學都沒搭過飛機，之後或許也有很長一段時間沒機會搭，而這女孩總在搭頭等艙，甚至不明白爲什麼我們坐的地方沒有地方伸腿。當時十七歲的我心想，『喔，嘿，每個人都擁有不一樣的人生呢。』妳懂我意思嗎？」

「嗯嗯，」艾美拉說：「懂，就好像我那個有點算相反的經驗，小時候，我去一個女生的家過夜，進去浴室時，有三隻超大的蟑螂就在地板正中央，我尖叫，但這個女生一副『喔，把牠們趕到一邊就好啦。』」艾美拉邊說邊輕輕甩動餐巾，假裝正姿態可愛地把一群迷你羊趕開。「我心想，說什麼鬼呀？現在回想，好吧，是啦，那女生家窮到誇張。我記得她和姊妹還睡在同一張雙人床上，但對當時的我來說，蟑螂似乎是比較嚴重的問題。我那時眞的大受打擊，心想，『妳過這種生活？』但現在我的想法是，喔，等等，大部分的人其實過的都是這種生活。」

「哎呀，確實是這樣沒錯，那眞是個好例子。」凱利擦嘴，皺了一下臉，點點頭。「嗯嗯，對了，我還有另一個例子。小時候，我小弟超愛那個電視劇《莫莎》，妳還記得那個節目嗎？」

「當然記得。」

「對，這很合理，妳跟我小弟的年齡比較接近。」

艾美拉做了個鬼臉，「很會說話唷，凱利。」

「抱歉抱歉。反正，對啦，總之……我們全家晚餐時坐在餐桌旁，突然之間，沒有任何理由，我那個大概六歲的小弟就說，『媽，爲什麼莫莎是大便黑鬼？』」

墨西哥街頭樂隊的音樂聽起來突然變得很響亮，艾美拉雙眼圓瞪，嘴唇扭曲，彷彿在食物裡吃到一根頭髮。凱利繼續說。

「我媽說，『你說什麼？』我弟說，『麥可的爸爸要我把電視關掉，因爲……』好，我不會再說那個詞，但他顯然不知道那是什麼意思。可是我的年紀比較大了，所以我很清楚。我很常看到那孩子的爸爸，所以當時心想，**見鬼了，麥可的爸爸，你竟然是個壞蛋，**我在學校遇見的人，竟然是邪惡的化身。」

艾美拉緊緊盯住凱利，心跳是原本的兩倍快。

他們兩人之前只談過一次種族話題，而且也沒深入聊。當時他們是去看籃球賽，有群黑人青少年看到凱利把入場票遞給艾美拉，其中一人顯然故意要讓他們聽到，大聲說了「眞夠該死的不要臉。」凱利故作可愛地朝他們行了個舉手禮，「好的……感謝這位先生，感謝您的指教。」等到了他們的座位時，凱利雙腳開開坐著，靠近她的耳邊，「可以問個問題嗎？」艾美拉點頭。「妳的約會對象，曾經有過……」他的聲音漸弱，艾美拉心想，**噢我的老天**。她翹起腿坐好，心想，**隨便啦，就看比賽吧**。「妳的約會對象，」凱利又開口了，「曾經有過……不是這麼高的嗎？」

艾美拉大笑，用力推了他的肩膀，「臭小鬼，別鬧了。」

凱利聳起肩膀，裝出憂心忡忡又自我保護的防禦姿態。「這問題很合理，我想知道妳爸媽會生氣嗎？如果看到妳帶回家的男人……只有這麼高？」艾美拉又笑了。她沒有指出他這個笑話是從《新鮮王子妙事多》這部影集偷來的，又或許「偷笑話」本身就是他想營造的笑點？總之，他們始終沒再談起這件事。

艾美拉之前跟一個白人約會過，大學畢業後，她也曾跟另一個白人上床過好幾次。他們都喜歡帶她去參加派對，而且都會要她試著別再燙染頭髮。然後突然之間，他們會表現得跟一開始和艾美拉互動的樣子完全不同，這些白人會開始大發議論，談起政府的房屋補助、最低薪資，還有小馬丁．路德．金恩有關溫和派行動的格言，例如「人們不想聆聽眞相」之類的，但凱利似乎不太一樣。凱利．柯普蘭有一種老爸式的幽默感，開玩笑時表情誇張，還有把某些字詞重複說上兩次的習慣（嗯嗯、好喔好喔、抱歉抱歉），在在顯示他有跟黑人約會過，而這個基於禮尚往來而分享的好故事，艾美拉也不是不欣賞，但……他一定要用黑鬼這字眼嗎?難道不能說「那個什麼鬼的詞」就好?又或者等到第七或第八次約會再講?艾美拉無法分辨他的心態,她坐在他對面,內心充滿各種衝突的情緒。她不太能接受他說的這個故事,尤其最後還發音清晰地說出了「黑鬼」,但看著他吃最後一口食物時,手背上浮現性感的血管紋路,她又告訴自己,**好吧,這件事我也不打算追究。**

「麥可的爸爸長什麼模樣?」

「我想,我確定他看起來就跟亞倫鎮大部分的爸爸沒兩樣。」凱利把叉子放在盤子旁邊。「但現在回想起來,我腦中的畫面是他戴著牛仔帽,站在屋子前廊,手中拿著……」

艾美拉伸手越過桌面,阻止他又開始假裝模仿某人的意圖。她壓低音量問,「要回你家嗎?」

一切結束之後,兩人一起待在凱利臥房,他從床上坐起身說:「我們忘記喝葡萄酒了。」他穿上短褲,走去廚房。

艾美拉穿著一件前面寫了「尼塔尼雄獅隊」的T恤起床尿尿。她走進在凱利的廁所,在藥妝櫃門上的鏡前自拍,傳給薩拉,薩拉回訊,**眞受不了現在的妳**。此時是晚上十一點四十六分。

凱利拿了兩只玻璃杯回來,放在廚房中島流理台正中央。艾美拉把裝在紫色塑膠袋裡的酒瓶拿過來,放在流理台另一邊。

「『小露露的芭蕾學院，』」凱利讀出塑膠袋上的文字，拿掉袋子，把葡萄酒放上流理台面。「聽起來是個噩夢般的地方。」

「不會呀。我每週五帶布萊兒過去，那是我最愛的行程。」

「布萊兒就是我在超市看到的那個孩子嗎？」

「嗯嗯，她眞的跳得很差。」艾美拉舉高雙臂伸懶腰，感覺自己的背部從T恤下襬露了出來。「其他女孩都很優雅，但布萊兒總在鬼叫說要吃烤起司之類的。下次是最後一堂課，會舉辦萬聖節派對，我們都很期待。」

凱利把酒倒進兩只杯子中。「妳會盛裝打扮嗎？」

「我會扮成一隻貓，布萊兒會扮成熱狗。」

「眞不賴，完全就是網路經典哏圖組合耶。準備好品味這個了嗎？」凱利把杯子放到她面前。「喔，等等，妳已經喝過了。那我準備好了嗎？是的，我準備好了。」

凱利雙眼盯著艾美拉，拿著酒杯的手非常炫技地搖晃著。他喝了一小口，任由酒衝擊他的喉頭，然後說：「噢，哇。」他點點頭，把酒杯放回流理台上。「該死，沒錯，這就像有錢人去鄉村俱樂部會喝的酒。」

「就跟妳說吧。我喝了幾乎要傷心起來，因爲之後大概不會再有機會喝到了。」艾美拉把前臂靠上流理台。「你覺得你的高中女友現在會不會正在頭等艙喝這個？」

凱利笑了。「很可能唷。」他望向艾美拉說：「想知道我怎麼跟她分手的嗎？」

「想。」

「我很糟糕唷，」他警告。「聽了以後，妳別甩了我啊。總之，跟她在一起時發生了很多鳥事，她還一天到晚寫信給我，之類的，但當我決定結束關係時，我說，『我覺得我們最好分道揚鑣，人生路別再交會。』」

艾美拉摀住嘴巴，她對著自己的手掌說：「不！！！」

「沒錯。」凱利又喝了一小口酒，「我當時還覺得自己這樣很酷。」

「你是有什麼毛病？」

「我當時才十七歲。」

「最好是，我也十七歲過呀，老兄。」

「好吧好吧，我也不知道怎麼回事。她老是用一些花花草草的信紙寫一些很詩情畫意的信給我，我覺得好像也得用同樣文雅的語言跟她分手，但效果顯然不好。而且，我雖然很想說那是我高中幹過最蠢的事，但其實還有更糟的。」

艾美拉站直身體。「你還幹了什麼好事？」

「也不是我眞的做了什麼……應該說是我有過的想法？就是……妳知道情人節是卡片公司發明出來的嗎？但我聽錯了，我以爲是汽車公司發明的。一直到讀大學以前，我都以爲是豐田汽車公司和起亞汽車公司發明了情人節。雖然我確實覺得哪裡怪怪的，但還是這麼相信了。其實，不，等等，還有更糟的事嗎？我以爲『女同志』這個字後面還可以加上一個『化』，就是，『女同志化』？我眞以爲有這個詞。」

「凱利。」艾美拉又摀住了嘴，「不會吧！」

「眞的，」他說：「我以爲女人可以把別的女人『女同志化』，一直到大概十六歲還這麼相信。爲什麼我要告訴妳這些？」

艾美拉笑了。「我還眞不知道，但再把那段分手台詞跟我說一次。」

凱利雙手撐在流理台上，清了清喉嚨。「『我覺得我們最好分道揚鑣，人生路別再交會。』」

「還眞文雅。」

「謝妳唷。」

艾美拉用骨盆靠住流理台。她望著凱利拿起那瓶五十八美金的酒，把剩下的液體倒入她的杯中。

「你想幫我叫台 Uber 嗎？」

凱利把空瓶放在磁磚台面上。「不是很想，眞的不想。」

艾美拉點點頭，「好。」

8

場景回到紐約，當時距離凱瑟琳出生還有很久。塔瑪拉把酒倒入三個玻璃杯。「每個人都得分享自己人生中最難堪的一刻。」

「我眞愛喝醉了的塔瑪拉，」喬蒂說：「因爲她會變得像個十一歲小女生。」

這裡是瑞秋家的後院。塔瑪拉、喬蒂、瑞秋、雅莉克斯這四個女人坐在金屬線條交織的露台椅上，旁邊堆著塑膠鏟子、沙桶，還有一座覆滿落葉的兒童泳池，空間周遭盡是纏繞的藤蔓。她們頭頂掛著一些小小的白燈泡，玻璃滑門的另一邊則是瑞秋用來招待客人的一樓小套房。套房中有張加大尺寸的床從牆面拉下後架開，口中含著大拇指的小小布萊兒正睡在上頭。塔瑪拉的女兒伊瑪妮和克麗歐睡在布萊兒身旁，另一邊則是喬蒂的女兒，這個女兒之後很快也會成爲姊姊（不能喝酒的喬蒂正在喝加了檸檬的碳酸水）。瑞秋的兒子哈德森正在佛蒙特的爺爺奶奶家。四個女人第一次在沒有孩子參與的狀態下聚會。

瑞秋靜悄悄地用手肘把滑門推上，一頭柔滑的黑髮在身後飄動。「我的答案不是一個片刻，而是一段時間，而且跟我兒子的陰莖有關。」她把四個白盤子放在桌上，旁邊是一個鋪滿番茄、黑胡椒粗粒，以及羅勒葉的大披薩。

「別讓我聽這種沒營養的話，啦啦啦啦啦。」喬蒂雙手摀住耳朵。她三天前才得知自己懷了一個男孩，之後她會將男孩命名為佩恩。她厚重的紅髮燦亮，伸手越過一個驅蟲蠟燭拿披薩，結果雅莉克斯剛好也要拿同一片，喬蒂立刻把手收回，「沒事，雅莉克斯，妳先拿。」這群朋友之中，雅莉克斯最先認識的就是喬蒂，當時她在醫院的等候區，準備帶布萊兒進行四個月大的健檢，之後也是喬蒂把她介紹給瑞秋和塔瑪拉。喬蒂想讓她自在一點的各種貼心關懷及舉動，直到現在都很讓雅莉克斯感動。

瑞秋雙手垂放身體兩側，往後靠向露台椅背。「有一次在超市，我在排隊等著買咖啡……『媽咪，陰莖不能給別人看。』『媽咪，沒有人能跟陰莖玩捉迷藏。』『媽咪，我有一根陰莖，我們的狗有一根陰莖，但妳的陰莖不見了，所以妳得更小心。』」

「噢老天，」塔瑪拉說，「爲什麼他要對妳進行佛洛伊德式的心理分析？」

「好吧，妳們幾個已經知道我最丟臉的時刻了，」喬蒂轉向雅莉克斯。「反正就是去年夏天，小愼和表弟妹一起參加教堂營隊，其中一個隊輔打電話來，因爲小愼很詳細地跟大家解釋，她媽咪會把小男孩和小女孩帶進一個房間，然後拿攝影機拍他們。」

「噢，不！」雅莉克斯大笑。

「如果有小朋友哭了，」喬蒂傾身靠近桌子，其中一隻綠眼圓瞪，另一隻眼閉著。

「那些壞小孩就永遠不會再從房間裡出來。」

塔瑪拉笑出豬叫聲。「我記得這件事。」

瑞秋搖搖頭。「我眞是天殺的愛死這小鬼。」

「**還有**，」喬蒂豎直一根手指，「只有聽話的男生和女生能從房間裡出來，之後媽咪還會繼續拍他們，而且拍攝時必須完全遵守媽咪的指示，就算哭也一樣。」

雅莉克斯說，「我猜她再也沒受邀參加營隊了。」

「我眞是花了一大堆力氣解釋。」喬蒂扯下一大塊披薩邊緣的餅皮，咬了一口。「我拿出我的名片，給他們看我的網站。我坐在一個比我屁股小好多的兒童椅子上，像個瘋子一樣跟他們解釋我不是戀童癖，只是在幫劇情片甄選童星演員。」

塔瑪拉望向雅莉克斯，「布萊兒覺得妳的工作是什麼？」

雅莉克斯拿起葡萄酒說，「布萊兒確信我在郵局工作，」塔瑪拉聽了說，「好吧，錯得不算太離譜。」

「哈德森認為我的工作是買書，有時確實是啦，」瑞秋說，「喬，小愼現在覺得妳的工作是什麼？」

「我以為我跟大家報告過了，她媽咪就是個變態。」

享用葡萄酒和莫札瑞拉起司的這幾個女人一起大笑。

雅莉克斯望向塔瑪拉。「那伊瑪妮和克麗歐覺得妳的工作是什麼？」

塔瑪拉放下酒杯。「喔，她們知道我是校長。」

「**噢噢噢**，多奇怪呀，」瑞秋嘆氣，「塔瑪拉的完美孩子完美地知道她們母親在做什麼完美工作呢。」瑞秋說話時將雙手掌心相對，擺在臉旁邊裝可愛，彷彿她是動畫片裡的那種公主。雅莉克斯知道瑞秋醉得有點厲害，她心中對瑞秋、這群人還有眼前的此刻湧現了一股溫暖情緒。她喜歡聽她們的聲音，喜歡看她們大口咬披薩，也喜歡夏天時很晚才會下山的太陽。

眼睛下方有一片深色雀斑的塔瑪拉微笑起來。她搖頭時，綁得整齊的長髒辮在手肘後方晃動。她是唯一用刀叉吃披薩的人。「伊瑪妮對『完美工作』這段描述會有意見，」她說，「但我人生最丟臉的時刻絕對是在大學發生的。我到布朗大學的第二天，在一個大教室中月經來了，我當時穿著白短褲。」塔瑪拉說得很慢，用力噘嘴把每個音都發得很準確。「有個女生人很好，她把夾克借我綁在腰上，但之前已經有一大堆人看到了。我沒退選，」塔瑪拉稱讚了自己，「但整個學期都坐在最後一排，而且每次交考卷都是拜託別人幫忙拿過去。」

「妳很棒，」喬蒂說：「我的話一定會下學年再重修。」

「換雅莉克斯了，」瑞秋說：「妳得說妳的親身經歷，而且必須比月經、陰莖，還有戀童癖更精采。」

雅莉克斯正在吃一片番茄，她用一隻張開的手掌驚慌地在胸前揮舞，「欸、啊。」她終於吞下去。「我的故事……不有趣。」

「等等，大家剛剛是沒聽到我的故事嗎？」喬蒂舉起右手。「戀童癖哪裡有趣了！」

「她說的有道理。」瑞秋說。

「好啦，」雅莉克斯說：「是我高中時的事。」

升高三前的夏天，莉莉．莫菲的祖父母死了，而且過世時間只相隔兩天。當地報紙報導了他們的事。兩人的聯合葬禮在一間小型禮拜堂舉行，那是個週四下午，現場只有訪客站立致意的空間。在大家面前時，莉莉的父親非常得體地對父母過世表現出哀悼之情，但私底下，對於意外繼承了將近九十萬美金的遺產，莉莉的父母可說歡欣鼓舞。莫菲爺爺和莫菲奶奶生前已選好墳地，兩人就在隔壁，而且跟莫菲爺爺父母的墳地相距不遠，但就在下葬之前，殯儀館卻意外把兩人火化了。面對如此巨大的疏失，雅莉克斯和家人還是辦了葬禮，但只能從頭到尾假裝眼前緊閉的棺材中有屍體。

瑞秋倒抽了一口氣，塔瑪拉說：「噢天哪。」

「對，眞的很誇張，」雅莉克斯說，「所以我爸媽用繼承的錢請了一個超紅的律師，提告後又拿到一大筆錢……就是勝訴了。然後他們立刻失控了。」

莫菲先生和莫菲太太長得很像，像到讓人吃驚，他們同樣有淺色的頭髮、細瘦的雙腿，還有胖嘟嘟的肚子。他們兩人帶著莉莉和她的妹妹貝瑟妮從費城搬到亞倫鎮，因為想要擁有土地，「就是，那種大自然裡的土地，」雅莉克斯解釋，所以他們在一座翠綠起伏的山丘上買了一棟帶七間臥房的屋子，現在的雅莉克斯知道那就是間經典的土豪式廉價豪宅。進入大門前，你必須按四個數字的密碼，之後還得走過一長條車道。主臥房外有陽臺，從陽臺往外能看見雅莉克斯和貝瑟妮新高中的旗桿。壁爐兩側各有一道樓梯，左右對稱，但雅莉克斯和妹妹不是沒機會參加舞會，就是參加畢業典禮時心情低落，所以最後也都沒在上面拍照。「我的人生變了，從早到晚都變了，」雅莉克斯說：「我媽去繡了眼線，我們家裡有一座電影院。我以前根本沒搭過飛機，突然之間就搭頭等艙去了羅德岱堡。」

莫菲家也開始雇用克勞岱·羅倫斯太太。克勞岱是一名膚色偏淺的黑人女性，她有一頭灰鬈髮，負責打掃整潔、每週煮一次晚餐，還有在兩個女孩想念過去的家鄉時，陪她們看猜謎節目。是克勞岱教會莉莉做果餡餅、縫鈕釦，還有開手排車。在全世界的人當中，雅莉克斯只有在寫信給克勞岱時會署名「莉莉」，但此刻她沒有深入去談自己對克勞岱的情感，反而大聊起父母漫無目的大買無意義商品的過去（所謂「真正藝術家」的自畫像、上頭裝飾了真金硬幣的樂福鞋，還有搖滾明星用過的吉他和鋼琴）。

「雅莉克斯，我覺得我更認識妳了，」瑞秋說：「妳的很多行爲都說得通了。」

喬蒂同意。「所以妳才那麼討厭家裡塞滿東西嗎？」

「嗯，對呀。」雅莉克斯翻了個白眼。「當妳爸媽變成瘋狂、俗氣的有錢人，什麼東西都貼上水鑽或印上名字的首字母，甚至養了六隻、眞的是六隻博美狗，妳就會變得很愛丟東西。我曾想過，『棒呆了！至少我想買什麼ＣＤ來聽都可以！』但其實他們也不是有錢到能讓孩子那樣揮霍，荒唐透了。」光是提起這段過去，雅莉克斯就能聞到父母屋內的氣味，也就是被政府扣押而必須放棄的那間屋子。她還記得屋外有好幾輛休旅車，每台都掛著特別付錢訂製的車牌，方向盤套全是豹紋印花；屋內冷氣總是開得過強，前門周遭長期堆滿大量裝了新買商品的紙箱。那間屋子總是聞起來空蕩蕩的，像那種在牧場風格建案中的樣品屋，這種樣品屋內的廚房抽屜總是用膠水黏住，水槽也沒有眞的接上水管。那些博美狗在屋內遊蕩，到處留下大便，看起來就像一堆堆發霉的葡萄。

「所以，總之，」雅莉克斯說，「高四時，我交了第一個眞正的男朋友。」

莉莉・莫菲注意到，凱利・柯普蘭在高二升高三時長了八公分。當時的莉莉有一七八公分，她覺得自己「可以」約會的選擇有限，但無論如何，凱利都是一個很棒的男友人選。他個性眞的很好，可以隨興地搞笑，幫女生開門時還會用手臂護住對方的頭。若妳是從車內出來，就必須姿態有點可愛地躲開他的手肘。他有時會搞笑地說出「逮到妳啦」或

「我可沒流汗」之類的話。在威廉・梅西高中，莉莉和凱利都打排球，某次在前往波啓浦夕市打巡迴賽的巴士上，她想盡辦法坐到凱利隔壁。當時莉莉覺得跟高三生約會是個非常激進、前衛的做法，畢竟自己是個非常成熟的高四生了。「我想我們只交往了，大概四個月吧，」她說，但雅莉克斯其實完全記得他們交往了多久，他們是在一九九九年新年那天正式交往，二〇〇〇年四月十二日正式分手。「但我們還是說了『我愛你』，我也去看了他的所有球賽……就是那些妳在十八歲時會覺得意義重大的事。」

瑞秋張大雙眼，「我愛妳，眞的，但哪裡有什麼丟臉的時刻？」

「抱歉啦，我繼續說。」雅莉克斯嘆氣，背靠上椅背，椅腳吱嘎作響。「反正我大概每個星期會寫信給他……」

瑞秋用鼻子哼笑，喬蒂說：「噢，可愛的雅莉克斯。」

「我知道啦，我知道，換作現在的我會說，『嘿，小雅，那個寫信的事，要不要踩個煞車呀，』但當時的我眞的覺得那是個好點子，直到某天，凱利決定把我的一封信拿給全校最受歡迎的學生看，好像還是寫得最糟的一封。」那個傢伙的名字叫羅比・寇米爾，沒有人不認識他，雖然他有點算是班上的丑角，老師還是滿喜歡有他在課堂上，因爲他會爲了背下老師教的內容，大聲編出一些幫助記憶的饒舌歌或打油詩。他身高很矮，但就高中生來說非常有魅力，還在莉莉沒去的舞會中獲選爲舞會國王。

喬蒂說：「哇，慘了。」

「好，來吧，說出丟臉的那一刻。」塔瑪拉把叉子放回盤子上，在桌子以外的區域拍掉手上碎屑。「我之後需要看到那封信的原稿。說吧，小妞。」

「我寄了很多信給凱利……」雅莉克斯望向露臺上的遮陽傘，搖搖頭，她還記得自己用小指把摺好的信推進凱利置物櫃的感覺，還有信敲到底部時發出的輕微聲響。「但這封信，」她說：「絕對可以說是最糟的。」

瑞秋倒抽了一口涼氣。「寫了跟性愛有關的內容嗎？就跟『讓她發聲』計畫一樣，妳當時發起了『讓她談性』『讓她寄裸照』的行動嗎？」

喬蒂從桌子對面伸手過來摸了摸雅莉克斯的手。「妳現在靠書寫優美的信件維生，別理她。」

另外三個女人的身體全往前靠，等著雅莉克斯描述她這輩子寫過的最後悔的一封信。

「他拿給羅比看的那封信，」她說：「上面寫了我家地址、車道密碼，還有通往我家的地圖。我基本上就是發了一封邀請函，爲了讓他獲得我的『第一次』。我在其中說明了地點、時間，還有**我希望聽的歌**。」地圖上還有兩組波浪符號代表了水，其中一組標示爲「按摩浴缸」，另一組標示爲「泳池」。當時的莉莉還畫了一個大大的鎖孔代表車道，用一根箭頭指出屋外火爐的位置，還在她的臥房處畫了一顆愛心。底下有兩個可以勾選的方塊，一個寫著「願意」，一個寫著「不願意」。

塔瑪拉說：「噢上帝呀，」

瑞秋說：「慘爆了！」

「我想做愛！」雅莉克斯揮舞著雙手大叫，喬蒂小聲地說：「啊，可憐的甜心。」

「我爸媽當時正打算在週末出門度假。我們根本不可能在他家親熱，因爲他有一大堆兄弟姊妹……我當時眞的很喜歡他，也希望確定我們能走到那一步。」

塔瑪拉往雅莉克斯的杯子裡倒更多葡萄酒。

「所以凱利把這封信拿給羅比看，」雅莉克斯繼續說：「而這個我從來沒說過一句話的羅比跑來找我說，『聽說妳爸媽這週末要去度假，我們打算去你們的豪宅辦派對。』」當時的莉莉根本沒意識到羅比是在跟自己說話。莉莉跟凱利不算邊緣人，但在高中的社交食物鏈中層級也不算高。莉莉之所以知道這件事，是因爲曾有兩次，有人發現他們在交往時說：「眞的嗎？」然後又說：「也是啦，很合理。」

所以回想起羅比問可不可以去她家時，雅莉克斯記得自己用過度有禮的態度拒絕了。當時她更介意的是他可能看到了整封信的內容，所以立刻衝去找凱利，但凱利完全否認自己收到過那封信。

「我爲什麼要把妳的信拿去給羅比看？」凱利一直這樣說，當時的莉莉穿著護膝，頭綁馬尾，站在凱利的車邊不停質問他。「我發誓我沒收到那封信，但要是羅比想去……那其實滿讚的呀。」

「凱利！」雅莉克斯尖叫：「那封信算是……我寫過最重要的一封信了吧！」

除了必須對他解釋信件內容，莉莉更記得同樣惹惱她的是，凱利似乎真的很喜歡羅比，還有常和羅比混在一起的五名運動員。他們無論在運動場上下都是明星，每個人都愛鬧、會搞笑又很有魅力。他們總是對門房警衛過度友善，每次只要警衛經過走廊，他們就會找警衛擊掌。這群人當中要是有誰對凱利表現出哪怕只有一絲注意，凱利的脖子會立刻漲紅，因爲他很努力想讓自己看來既有趣，又像個正常人。她其實很容易想像凱利一派輕鬆地把信拿給羅比看的畫面。凱利總是認爲他「讚爆了」，而且他們兩人的置物櫃一上一下緊貼在一起，就在一台很常有人來用的飲水機旁。

不過，莉莉規畫自己的「失去童貞大作戰」時，可沒打算安插什麼派對。她根本不認識這些人。克勞岱週末會跟莉莉還有貝瑟妮一起待在家，而莉莉可不想上了大學都還是處女。凱利輕易取得了她的信任。「嘿，或許是妳把信弄丟了？」他雙手搭在她的肩膀上，看著她。「但沒關係呀，反正妳拒絕了。他不會去，但……我還有受邀嗎？」

那個週末，莉莉的房間內播著烏鴉合唱團的專輯，克勞岱和她妹妹在樓下的電影室，而莉莉跟凱利第一次上了床。當時距離舞會剛好還有一星期。莉莉覺得自己深陷愛河，覺得這是一段不落俗套的獨特戀情。結束之後，凱利從背後抱住她，兩人在床上看眞人實境節目《眞實世界：西雅圖》的重播。

大約晚上十點半時——他們已經看了三集節目——羅比．寇米爾和另外八個學生出現了。彷彿嫌莉莉手中掌握的證據還不夠一樣，監視器還錄到站在大門前的羅比按下車道密碼，這下莉莉更確定凱利眞有把信拿給羅比看了。

「不會吧，」喬蒂說：「這群壞小鬼！」

「突然之間，全校最酷的小孩都在我家，」雅莉克斯說：「他們敲窗戶、把音樂開得超大聲，還要求我們打開按摩浴缸。他們大多喝得爛醉，妳們應該不難想像。」

「我高中時也很壞，」瑞秋說：「但沒壞成這樣。」

「有時候，」塔瑪拉說：「我會考慮把女兒送去公立學校，但一聽說這類故事，我就會想，死也不要。」

雅莉克斯不同意她的想法，但還是繼續說：「那眞是場災難。」她記得在一台大型手提音響爆出音樂時，她衝到窗邊，看到羅比正帶領一群人跳進她家的泳池，背景音樂是〈眞正的超級痞子〉，另外還有個人假裝在幹一條充氣鱷魚。莉莉站在二樓臥房的窗邊，眼神從後院移向凱利。「這下該怎麼辦？」

凱利把T恤重新套上，「莉莉，等等，」他說：「或許……反正……妳爸媽就**眞的**出城度假了嘛。」

莉莉把窗簾重新拉上，嘴巴開開的她始終無法把下巴闔上。兩小時前，他才說他愛她，還問是否該和她共用衣櫃，但此刻卻在繞過她的床撿起鞋襪。莉莉望著他，她知道他腦中正計算著下樓現身的時機：由於正好在對的時間出現在對的地方，現在他有機會跟學校最受歡迎的運動員交朋友了。她突然覺得超級丟臉，這本來是屬於他們兩人的夜晚。她雙臂交抱在胸前，「你開什麼玩笑？」

貝瑟妮沒敲門就打開莉莉的房門，「莉莉，現在到底是怎樣？」克勞岱在她身後，肩膀上披著一條擦碗巾，單手撐著牆，「我該報警嗎？」

凱利開始綁鞋帶。

那或許是莉莉十八年人生中最大權在握的一刻，但在此同時，她的下體也還因爲剛剛的第一次隱隱作痛。她看著妹妹、看著克勞岱肩膀上的濕毛巾，還有凱利在沉默中因爲興奮而隨之攀升的社交能量，莉莉點點頭，「好，報警。」

「欸欸，」凱利站直身體，「莉莉，別這樣。」

貝瑟妮跟著克勞岱走下樓，莉莉伸手去拿床上的汗衫。「這樣不對。」她告訴他。

「莉莉，等等。」凱利跟著她下樓，莉莉發誓有看到他小心翼翼避開窗戶，這樣要是有人從外面看見他，他才有辦法及時躲起來。「沒必要大驚小怪，羅比很不錯，就讓他待在這裡玩。」

「你根本和他不熟！」她的意思是，**人家可受歡迎了，你算哪位？**

凱利很清楚她的暗示，他回答：「跟妳比起來，我和他們更熟。」

外面有人大吼著要把音樂開得更響。莉莉走進廚房，克勞岱正掛上電話。「警察過來了，」她說。莉莉說：「很好。」凱利說：「妳來真的？莉莉？」他從廚房桌上抓了背包，從側門離開。

倒不是莉莉眞想要告他們，她只是希望他們離開，畢竟爸媽要是發現她在家開派對一定會氣瘋，或許還會不讓她去參加下週末的舞會。車道的距離夠長，他們看到警車燈後一定來得及逃跑。但警察抵達時，並不是每個人都成功逃出後院。在「噢，死定了！」還有「條子！條子！」的驚呼聲中，羅比的朋友們翻過欄杆，跑過山丘後安全脫身，但羅比爬上靠在莫菲家旁邊的梯子，才爬到一半，警察就已逼近。他的計畫是從陽台跳進泳池，但警察抵達後直接用手電筒照向他，莉莉聽到其中一個警察說：「從那裡下來，小子。」除了擅闖民宅外，羅比．寇米爾還因爲違法飲酒（喝了太多藍帶啤酒），以及工裝褲拉鏈口袋中的一小包古柯鹼而遭到逮捕。一個受歡迎的黑人學生運動員遭到逮捕，而且還是在一棟屋前有豪華列柱的莊園土地上，一切的組合都對莉莉．莫菲的形象非常非常不利。

「氣氛變成，『喔，莫菲那傢伙明明有那麼大一棟屋子，卻連借別人用一下也不肯？

眞是個賤貨，』」雅莉克斯解釋。「之後每次只要我妹和我鼓起勇氣出門，大家就會找我們麻煩，『莫菲家的公主來了』『當心，有錢的莫菲女孩會叫警察來逮捕你唷』『羅比的獎學金被取消了，都是因爲妳害他被捕，還眞是幹得好呢』。」這還不是最糟的。那年夏天，莉莉和她妹妹無論公開或私下都被稱爲「愛錢的爛貨」。當她去IHOP鬆餅店停車場接妹妹時，有同學問她：「是不是都在豪宅泳池內享受人生？」還有一次，她在Jamba果昔店撞見羅比．寇米爾，他的招呼方式是，「早安呀，尊貴的莫菲大人。」

「很多人會一邊鞠躬一邊幫我開門，好像我是貴族一樣，」雅莉克斯說：「最後鬧得人盡皆知。我的高四生活就這樣結束了。」

彷彿嫌她不夠慘一樣，那晚發生在莫菲家的事最後顯然滿足了凱利的所有願望。莉莉後來得知，凱利離開她家之後「意外撞見」羅比正在逃跑的朋友，所以開車載他們到地方分局等了整晚，直到羅比被釋放爲止。後來載羅比回家的正是凱利。

隔週一的第一堂課結束後，凱利就和莉莉分手了，當時距離舞會只剩五天。他在自己平常接受點名的教室門口和很多人常用的飲水機中間跟她分手。就在他發表分手演說期間，有三個學生來用飲水機。他一開始先說：「嘿，別生氣……但我認爲我應該跟羅比的表妹薩莎去舞會。」他說這話之前莉莉正在發愁兩人該如何和好——他整個週末都沒回她電話——因此完全沒想到會面臨這種結果。沒錯，那天晚上到最後確實搞得一團糟，或許她也犯了錯，但他們不是才剛上床嗎？凱利說了其他女生的名字，彷彿是他決定選擇另一個女生，但他顯然是爲了羅比才離開莉莉。莉莉完全不知道同學們爲她準備了什麼樣可怕的未來（對她的車吐口水、叫她「納粹」），但凱利將舞會的新計畫告訴她，並藉此結束他們的關係，實在讓她痛苦不已，而那是初次心碎的人才能感受到的無邊痛苦。那種感覺跟莉莉得知爺爺過世時的感受很像，她傷心、困惑，又本能性地想釐清一切，**等等……你的意思是，我們不再見面了嗎？**

「我從來沒想要讓羅比惹上麻煩，」她對凱利說。她試圖在開始哽咽前多說一點，但最後只說出，「我只是……想要他們離開。」

「我知道，我很抱歉。」

「可以放學後談一談嗎？」她問。她知道自己無法抹消羅比被捕的紀錄，但或許到時能想出些什麼來跟他談。

「我只是……」凱利嘆氣。「我認爲這樣最好……我們最好分道揚鑣，人生路別再……交會。」

塔瑪拉的身體立刻往前逼近。「他說什麼？」

「他眞的就是用這句話跟我分手，我發誓。」雅莉克斯說。

喬蒂非常眞誠地問：「他腦袋是不是有點問題？」

瑞秋翻了個白眼。「聽起來分手對妳還比較好。」雅莉克斯喝了一大口酒，又將一片披薩摔到盤子上。塔瑪拉說：「嗚，可憐的雅莉克斯，看來我得殺掉那傢伙了。」

「我之前不覺得你們有誰的故事能打敗我，」喬蒂告訴她，「但妳贏了。」

雅莉克斯坐在喬蒂、瑞秋和塔瑪拉身邊，試圖不讓自己感覺還困在「郵遞區號一八一〇二賓州亞倫鎮波爾多大道一百號」的那間屋子中。直到現在，她還能聽見羅比和他朋友在屋後的窗外大呼小叫，忙著逃離警察的追捕。莉莉望著羅比在後院被警察銬上手銬時，她妹妹則癱在地板上大哭（「妳反正是要畢業了。現在鬧成這樣，我卻還得待在這間學校！」）。克勞岱站在她身邊望向窗外，低聲對著自己及他們咒罵，「一群惡魔。」

畢業前一天，她在太陽加油站最後一次看到凱利．柯普蘭。一看到凱利下車，莉莉立刻動作誇張地把油嘴從車內抽出，關上加油蓋，但其實當時連油缸的一半都還沒加滿。「莉莉，別這樣，」他說。莉莉看到他穿著Fila牌人字拖和白色長筒襪，就跟羅比打完比賽時穿的一樣。「我是跟妳分手了，」他說：「但僅此而已。我很抱歉，但……妳知道嗎？我沒做錯其他什麼。」

此時凱利已加入羅比．寇米爾那個小圈圈了，莉莉也已正式成爲高中生活的絕對邊緣人。當凱利坐在「菁英餐桌」吃飯，還跟一位淺膚色又綁辮子的黑人女孩約會，莉莉獨自坐在無人的美術教室吃午餐。她還會在每天的最後一堂課提前五分鐘離開，以免在走去開車的路上不停受人騷擾。莉莉本來一直期待此刻到來，她希望凱利能再次注意到她，兩人也終於可以敞開心胸來談談。但他這種不乾脆的認錯方式根本只是在憐憫她，而且純粹是爲了讓自己好過一點，她聽了實在無法冷靜。

「**你沒做錯什麼？**沒人逼你把一封該死的私人信件拿給別人看！這件事我們兩個人都有錯，但最後受罰的只有我。我得保護妹妹和克勞岱，不然你覺得我還能怎樣？」

凱利看來是眞心困惑，「妳得保護你妹？**羅比**會做什麼嗎？」莉莉上車後駛離現場。她已經浪費六美金的預付油錢了，就算她家之前意外獲得一堆錢，這筆金額仍然不算小。

「我本來是要去讀賓州大學，」雅莉克斯說：「但我申請到了紐約大學，求我爸媽讓我去念。我還是特地貸款去讀的，因爲，」雅莉克斯豎起一根手指，「我爸媽拒絕用他們的數百萬美金存款替我繳學費，因爲他們覺得，我明明可以在賓州讀書，卻要付這麼多錢上大學很蠢，但我說：『不行，我一定要去紐約。』所以整個夏天都在當服務生賺錢，也搬出家裡。」每當雅莉克斯想起十八歲的自己，以及身上背的數萬美金學生貸款，簡直像是拿人生去抵押的感覺時，她都好希望回到過去。她好想回去告訴自己，一切都會沒事的，她二十五歲時會在酒吧遇見最棒的男人，他心胸寬大，老二大得驚人，而且在兩人結婚前就把她的學生貸款繳清了，輕鬆得像是舉手之勞。她父母相隔兩個月過世時，她沒有非常難過，但他也沒指責她。彼得明白，比起哀傷，她更覺得鬆一口氣。

「嗯，技術上來說，」瑞秋說：「要是妳變成賓州那種鄉下人，我們也不會認識了。」

雅莉克斯大力吁了一口氣，彷彿在最後一秒趕上登機門。「賓州還不差，但我永遠不會回亞倫鎮了。」

在那道邊緣有點裂痕的玻璃滑門另一邊，雅莉克斯聽到熟悉的沙啞聲傳來，那是她的獨生女在說：「媽媽？」

喬蒂低吟：「哎呀，糟了。」

雅莉克斯站起來。「有人發現我聊得太盡興啦。」她說。

9

在十月三十日這個星期五早上，金魚小湯匙·錢伯連在家裡安靜地過世了，身邊的家人毫無所覺。

雅莉克斯在早上十一點三十四分發現了浮在水面的屍體。

她悄聲說了，「該死。」

布萊兒正吃完午餐的雞肉和梨子，學步車中的凱瑟琳在角落蹦蹦跳跳。雅莉克斯拿一盆植物擋在魚缸前，伸手去拿電話。

布萊兒的魚剛剛死了，我可以請艾美拉再買一條來嗎？她在訊息中打道。

可以。喬蒂回。

可以。塔瑪拉回。

某次亞內塔還幫我買了事前避孕藥。瑞秋回。

「都吃完了嗎？」雅莉克斯問布萊兒。

她點頭，嘴裡還塞滿食物，雅莉克斯把她抱起來放到地上。

「媽媽？」布萊兒搖搖晃晃走向凱瑟琳，撥開妹妹額頭上的瀏海，凱瑟琳露出燦爛微笑。「羽毛怎麼會濕掉？」

「唔，因爲下雨？」雅莉克斯說：「又或者因爲鳥在洗澡？我們對小寶寶動作輕一點唷。」

「但怎麼會──因爲……羽毛……羽毛濕了又要怎麼飛？」

「布布，妳看。」雅莉克斯從玩具桶中撿起一顆粉紅色的球，沿著走廊往遠處丟。布萊兒太開心了，她倒抽一口氣，認眞揮舞著雙臂跑去追球。

所以如果我打給她，請她來的路上買條魚，不會很怪嗎？

妳很搞笑耶，雅莉克斯。當然不會呀，她是賺時薪的。喬蒂回。

就是說呀，我有次還叫雪兒碧假扮成我去應付推銷員。塔瑪拉回。

她有生氣嗎？雅莉克斯打好字傳出。

完全沒有，她覺得模仿英國腔說話很好玩。塔瑪拉回覆。

還有一次，我要亞內塔跟某個變態說我死了。瑞秋傳來這句。

手機才響起第一聲，艾美拉就接了起來。雅莉克斯悄聲說布萊兒的魚死了，艾美拉立刻笑著說：「小湯匙？」

「很抱歉這樣要求，可是妳能不能今天來之前買一條魚？我可以把照片傳給妳，免得妳忘記魚的樣子。」

沉默一陣子後，艾美拉說：「死魚的照片？」

「這樣應該不會很怪，是吧？」布萊兒把那顆粉紅色的軟球拿回來，雅莉克斯彎腰接回。「妳好棒！」她小聲對布萊兒說，然後再把球丟向兩個女孩的臥房。「如果是寵物店的話，一定見識過不少更糟的場面了。」

「所以……今天應該是布萊兒芭蕾課的萬聖節派對？如果我去寵物店，就來不及接她過去了。」

雅莉克斯再次單手扶額，「該死。」

「我是說，我們可以交換，妳帶她去，我們直接在芭蕾教室見面。」

「我很願意，但沒辦法，」雅莉克斯說：「蘭妮・賽克六點過來，我得先去買點東西。」

「妳說誰？」

「跟彼得搭檔的主播。」

「妳不是很喜歡的那位？」

雅莉克斯有說過嗎？她跟瑞秋、喬蒂、塔瑪拉提過很多次（喬蒂還曾說賽克聽起來甚至不算個像樣的名字，而在看到雅莉克斯傳了蘭妮在網路上的照片後，塔瑪拉說，這樣也能當主播，瑞秋則說，那女人看起來就很假），但雅莉克斯有把自己對這位主播的感受跟艾美拉說過嗎？欸，確實是有，而且還說了不少。寫完布萊兒生日派對謝卡的那天，雅莉克斯在舔完最後一只信封的封口後說：「有夠痛苦。」艾美拉回說：「我眞討厭寫這種謝卡。」

「我其實很擅長寫謝卡，但這些禮物大多很荒唐。」雅莉克斯把那些裝了謝卡的信封放進口袋。「但我又不能寫，『謝謝妳，蘭妮，謝謝妳送了幼兒化妝亮粉跟唇膏組』，藉此暗示蘭妮覺得外表比內在重要。」

艾美拉禮貌地笑了笑。

她之所以說出看不起蘭妮的話，不是爲了強調她對蘭妮的感受，主要還是想讓艾美拉知道，雅莉克斯不想這類物品出現在女兒身邊，畢竟艾美拉也是布萊兒的主要教養者之一。這些禮物是讓布萊兒學習獨立思考的好機會，但不該定義她的價值。不過，順帶提起蘭妮是個錯誤，當時的她沒有意識到，但就在小湯匙的屍體浮在魚缸內的此刻，她發現自己徹底錯了。明眼人都知道蘭妮．賽克想跟雅莉克斯交朋友，而和瑞秋、喬蒂還有塔瑪拉不同的是，艾美拉親眼見過蘭妮的渴求。之前一群人一起談話時，蘭妮不管是笑或是回應話題，都會先觀察雅莉克斯的表情。早在雅莉克斯搬來費城的第一個星期，蘭妮就送來喬遷禮，其中包括——她在一張美好的賀卡上寫道，她希望雅莉克斯能用得順手的兩把「好剪刀」。因此，講蘭妮的八卦已無法爲她帶來任何惡趣味，反而像在搧幼貓巴掌。

「抱歉，妳說什麼？」雅莉克斯一邊說話一邊爭取思考時間。「喔，蘭妮人還不錯啦，但這樣安排，妳可以嗎？」

「好，所以……」艾美拉說：「我去買一條魚，然後過去，但布萊兒就會錯過芭蕾課的萬聖節派對？」

「對，」雅莉克斯下定決心。她開始把內心的思考過程說出來，「我寧願這樣，免得她整晚都在問問題。妳知道嗎？她還沒換上扮裝派對的服裝，之後根本也不會想起這件事。她明天會去沿街要糖果，這樣也算是好好享受萬聖節了。」

雅莉克斯其實不確定這樣好不好，但現在街上很吵，艾美拉又在電話另一頭等她做決定。她好像聽到艾美拉笑了，但不像是聽到笑話的那種笑。「當然，我會付妳魚的錢，」雅莉克斯說。

「喔，沒關係，大概只會花四十分錢之類的，沒事，到時候見……不確定是幾點，但反正到時候見。」

「好，太棒了，謝謝妳。」

「嗯嗯。」

「還有，妳今天六點就可以離開了！」

「喔，好。」

「但當然我們會把薪資付到七點。」

「好。」

「太好了，謝謝妳，艾美拉。」雅莉克斯皺了一下臉，掛掉電話。

一條來自蘭妮的訊息正在手機上等她。蕾夢娜和蘇珊娜今晚一起過來如何？她們也有女兒，而且都很好相處。如果妳覺得只要我們倆就好，也請直接告訴我，不要客氣！

雅莉克斯揉了揉頭部後側，心想，**啊眞天殺的該死**。她用雙手打字回訊，人愈多愈棒呀！

艾美拉在十二點三十分時抵達，雅莉克斯在樓下遇見她，雖然不是刻意來迎接，她還是做了個「妳買到了嗎？」的鬼祟表情，但又立刻後悔了。艾美拉沒說話，姿態坦蕩地將有條金魚在裡頭游的塑膠袋遞給她。雅莉克斯不知道艾美拉一開始在哪裡買魚，但她覺得應該就是那種店內塞滿過多魚缸的地方，還有數百隻圓鼓鼓的身體發狂似的在缸內游動。或許他們不讓她選魚，因爲這條魚不但比原本的「小湯匙」小，尾巴上還多了一些黑點，但雅莉克斯還是說：「很好，」然後呼出一口氣，「謝謝妳。」她把塑膠袋塞進毛衣側邊，上樓把死魚換掉。

每次只要雅莉克斯擔心艾美拉對自己有所不滿，她都會想到同一件事：**噢，老天，她終於發現了彼得在新聞上說什麼嗎？不，她不可能看過。她只是個性比較冷淡，之前不也是這樣？對吧？**雅莉克斯換完魚，洗手，艾美拉此時也走上樓來。凱瑟琳見到她開心地尖叫起來，但她沒說話，只在布萊兒指著她向大家宣布「小美喜歡穿褲子」時微笑了一下。雅莉克斯把手擦乾，輕輕在磁磚地板上折了一下大拇趾的關節。艾美拉眞的因爲魚的事**那麼生氣嗎？**請她辦這件事讓她很丟臉嗎？就算眞有什麼不開心，雅莉克斯不是也提議讓艾美拉提早休息了嗎？雅莉克斯沒去過布萊兒的芭蕾課，那堂課乏味無聊，其他媽媽過度鼓勵孩子的模樣也讓她不自在。她們都把自己的三歲小孩視爲未來的芭蕾名伶，但布萊兒之所以去上課，純粹是醫生建議可以藉此訓練她的平衡和聽力。艾美拉在工作結束後和雅莉克斯喝一杯才不過一週前的事，但兩人曾一度擁有的默契——她們有段聊得很愉快的時光、她們之間的話題不總是小孩，以及她們成爲朋友的可能性——現在全數消失，只剩下原本公事公辦的彼此忍讓。艾美拉在地板坐下，旁邊就是布萊兒，她幫布萊兒調整好「讓她發聲」的馬球衫衣領。

雅莉克斯重新抱起凱瑟琳，用熊寶寶牌抱嬰袋固定在胸前。她用廚房的電腦點了幾下滑鼠，平常布萊兒就是用這台電腦看魚跟熊貓的影片，然後找到一個在附近公園舉辦的遊行，那是一個以萬聖節爲主題的狗狗遊行。她抄下地址和時間，交給艾美拉。「我覺得妳們去參加這個應該挺有趣，但不去也沒關係，完全由妳決定。好好享受呀，布布，妳今天可能會看到一些狗狗唷。」

布萊兒本來在觀察艾美拉的耳環，此時聽了抬頭，「家裡有狗狗嗎？」

「沒有，甜心，狗狗在公園。我愛妳。」

「家裡有狗狗嗎？」

「沒有，布布。」

「那些狗狗的媽媽迷路了嗎？」

「我愛妳，好好玩唷！」雅莉克斯快步走下樓梯。

到了前門時，雅莉克斯把自己獨自關在玄關，一隻手環抱著凱瑟琳穿著嬰兒軟鞋的腳，另一隻手抓住肩包背帶。艾美拉的手機一如往常地在充電座上閃爍著。

凱南和凱爾：祝妳的萬聖節芭蕾獨奏會／選美會／表演會順利。我知道妳和（那孩子名字是？）花了多少心思練習。在舞台上盡情演出吧。諸事大吉！一飛沖天！

雅莉克斯伸手要開門時，看到艾美拉掛在牆上的包包反射出光芒，原來是因爲包包前側突出了一副灑滿亮粉的貓耳，上頭還沒拆掉的標籤寫著，六點九九美金。

彼得傳訊來確認她和蘭妮今晚的聚會如期進行。雅莉克斯跟蘭妮改約過兩次了，而今晚她得證明自己之前眞的是因爲太忙才毀約，還有她眞的支持丈夫及他的事業，另外當然她也得證明，蘭妮這人其實不算太糟。雅莉克斯買了花、萬聖節主題的著色本、氣泡水、麵包、堅果，還有起司。凱瑟琳睡在她床邊的手提嬰兒床時，雅莉克斯重新布置了兩個女兒的房間，在一整排睡袋跟枕頭前方架好 iPad。艾美拉跟布萊兒在公園時，雅莉克斯曾考慮打電話給她；凱瑟琳在小睡時，她也曾考慮跟艾美拉聊；而當艾美拉提早幫布萊兒洗澡時，她也好想望進她腦內探個究竟。但光想到她家二樓的氣氛可能變得更尷尬，她就嚇壞了，根本不敢嘗試挽救兩人的關係。

傍晚六點，蘭妮、蘇珊娜和蕾夢娜來了（蘭妮帶了她的四歲孩子貝拉，蘇珊娜帶了她的瑜伽墊），雅莉克斯試圖相信自己做得沒錯，如果一切可以重來，她還是會想辦法買條新魚來換，而不是告訴布萊兒眞相。雅莉克斯之前放了蘭妮好幾次鴿子，所以覺得今晚更要好好招待她，而不是讓她面對一個情感過度纖細，還因爲死魚憂傷不已的幼兒。

布萊兒滿兩歲時，因爲騎三輪腳踏車陰道瘀傷，結果她在遊樂場跟所有遇到的人詳細解釋了這件事，其中包括一位服飾零售店 J. Crew 的銷售專員，以及三位參加親子美術課的學生。布萊兒也曾在學會「耳屎」「殘障」「結膜炎」和「中國人」後到處跟人說個不停。相較於她女兒來者不拒的社交性格，貝拉．賽克就是一般人心目中的甜美女孩。貝拉的臉頰總是紅撲撲的，異常濃密的棕髮可愛地披落，還在肩膀上翹起漂亮的弧線（每當看到貝拉和她那頭濃密的頭髮，雅莉克斯都不禁想起紐約那些正統教會的女人，她們會成群結隊到布魯明岱爾百貨公司購物，還會推黑色嬰兒車上地鐵）。雅莉克斯彎腰感謝貝拉來訪，貝拉低頭說：「好的，女士。」她身上穿著條紋睡衣，脖子處的樣式是平褶翻領。

艾美拉和布萊兒牽手走下樓梯，此時蘇珊娜正在讚美雅莉克斯的房子。蘭妮點著頭說：「很完美，對吧？」

貝拉大聲說：「嗨，布萊兒。」她向前踏出一步，動作誇張地抱住布萊兒。

「布萊兒一整天都很期待，」雅莉克斯說：「布布，妳想帶貝拉去看妳的房間嗎？」

布萊兒穿著紫色緊身褲，上半身是前面印了一台紐約市計程車的白色T恤（艾美拉就不能讓她換上更可愛一點的睡衣嗎？），她從貝拉的擁抱中退開，困惑地露出兩顆門牙。她抬頭望向雅莉克斯，露出「我認識這個人嗎？」的表情，然後望向艾美拉的臉上寫著：

「我一定得這樣做嗎？」

「他們還沒去過樓上，布布，」艾美拉說：「妳得幫她們介紹。」

貝拉首先踏上樓梯，布萊兒在後面跟著。蘭妮、蕾夢娜和蘇珊娜跟艾美拉打了招呼，一行人跟在孩子身後走到二樓廚房。雅莉克斯扶著欄杆朝上方大喊：「我馬上就上去。」

艾美拉把手機收進外套口袋。之前雅莉克斯回到門口時，手機上沒有任何訊息可看，只有一首名爲〈辣妹讚爆〉的歌。艾美拉把包包從牆上取下，拿出裡頭的「讓她發聲」馬球衫，再把包包掛回去。

「我可以拿去洗。」雅莉克斯伸手去拿馬球衫。「我這週末要洗一堆東西，但艾美拉……」她說：「讓妳跟布布錯過今天的芭蕾課，我很抱歉。」

其實艾美拉可能一點也不在意，畢竟她也有自己的人生、家庭和朋友，但雅莉克斯告訴自己，小心一點照顧她的情緒總之不會錯，好好道歉也沒損失。

艾美拉搖頭，做了個鬼臉，代表她幾乎要忘記這事了。「喔，沒事的。妳說的沒錯，她根本不記得了。」

雅莉克斯伸手調整了頭上的金色髮髻。「只是想讓妳知道……我想要妳和布萊兒一起做些有趣的事。我很清楚小孩子的事可以多無趣，所以在陪她開心的同時，如果妳也想做些自己喜歡的事，只要讓我知道就行了。比如有什麼電影或嘉年華會之類的……就說一聲，我會留錢給妳們，讓妳們的行程有點變化。」

艾美拉用指尖靠住牆壁保持平衡，雙腳把鞋套上。「好，聽起來不錯。」

樓上發出了香檳的開瓶聲，然後蘇珊娜說：「哎呀！我眞討厭開酒。」蘭妮正在跟女兒說：「我不知道，甜心，我們得等錢伯連太太上來再問她。」布萊兒則在向蕾夢娜解釋她的魚在尾巴上長了水痘。雅莉克斯瞄了客人掛在牆勾上的包包和夾克，在一個駝色Coach包後面掛著一件絲絨黑外套，外套背後有白色和粉色的草體字寫了「先做瑜伽，才能喝酒」。這些物件散發出某種氛圍，再搭配上組成那些字母的粉色水鑽，讓雅莉克斯突然意識到，唯一會敬稱她「錢伯連太太」的只有貝拉·賽克和艾美拉，而明明她都已經告訴她們不用這麼叫了。

「妳今天有什麼好玩的活動嗎？」她問艾美拉。

「就是……」艾美拉把頭髮從皮夾克的衣領內拉出來。「去肖妮家玩。」

有那麼一瞬間，雅莉克斯覺得遭到艾美拉手機的背叛。這幾個月來，雅莉克斯總是假裝不知道她有什麼計畫，但這次她是真的不知道。她望著艾美拉已經有點剝落的黑色指甲油，那隻手正握著門把。

「我相信薩拉也會在。」

「沒錯，她會去。」

「幫我跟她問好。」

「好，我會。」艾美拉站在原地不動，兩個女人就在門前的小小空間乾瞪著彼此，終於，艾美拉指向雅莉克斯褲子後方口袋內的信封，說：「那是給我的嗎？」

「噢，天哪，沒錯，眞抱歉。」雅莉克斯一邊搖頭一邊伸手去拿。「這星期眞是發生太多亂七八糟的事了。」

艾美拉接下信封，塞進包包深處。「沒事的，那就再見了。」

艾美拉走下前門外的階梯，一邊往後揮動四根手指告別。雅莉克斯就是無法把門關上。樓上有人說：「喝酒的時候到了！」另外有人說：「好姊妹之夜！」雅莉克斯望著艾美拉的後腦杓，她正用雙手把無線耳機戴好，雅莉克斯在心中想，**小美，拜託別丟下我**。

10

艾美拉敲門敲到第四、五下之間時，肖妮用力推開公寓大門，艾美拉嚇得往後跳。肖妮雙手緊握成拳頭放在鎖骨前方，一邊往前跳一邊大叫，「我成功了我成功了！」

肖妮的髮絲在臉頰旁和大張的嘴巴前捲捲地彈跳著。沙發上的薩拉舉起雙手歡呼，「肖妮！肖妮！……」尤瑟芙穿著前方印著「波士頓大學」的灰色汗衫，本來正在吃烤起司的她抬起頭來，「哈——囉——！」

艾美拉走進屋內。「等等……成功了什麼？」

「現在來到妳眼前的是……」艾美拉將包包擱在廚房流理台上時，肖妮走進客廳。「是費城索尼公司最新的行銷副理。」

艾美拉眨眨眼。「眞的假的！」

「小美，我有自己的辦公室了。」肖妮扣住自己的後頸，彷彿要阻止自己飄離地面。她還穿著上班的衣服——灰窄裙搭配嬰兒藍排釦襯衫——就是以前艾美拉以爲自己成年後會穿的那種衣服。「年薪五萬兩千美金，」肖妮說：「天殺的還有我自己的辦公室！好啦，其實還要跟另一個女的共用，但**還是很讚！**」

「噢，該死！」艾美拉努力維持表情，希望自己看起來是開心的模樣。「太棒了。」

肖妮沒注意到她的爲難，她已經開始挨著沙發跳舞。

「盡情享受吧，肖妮，今天是妳生日。」身穿深藍色手術服的薩拉開始歌頌肖妮的新成就，肖妮則將雙手往下探到膝蓋處，半蹲著舞動，只要每聽到自己的一項成就，她就以拉長的「耶咿——」回應。

「她拿到新工作啦。」

「耶咿——」

「她有辦公室啦。」

「耶咿——」

「她有退休金啦。」

「耶咿——」

「好好幹呀，小妞。」

「耶咿——」

廚房中的尤瑟芙問了，「艾美拉，要喝點什麼嗎？」

薩拉開始兩拍兩拍的拍手，艾美拉望著肖妮隨薩拉的拍手聲愈蹲愈低。「基本上有酒我就喝，眞的什麼酒都行，」她說。

肖妮的兩房公寓有一間磚牆裸露的廚房，窗外還有一道防火逃生梯。尤瑟芙也住在那裡，但若別人要說這裡是「肖妮」家，她也從來不會有意見，因爲屋內塞滿肖妮的東西，租屋擔保人也是肖妮的爸爸。艾美拉環顧屋內，所有物件都散發著二十多歲學生宿舍的氛圍——電視櫃中延伸出一堆亂糟糟的電線、IKEA最暢銷的沙發，冰箱上有一堆最近拍的照片在爭搶空間——儘管如此，肖妮家仍能撐起一種成年人的氛圍，她的新工作也強化了這股氛圍。索尼的管理階層看來是在下班前找肖妮去談，表示對她的表現很滿意，問她是否願意在他們公司工作，還表示可以提供升遷機會。在南費城一棟高樓的七樓，肖妮用裝在塑膠杯內的氣泡蘋果酒跟老闆舉杯慶祝，根據她自己描述，她還當場難看地哭了出來。於是，艾美拉成爲所有朋友中唯一還在用父母健保的人。

艾美拉從尤瑟芙手中接過一杯酒。尤瑟芙在砧板上切開三明治，將底下滑出的一片羅勒葉吃掉。今晚的計畫本來是看Netlix、喝點葡萄酒，或許還從樓下的泰國餐館點些食物來吃，所以艾美拉看到尤瑟芙打算吃三明治時有點困惑。她也還需要一點時間接受這個新消息，**年薪五萬兩千美金？**

「所以我們今晚要看什麼？」

「什麼？」尤瑟芙沒抬頭，她把對半切的三明治放在盤子上，舔了舔手上的麵包屑。

「小妞，我們要出門，」她說，「要吃一口我的三明治嗎？」

「不用，沒關係。我們何時說了要出門了？」

「肖妮打算大撒幣。」尤瑟芙往她的肩頭後方指了指。此時薩拉正把肖妮用來裝飾咖啡桌的塑膠落葉蒐集起來，拋向跳舞的肖妮。薩拉口中唱著，「別停別停，小妞超讚，」肖妮扭著屁股跳舞時，薩拉還把一片葉子當成鈔票塞進她後方褲頭。「如果妳需要出門玩的衣服，」尤瑟芙說，「可以借我的。」

「天哪，好吧。」艾美拉把頭髮撥到一邊肩膀上。「不知道耶，我其實有點累。」這不是謊話，尤其很快又要到惱人的月初。再過兩天，艾美拉就得付房租，眼睜睜看著白信封裡的錢全數消失。

「妳說什麼？」尤瑟芙喝乾手中酒杯。「我以為妳只有星期五要去帶小孩。」

艾美拉雙手捧住酒杯。尤瑟芙絕不會跟肖妮說這種話，她也從來不會說：「薩拉，我以為妳只有今天去醫院工作。」尤瑟芙是有人付錢供她上大學的那種人，對於一份「像樣工作」的標準為何，她很有自己的主見。不過艾美拉多少也希望自己沒做過保母，所以沒打算為這份工作辯護。「是啦，但就是……要做的事很多。」她說。

「這樣呀，我今天有場大考，我想我真的搞定了。」尤瑟芙用手劃了個十字，拿起盤子。「所以打算放縱一下。」

艾美拉說：「好」，然後又說：「妳太棒了」，但她沒跟著尤瑟芙走進臥室。

艾美拉實在不想出門鬼混，但更不希望薩拉丟下她去玩。她知道自己想太多了，但要是艾美拉沒去，薩拉可能會意識到，艾美拉不但不是她最親密的好友，還是四個女人無法更常聚在一起的原因。因爲艾美拉，她們無法在夏天的週五去熱帶度假勝地小旅行、無法享受限時特價的指甲彩繪，也無法去嘗試高跟鞋健身課程。艾美拉多希望自己也能穿上哪間大學的汗衫（或者手術服，或者被她視爲「正式工作服裝」的排釦襯衫），這樣她每隔一段時間就會有好好慶祝一番的理由，也能因此理直氣壯地拒絕出外邀請，好好待在家裡。

艾美拉走回客廳，把肖妮的絲絨外套掛在手臂上。她把沾在袖子上的一片棉絮掐掉，然後說，「嘿，別讓我有機會忘了把這還妳。」

「噢，該死，我差點忘了。」肖妮的臉可愛地皺成一團，她把外套扔進臥房，用另一隻手把手機放到耳邊。「不然妳也可以現在穿出去，今晚的酒我請。我得想辦法讓特洛伊過來，但小美，直接去翻翻我的衣櫃吧，想穿什麼直接拿。」薩拉已經在肖妮的臥房，她把手機接到音箱上播放揚．薩格的饒舌歌。「寶貝，」歌曲的第一段歌詞響起時，肖妮用壓過歌聲音量的聲音對電話大吼：「寶貝，猜怎麼著？妳今晚要跟我們出來玩啦。」

薩拉開始在肖妮衣櫃中挖寶，尤瑟芙則在隔壁臥房的自己衣櫃中翻找。艾美拉走進緊鄰臥房的廁所，關上門。

她看著洗手台上鏡子裡的自己，不確定自己是否有支持朋友的興致，因爲就算有，肖妮也將這份興致耗得差不多了。她每星期總有事要慶祝：肖妮得到實習機會是不是很讚？肖妮的新男友是不是很帥？那個老男人因爲肖妮的微笑請大家喝酒是不是太棒了？

最重要的是，爲什麼錢伯連太太必須對布萊兒說謊？爲什麼她會想像布萊兒沒有面對事實的能力？

艾美拉臀部後方的緊身褲布料上，黏著她下午在公園時被狗沾上的一簇簇白毛。那裡有狗打扮成名人和蔬果，還有一些小狗瘋狂地想把掛在肩上的帽子或披風咬下來。布萊兒不停指來指去，尖叫著說竟然有那麼多狗！剛剛看到的狗也都還在！但每隔一段時間，她就會抬頭望向艾美拉，彷彿自己走進一個房間，卻又忘了進來是要做什麼。

艾美拉其實不太確定自己之所以對錢伯連太太不高興，到底是因爲內心根深柢固的「塔克家規矩」（做事不能虎頭蛇尾），或是因爲和布萊兒一起錯過了那場扮裝派對，又或者更因爲艾美拉親眼見識過錢伯連太太好媽媽的一面，因此在發現她表現得不像個好媽媽時，知道她並非天生如此，而是她刻意選擇那麼做。

某個星期二早上，艾美拉在郵局看到帶著布萊兒和凱瑟琳的錢伯連太太。她沒打招呼，只是看著錢伯連太太和布萊兒一起唱歌，同時用包巾手法複雜地將凱瑟琳包裹起來。

周遭有太多燈光、箱子和人群，布萊兒因此不停分心，但錢伯連太太沒讓她跑太遠，她始終言語溫和地督促她，「待在這裡，大姊姊。」還要她示範公車輪子是如何轉個不停給凱瑟琳看，不然就是要她試試看能跳多高，而做出這一切的錢伯連太太穿著漂亮又貴得要死的牛仔褲。

讓艾美拉困擾的是，錢伯連太太似乎擁有那種專屬於媽咪的自信魅力。錢伯連太太會敏銳地發現凱瑟琳快哭出來了；她絕不會用盤子裝金魚給布萊兒，而是用好拿的杯子；每當布萊兒成功按下嬰兒車的安全帶釦，又或者凱瑟琳幾乎成功做出「掰噗」的道別手勢時，她會在不勉強自己的前提下真誠恭喜她的孩子。年紀漸長的凱瑟琳愈來愈可愛，但仍謹慎安靜，艾美拉於是發現，錢伯連太太稱讚孩子的頻率變得愈來愈低。

要說困擾她的另一件事嗎？艾美拉脫下褲子坐上馬桶，心裡繼續想著。其實她覺得蘭妮．賽克個性超好，好到爆。在那次生日派對上，蘭妮兩度提議要幫艾美拉的忙，還幫艾美拉把馬球衫後面的標籤塞進去。當然，蘭妮確實有時呆頭呆腦的，笑聲又怪，相對自身膚色，妝也化深了一個色階，但是碰巧家裡有客人，就要隱瞞孩子她第一隻寵物死去的真相，這不也超像蘭妮．賽克會做的事嗎？

有人敲門，艾美拉說，「我在尿尿。」

薩拉在外頭說，「好，」但還是走了進來。薩拉把門關上，屁股靠在水槽邊。「我差點以為妳用蓮蓬頭上吊了。」

艾美拉最喜歡薩拉這個樣子了。她的長鬈髮披在肩上，身上穿著海軍藍的手術服，腳上的橘色襪子底部有白色防滑顆粒。每個星期五，只要看到薩拉就讓她有回家的感覺。艾美拉是對自己的老闆有些不滿，還在藥局買了很蠢的貓耳又沒用上，但她自己也很清楚，怕自己最好的朋友被搶走實在太孩子氣。

薩拉有兩個姊妹，其中一個一直在跟厭食症對抗，另一個有憂鬱的問題；對艾美拉的媽媽而言，這些都不是黑人「會得的病」。儘管薩拉總是活力充沛、幽默風趣，講話又機智好笑，艾美拉更欣賞的是，她能以不帶批判的眼光與耐心來面對家人、病患，還有艾美拉。薩拉很小就知道自己熱愛護理工作，此外，薩拉從不會拿她來開玩笑，就算艾美拉老是不知道未來該怎麼辦，薩拉也不會拿來說嘴。相反地，薩拉常會在去夜店時幫她付保管大衣的費用，這事不知為何總讓尤瑟芙很不爽。薩拉有時還會毫無預警地透過網路幫艾美拉付掉一杯較貴的酒或酒吧服務費。每次只要艾美拉身體不舒服，薩拉會透過手機或訊息聽取她的症狀（然後回覆非常詳細的建議，或者直接說「妳可能只是脹氣」）。薩拉是個忠實的朋友，艾美拉從不懷疑這點，但肖妮和尤瑟芙不只能提供她友情，還能為她付第一輪酒錢，而艾美拉常常只能把開胃菜當作一餐。

癱坐的艾美拉聽著自己尿尿的聲音。「抱歉，我今天真的過得很糟。」

「怎麼啦？」

艾美拉把兩隻手肘撐在膝蓋上。她該怎麼說？**那個她每星期花上二十一小時相處的小女生開始懂事了。每一天我都看到她愈來愈懂得確認內心的感受，也就是被自己最愛的人無視的感受。她好愛各種知識和答案，是一個認眞又了不起的孩子，爲什麼孩子的媽卻不懂得欣賞？我的所有包包底下都有一堆舊茶包，偶爾我拿錢包時會有伯爵茶包或茉莉花茶包掉到流理台上，這會讓我覺得該趕快換份工作了，但我根本不可能成功。**每到這種時刻，艾美拉也會擔心，要是她不夠小心，比如用金魚或茶包的這類小事打壞薩拉的心情，薩拉可能就會對她失去耐性。「沒啦，都是些蠢事，」艾美拉說：「之後再告訴妳。」

「好。」薩拉彎腰靠近她，小聲說：「但妳得注意一下，妳得表現出爲肖妮開心的模樣。」

艾美拉閉上眼睛。「那小妞現在根本反應過度。」

「那小妞一天到晚反應過度。」

艾美拉睜開右眼觀察薩拉的反應。「我也有點討厭特洛伊。」肖妮的男友很少跟她們一起出來玩，肖妮總得半哄半騙才能成功，但只要他出現，就一定會霸占夜店或酒吧中最適合看電視的位子。每次艾美拉跟他說話，他都有一半注意力放在籃球比賽上。不管跟他說什麼，他的答案或評語都是：「沒錯、沒錯。」

「小妞，所有人都討厭特洛伊，」薩拉小聲說，「妳不是唯一一個，好嗎？」

艾美拉用氣音說：「我覺得……我覺得我需要換一份工作。」

「欸……那當然呀，小賤貨。」薩拉笑了。「每次工作結束，妳都憂鬱到像是要死掉一樣，不過，不管是找份新工作還是繼續現在這份工作都好，總之明年我生日還是要一起去墨西哥唷。我想去大玩一番。」薩拉說完「一」後拍了一下手，說完「番」又拍了一下手。

她說這段話時，艾美拉正用雙手摺衛生紙。「我知道、我知道。」她說。不過她跟尤瑟芙、肖妮和薩拉不一樣，她沒有所謂的假期或春假，而且只要沒上工就沒錢拿。她不只必須拿打工的時薪去付旅館和計程車的費用（這會用掉她付房租和交通卡的錢），沒工作的每一天也在減少她的收入，而薩拉可是要她答應去五天呢。

「好，那我們就好好來做，」薩拉說：「哪天妳打算坐在電視機前寫履歷時，就跟我說一聲。」

艾美拉抿起嘴唇，「喔，好吧，不如今晚？」

「小妞，小聲點。」薩拉降低音量，「妳必須振作起來，現在好好爲肖妮開心。」

「好啦好啦。」她起身沖水。

艾美拉在水槽洗手，肖妮在週末農夫市集買的那種有機肥皂香氣慢慢撲上她的臉。在她身後，薩拉拿出手機，屁股靠在艾美拉屁股上。艾美拉知道這動作是薩拉用自己的方式來保證自己不是要爲難她，而且她的出發點是好意。

「看吧，這就是爲什麼大家需要 Instagram，」薩拉說：「因爲不用看著對方就可以示好。瞧瞧我……」薩拉傾斜螢幕給艾美拉看。她聲音毫無起伏地自言自語，一邊將自己說的話跟符號打在畫面上。「『噢老天肖妮，太殺了這賤貨。驚嘆號、星星符號、黑人小妞符號、錢袋符號。』」薩拉讓艾美拉看自己打完並按下「發出評論」的按鈕，然後又給肖妮的照片按了一個紅通通的小愛心——就是她在索尼大樓前面跳起來的那張照片。「搞定，」薩拉說，「看到沒？我們有網路科技。」

艾美拉走出廁所，抓住肖妮的手臂，「我們來喝烈酒。」廚房有扇窗戶開著，外頭的防火梯種了羅勒和薄荷，艾美拉和肖妮仰頭把兩小杯烈酒喝乾，臉部扭曲，然後用力吸起尤瑟芙剛剛切好的檸檬角。

「肖妮，恭喜妳，」艾美拉說，她舔掉手上的最後一點鹽。「眞的恭喜，實在了不起。妳値得。」

肖妮感動地嘟起嘴唇，走去擁抱艾美拉，「謝謝妳，艾美拉。」

艾美拉一直覺得講話就講話，沒必要一邊抱來抱去，但今晚的主角是肖妮，所以她也用力抱回去。她聞到肖妮的髮霜氣味，就是那種叫做「美好混搭」或「半對半」的髮霜。

艾美拉從擁抱中退開，肖妮卻沒打算走遠。

「我現在只先跟妳說，嗯……」肖妮望向尤瑟芙的臥房門。「就是呀，我想她也很清楚，總之我大概得開始找間單房公寓了，或是間套房。」

「喔？妳是認真的嗎？」艾美拉先是吃驚，然後忌妒，接著她想，**這就是我們這階段該達成的目標嗎？如果是，我離這目標還很遠呢**。

「我當然很喜歡住在這裡……」尤瑟芙在緊閉房門後跟姊妹講電話的聲音清晰可聞，肖妮還是繼續悄聲跟艾美拉講著。「但，是啦，我就是覺得時候到了。更重要的是，妳該來住我的房間，我希望之後的房客還能讓我回來這裡晃晃，而我能找的好朋友就剩下妳了。」

艾美拉目前跟一個坦普大學的學生住在一起（對方是位研究生，週四到週六時會去男友家住），她們住在一棟沒有電梯的公寓五樓，每個人的月租是七百六十美金，但二〇一六會立刻漲到八百五十美金。她有一張雙人床，只有單口瓦斯爐可用，不過目前還算過得去。肖妮的公寓就各方面來看都比較好，不但附近就有咖啡店，臥房窗外還能看到天空，不是水泥牆。此外，這間公寓不是位於肯辛頓區，而是在舊城區內。不過，肖妮的公寓之所以感覺這麼讚，大多是肖妮本人的功勞，而不只是因爲所在位置，可是這些優點都會隨著肖妮離開而消失。比如肖妮父親幫忙付帳單的ＨＢＯ頻道、牆上那些散發惱人商業氣息的裱框輸出圖（橋梁、向日葵，還有紐約天際線）、依照首字母排列的香料架，還有冰箱上掛的印花隔熱鍋墊。肖妮臥房內有一組音響，客廳有一台電唱機。而艾美拉呢，只會在室友沒去男友家時，兩人把手機放在一個碗裡播音樂，然後戲稱爲「手機碗音響」，碗放到冰箱上的回音效果似乎更好。

「這提議眞棒，」艾美拉說：「妳之前說現在的房租多少？」

「喔，完全不貴。」肖妮搖頭。「每個人才一千一百五十美金，水電瓦斯全包，不用再付任何額外費用。哎呀，該死，特洛伊打來了。寶貝，嗨。」

薩拉從肖妮的臥房走出來，手握一件搭在肩膀上的緊身紅洋裝。「我要試穿一下這件。」肖妮對她搖搖手，同時對手機說：「小子，我不接受拒絕唷。」肖妮將手機夾在耳朵和肩膀之間，開始在客廳解開上衣鈕釦。「知道嗎？我現在要傳一張照片給你，最好你看了以後還能拒絕我。」

艾美拉把杯中剩下的酒喝完。

「薩拉，可以幫我拍照嗎？」肖妮走進她的臥房。

「小妞，有必要哀求他到這個地步嗎？」薩拉說。她把剛剛那件紅洋裝丟到肖妮床上。

「我換一件內衣，很快，等我一下。」

艾美拉深吸一口氣。她從包包內抓出手機，雙手搭著牆壁爬出廚房窗戶。她用手抱住兩邊手肘，兩隻腳交叉站在防火梯頂端，動作謹慎，以免不小心踢到香料盆栽。電話響到第二聲時，凱利接了起來。

「嘿，妳還好嗎？我去找個安靜的地方，等等。」

外面很冷，但她不打算爬回去拿外套。她從手機中聽見有其他男人在講話，背景還有「球風火樂團」的歌聲。這是她第一次主動打電話給凱利。

「嘿，怎麼啦？」

「嗨，抱歉，」她說：「不好意思，你那邊聽起來很忙。」

「不會，我只是在參加研討會的最後一場活動，」他說：「反正就是一堆科技人在喝長島冰茶。」

「喔，聽起來好煩。好唷。」

「發生什麼事了？」

「沒有，沒事。」艾美拉調整了一下站姿，好讓襪子可以儘可能遮住腳下的鐵網格。她往後靠在肖妮公寓的牆邊，朝下望向人行道，有個送貨員正在猛按公寓門鈴。「抱歉，我其實沒什麼有趣的事想說，只是今天眞的過得很糟。」

「怎麼可能，」凱利說：「竟然跟我一樣。」

「眞的嗎？」

「史上最糟的一天，但妳先說妳怎麼了吧。」

艾美拉把錢伯連太太、小湯匙，還有必須拿一張死魚照片給青少年店員看，並以此展開下午工作的事都說了。她說到錯過了萬聖節派對，帶布萊兒上的芭蕾課也結束了之後，凱利說：「不！小露露芭蕾學院的萬聖節派對！不！」

艾美拉笑了。「我把貓耳跟所有服裝都帶去了。她自己不願跟孩子說眞相，還害她錯過派對，都讓我很不爽。」

「嗯，竟然有媽媽願意錯過把孩子打扮成熱狗的機會，在我聽來根本就是精神變態。」

「就是嘛，謝謝你。然後現在，」艾美拉壓低音量，「我在肖妮家，她剛獲得一個很棒的升遷機會，所以超興奮，我知道我該爲她高興……但現在卻只想揍她一拳，然後回家上床睡覺。」

「冷靜呀，殺手大人，」他說：「請她喝杯酒就是了。」

艾美拉抓住前方欄杆。「換你說你怎麼了。」

那天，凱利向一位他以爲是科技界風雲人物的傢伙自己介紹，對方名叫杰西。眞正的杰西其實是個女人，但凱利卻在杰西和她的整個團隊面前，向她的男性助理自我介紹。此外，他還把沙拉醬噴到眼睛裡，因此大約有兩分鐘覺得自己瞎了。現在他簡直恨透了克里夫蘭。

「不過我明天很早就會回去。」

「好。」艾美拉聽見肖妮和薩拉在屋內叫喚尤瑟芙。尤瑟芙很不耐煩地回答：「怎樣？」艾美拉彎腰看了一下廚房，發現沒人在附近。「我放你去忙了，抱歉，」她說完往旁邊踏了一步，皺了一下眉頭。「抱歉，我知道這樣打給你很怪。」

「爲什麼很怪？等等……妳們要出門玩嗎？」

「對呀，我想是非去不可。」

「好，嘿，結束後去我的床上睡覺吧。」

艾美拉笑出來，「你說什麼？」

「我會打給我們那棟樓的門房，跟他說妳會過去。妳就睡在那裡，明天我們一起吃早餐。」

這是她目前遇到最「成年人」的事情了，艾美拉心想。

「等等，不行，」她說：「凱利，我不能這樣做。」

「完全沒有不能做的理由呀，」他說：「這是個好機會，妳想偷什麼都可以。我現在就打電話給公寓樓下的櫃檯人員，聽起來是個好主意，是吧？」

聽起來實在太棒了，艾美拉只能說出，「嗯……」

凱利說：「『嗯』的意思是？」

薩拉在窗內大吼：「小婊子！妳肩膀要放鬆一點啦！」艾美拉抬頭望向漆黑的雲朵，「讓我想一下。」

「艾美拉，別這樣。」凱利笑了。她聽見他深吸了一口氣，然後說：「妳到底要不要跟我交往呀，小姐？」

她以手扶額，安靜地拉出一個大大的笑容。

她從窗戶爬進廚房，發現手機裡已經有凱利傳來的簡訊。**法蘭克知道妳會過來，記得帶身分證。**艾美拉又倒了一杯酒，耳中聽見薩拉在說：「小瑟甜心，妳得靠近一點才行。」

艾美拉推開肖妮的房門，房內的肖妮上身沒穿，跪在床上，一隻手臂遮住雙乳，另一隻手垂在身側。尤瑟芙用一盞檯燈在她頭上打光，同時說：「我覺得妳得再拿高一點，小薩。」薩拉於是站到椅子上，手上拿著肖妮的 iPhone。

「等等，艾美拉比較會拍啦。」薩拉把手機丟給艾美拉。「但我可以下去幫妳把奶子撐高一點。」

11

雅莉克斯不在乎身體比懷孕前多堆了四公斤肉，她也沒意識到自己和彼得已經快三週沒性生活了。（持平地說，最近爲了報導暴風雪，他得去攝影棚的時間多到驚人，所以他也沒注意到。）編輯寫信來問寫書的進度如何，是否有幾個章節可以讓她在假期間讀一下時，她也有辦法心安理得的裝作沒看到。生活中的一切都可以先放下不管，因爲瑞秋、喬蒂和塔瑪拉要來費城過感恩節啦。更棒的是，感恩節後，雅莉克斯還會跟她們一起回紐約待上五天。希拉蕊·柯林頓的競選團隊終於決定邀請她參加一場婦女活動。這會是她八個月以來第一次回紐約，也會是凱瑟琳第一次造訪那座城市。雅莉克斯在自家玄關脫下手套和帽子時，艾美拉的手機上正閃爍著一條訊息通知：我們很遺憾地通知您，您所預定的WX一四九二班機已取消。

屋外的大雪被狂風吹得又猛又急，彷彿永遠不會眞正落到地面，但終究還是落下了。雪埋住了車輛和樹木，還將店鋪大門猛力闔上，再把門像破舊的二手書般掀翻開來。過去三天來，錢伯連家門外的階梯最上層堆滿了泥巴跟雪。雅莉克斯必須靠著Uber和計程車千辛萬苦去上游泳課——泳池中常常只有她和兩個女兒——因爲她很快就對孩子失去耐心，也想不出什麼室內活動了（像是「看看媽媽手機上有什麼照片」「我們一起躲到毯子底下」「大家一起把書從書架上拿下來再放回去」之類的遊戲）。不過，明天就是感恩節，而今年的感恩節會有所不同。

自從布萊兒的魚三週前死掉後，雅莉克斯和艾美拉之間的關係就變調了。某個星期一，雅莉克斯爲了阻止自己吃太多，提議讓艾美拉把多餘的餅乾帶回家，但她拒絕了。某個星期五晚上，雅莉克斯請她喝一杯酒，艾美拉說：「我其實沒特別想喝，謝謝妳。」雅莉克斯爲此改變深感困擾，甚至讓她在一些難以想像的時刻想起她的保母。有一次在書店，雅莉克斯發現自己竟然在思考艾美拉究竟上床睡覺了沒。她還在爲凱瑟琳哺乳時思考艾美拉是否看過電影《麻雀變鳳凰》？艾美拉會覺得這部電影很有爭議嗎？在連鎖女裝店的手扶梯上，雅莉克斯想像艾美拉會怎樣跟薩拉提起她？薩拉會盲目同意她的看法嗎？還是會反駁？

雅莉克斯也逐漸開始調整自己的生活方式，而且是以艾美拉爲中心進行，但其實她完全沒有這麼做的明確理由。比如雅莉克斯購物後會把衣服或其他商品上的標籤立刻拆下，以免讓艾美拉看見自己花了多少錢，但其實艾美拉從未對此表示出興趣，也不是會開口問的那種人。雅莉克斯沒法再隨興將特定書籍或雜誌擺在會被看見的地方，因爲怕艾美拉看到整理教主近藤麻理惠的書會心想，「哇，妳是過得多爽，才會需要買這種精裝書來教妳如何把妳那堆貴得要死的『多餘物品』丟掉？」

有時候，雅莉克斯發現自己會在艾美拉面前假裝要吃剩菜當晚餐，但其實心中計畫直接點些壽司來吃，或者打算傳訊問彼得要吃什麼好。**妳到底想靠著吃剩菜證明些什麼？**不過，她還是會等艾美拉關上門離開後，才會去用電腦問彼得要不要吃他們常吃的那間壽司，然後透過紐約美食外送平台「無縫」下單。

一開始，雅莉克斯會在網路和 Instagram 上搜尋艾美拉的名字，想知道她會不會總算決定申請一個帳號（她說服自己這麼做純粹是爲了確保孩子的安全），不過現在雅莉克斯反其道而行，她開始採取一種全新的視角：假裝成艾美拉觀賞自己的帳號。她會緩慢瀏覽自己貼的照片，猜測艾美拉會點哪一張進去看？艾美拉從沒表現出來，她何必呢，但其實雅莉克斯感覺得出艾美拉認爲自己是典型的有錢白人，是雅莉克斯和姊妹淘會想敬而遠之的那種上東城媽媽。但是倘若她願意再深入一點，倘若她肯給雅莉克斯一個機會，雅莉克斯知道，艾美拉一定會改觀的。

雅莉克斯會幻想艾美拉逐漸發現了一些什麼，而那些她發現的事，才眞正形塑出雅莉克斯內心認定的自我形象。比如雅莉克斯的閨密之一就是黑人，比如雅莉克斯最喜歡的新鞋其實是從折扣店「瑋倫」買的，要價僅僅八美金。又比如雅莉克斯讀過著名黑人女作家童妮・莫里森寫過的所有作品。此外，在雅莉克斯和彼得的所有朋友中，他們已經是薪水最低的一對夫妻了，塔瑪拉才是那個每次都能坐飛機頭等艙的人。雅莉克斯常常有意無意透露出這些資訊，但明天，要是一切能按照雅莉克斯的計畫進行，艾美拉就能親眼見識到這一切。

瑞秋、喬蒂和塔瑪拉會搭感恩節早上第一班火車抵達費城。瑞秋很高興自己不用獨自過感恩節（哈德森會去他爸爸家），塔瑪拉會帶女兒伊瑪妮和克麗歐一起來（她丈夫要去東京出差），喬蒂則是全家都會出席（包括她的丈夫華特、四歲半的女兒小慎，還有一歲的兒子佩恩）。一直到安排這次的感恩節聚會，雅莉克斯才意識到，她的三個密友還沒見過凱瑟琳，而凱瑟琳可是快七個月大了。時間都過那麼久了嗎？凱瑟琳現在一天比一天更像雅莉克斯，她不但可以被輕鬆帶到任何地方，好相處，對在地上爬也沒什麼興趣，而這些優點在在都讓布萊兒看來像個瘋瘋癲癲的邊緣人。雅莉克斯這幾個朋友總是開她玩笑，說雅莉克斯現在的生活，根本是在復刻莫菲家的感恩節傳統，這場傳統的「感恩節大戲」包括帶有郊區豪宅裝潢的屋子，穿著溫暖秋色系蓬鬆套頭毛衣的家人，模仿Pinterest網站圖片手繪的掛畫或餐墊，還有電視上反覆播放的梅西百貨公司感恩節遊行。不過，雅莉克斯現在迫不及待想把這玩笑當作一個諷刺主題來實踐。

雅莉克斯雇了兩位宴會招待來倒飲料、掛外套、上食物，還有收碗盤。她在家裡的一樓放滿南瓜、夏南瓜、麥稈和松果，還租了一張很大的餐桌，打算放在鋪了磁磚的門廳，而即將掛在餐桌上方的紙糊火雞目前正跟那些裝飾品堆放在一起。在一張放有四種不同口味派餅的小桌上，雅莉克斯用紅麻繩吊起一些牛皮紙，好讓客人可以寫下自己心存感恩的事物。想到即將到來的明天她就開心，她終於可以跟三個最喜歡的女人一起享受這個俗氣的感恩節主題派對，還能一起痛飲紅酒。不過，一想到艾美拉明天也會在場，她包在圍巾內的臉跟脖子便紅了起來。

雅莉克斯拿著最後一批從超市買回來的派對食品（麵包、粉紅鹽、奶油、餅乾麵團和蘇打水）。她說了聲「嘿」，將環保袋放在流理台上。凱瑟琳坐在房間中央的一張幫寶椅上，口水正往一條毯子上滴。布萊兒站在窗邊座位上，手往街上指來指去，艾美拉在一旁扶住她的屁股。布萊兒說：「媽媽？窗戶在咬我的手指。」

艾美拉轉頭說：「天氣這麼糟，眞不敢相信妳竟然還出門。」

感謝老天爺把天氣搞成這樣！雅莉克斯心想。這幾天來，她和艾美拉大部分的對話都跟如何應對這種天氣有關——布萊兒該不該戴手套？外面下雪還要帶她去上美勞課嗎？艾美拉回家時可以借把傘用嗎？雅莉克斯對自己的瘋狂行徑翻了個白眼，「眞瘋狂，簡直像世界末日，我根本不該要妳今天出門。」

「沒啦，沒事。就兩天而已，」艾美拉說。她回頭對布萊兒說：「我們之後會有一小段時間不會見面囉，小布。」

布萊兒把上排牙齒咬在下唇外側，「不要，」她反對。「不要，我們見面。」

「我們通常每個星期見三次面，對吧？」艾美拉解釋時舉起三隻手指，布萊兒抓住。

「但這星期是感恩節，所以我們只會見兩次。」

艾美拉把無名指收起來，布萊兒看起來很不滿意。「不要，不要。」布萊兒搖頭。

「我們見三次。」

「但我們下星期每天都會見面，這樣可以嗎？」

「妳下星期真的是幫了我大忙，」雅莉克斯說。她打開冰箱門的動作很快，發出了空氣抽吸的巨大聲響。「艾美拉，我實在不想說這種事……」她皺眉。「但妳真的得確認一下今晚的航班狀況。」

「是嗎？」

「以防萬一。」雅莉克斯開始移動冰箱周遭的容器跟碗盤。「妳可以用那邊的電腦。」

這樣很殘忍嗎？她竟然一邊展現出足以獲得奧斯卡最佳女配角的演技，一邊等待艾美拉得知自己的班機遭到取消？但那又怎樣，她會想辦法補償她的。艾美拉有機會跟大家一起坐在桌邊享用感恩節晚餐，這想法眞讓她亢奮到不行。突然之間，十一月的第四個星期四不只是個節慶，還是可以讓艾美拉成爲家人的四小時時光（可以的話，希望可以變成五、六小時的時光）。伴隨著馬爾貝克葡萄酒、地瓜泥、燭光和派餅，雅莉克斯會告訴她，自己從未忘記倉庫超市那晚的事件，而且每天都想起好幾次。她還會說自己再也沒去過倉庫超市，就算急著要買什麼也不去，就算現在雪下成這樣也不去，甚至就算艾美拉不再是她的保母，她也不會再去。艾美拉移動到電腦前，按了幾下滑鼠，雅莉克斯則暗自祈禱薩拉在費城沒有親戚。

艾美拉把手肘撐在書桌上，兩手捧住自己的臉，「啊，該死。」

「噢！不！」雅莉克斯說。她關上冰箱門，提醒自己不能反應過頭，但必須適當表現出這是場悲劇的模樣。「艾美拉，我眞爲妳傷心，眞遺憾。感覺像是我觸了妳的霉頭。」

艾美拉的眼睛還緊盯著螢幕。她咬住下唇，深吸一口氣，布萊兒爬上她旁邊的椅子。「沒事的，抱歉這麼失態。我可以很快打個電話給我媽嗎？是他們幫我買的機票，或許他們知道其他晚一點的班機。」

「當然，布萊兒，妳下來。」

布萊兒說：「媽媽，妳不能亂弄小美的水，」雅莉克斯把她抱到地上後說：「好，我不會弄，謝謝妳告訴我。」

等艾美拉再次上樓時，雅莉克斯已開始小聲播放音樂。寶拉．柯爾的音樂輕柔流淌，布萊兒則在解釋雪人偶爾也需要小睡一下。雅莉克斯抱起凱瑟琳，凱瑟琳縮起身子緊靠在她胸口。艾美拉在窗台邊坐下。

「看來我是最後一個知道的，」她說：「我能訂到的最快班機是明天晚上起飛，但那時回去也沒意義了。」

「眞遺憾，艾美拉。」雅莉克斯把凱瑟琳換到另一邊抱好，讓她的後腦杓靠在自己胸口。布萊兒走向艾美拉，輕輕拍打她的膝蓋。「不過比起到了機場才發現，現在知道或許還比較好。」

「是啦。我夏天才回家過，所以還好。反正回去也沒什麼事好做，我猜。」

「艾美拉。」她搖晃著抱在肚子前方的二女兒，走向坐在窗台邊的保母。「我知道這不是妳的首選，」她說：「但我們非常樂意邀請妳一起過感恩節。」

「噢，哇！不用啦，不用。」艾美拉猛搖頭。

「好吧，但是小美？」布萊兒突然插嘴。「我……我是妳的首選。」雅莉克斯心想，**太棒了，布布，眞是個乖女孩**。

艾美拉笑了。「哎呀，這我還眞無法反駁，」她說。她把雙手伸到布萊兒腋下，抱起她，再讓她轉身坐在自己大腿上。「你們人眞好，但我自己過沒問題的。」

「艾美拉。」雅莉克斯持續上下晃動著寶寶，希望能藉此讓自己的說話態度顯得隨興一些，她知道自己必須像是在提供一個理想的選項，而不是在迫切懇求。「我只是想說，現在超市的狀況忙亂到令人發瘋。而且我也二十幾歲過，也曾在感恩節時吃中餐館的外帶餐點過節，我從未因此開心，反而很沮喪，而且我發誓，就是因為這樣，我的臉後來才會大過敏。」其實就算過敏還是比跟父母一起待在臭哄哄的老人院裡過節來得好，但那不是重點。「我有三個好姊妹要從紐約過來，我們打算一起大吃一頓，真的歡迎妳加入。」

布萊兒伸出六根手指說：「這樣是幾？」

艾美拉摸摸她的手，「這樣是六根手指。錢伯連太太，真的很感謝妳，但其實，我男友似乎也跟我一起困在這裡了。」她瞄了手機一眼。「他本來打算跟家人在佛羅里達碰面，但班機也取消了。」

這樣更好。

「我們也歡迎他，」雅莉克斯說：「帶男友一起來，星期四下午四點，到時候妳不是保母，不用換尿布什麼的。你們來就是客人。」

艾美拉心煩意亂地吐了一口氣。

「如果妳把腳趾全部吃掉，」布萊兒回頭望向艾美拉，然後悄聲說：「那、那妳猜會怎樣，小美？那就再也沒有腳趾了。」

艾美拉按了一下手機的主頁鍵，微笑著說：「我再問問他。」雅莉克斯今晚第二次在內心暗自祈禱，艾美拉則用雙臂環抱住布萊兒的腰。「小布，我該在這裡跟妳一起吃火雞嗎？我真的不愛吃腳趾。」艾美拉戴著銅製方片耳環，布萊兒沒回答她，而是伸手去摸耳環，「我想把這打開。」

「這個沒辦法打開唷，小妞，」艾美拉一邊說話一邊傳訊息。聽到艾美拉這麼親暱地叫布萊兒，心懷希望的雅莉克斯更是坐立難安，她心想，**拜託噢拜託噢拜託明天來吧**。

艾美拉望向布萊兒，問她：「我這星期應該跟妳一起吃派嗎？」

「應該，」布萊兒宣布：「但妳只能吃十片。」

「只能吃十片？聽起來很合理。」艾美拉望向手機，再望向雅莉克斯。「他說他很樂意過來。」

雅莉克斯必須用盡全力才能阻止自己丟下女兒，她好想衝去把艾美拉那張看來輕鬆寫意又顴骨突出的臉龐捧進手裡，但是不行。

「聽見了嗎？」雅莉克斯對著凱瑟琳的耳朵說：「小美也要來吃火雞囉！」

「可以嗎？」艾美拉伸手捏捏凱瑟琳的腳。「我感恩節可以來找妳玩嗎？」

凱瑟琳．梅依．錢伯連此時望向艾美拉說了聲：「嗨。」

艾美拉和雅莉克斯都倒抽了一口氣。雅莉克斯感覺自己的臉龐泛紅，淚水湧上眼角。她把女兒轉過來面對自己，抬高她的臉。「妳剛剛說『嗨』嗎？」她問：「妳跟小美說

『嗨』嗎？布萊兒，妳有沒有聽到妹妹說話了？」

「媽媽？」布萊兒叫喚：「妳可不可以……幫小美的耳環拍照？我們來拍照吧。」

艾美拉把懷中的布萊兒往上捧了一下。「妳妹妹剛剛打招呼了呢，大女孩。」

「妳可以再說一次『嗨』嗎？不要嗎？」雅莉克斯吞了口口水。凱瑟琳笑得甜美，雅莉克斯把她的身體又抱緊了一點，然後快樂地搖搖頭，說：「艾美拉，妳回家吧。」

艾美拉笑著問：「什麼？」

「現在還待在這裡實在太瘋狂了，回家吧，我們感恩節見。」

「喔，我可以很快地幫布萊兒洗個澡。」

「不用、不用，小美，回去吧。」雅莉克斯的女兒剛剛說了人生第一個字，再加上即將到來的大日子，雅莉克斯內心的柔情都要滿溢到屋外了。要是艾美拉繼續待著，雅莉克斯可能會不小心對她說「我愛妳」，或者問艾美拉究竟喜不喜歡當他們家的保母？又或者艾美拉到底覺得雅莉克斯幾歲？「對了，」她說：「妳等我一下。」

雅莉克斯把凱瑟琳放回幫寶椅上，從最底下的抽屜取出一個「全食超市」的提袋，打開她的冰箱，往袋子裡塞入兩瓶水、一份冷凍義大利餃子、一罐湯、一罐辣椒、一包布萊兒的動物餅乾，還有一瓶紅酒。

艾美拉走進廚房，「等等，錢伯連太太，這是做什麼？」

「這是要給妳的。」雅莉克斯把袋子推進她懷中。「我很確定妳家有食物，但這比妳現在能在任何一間超市能找到的食物更好。」

「哇……」艾美拉調整姿勢，把懷中的袋子拿穩。「妳實在、實在對我太好了。」

「幫我一個忙就好，」雅莉克斯露出燦爛的微笑，「星期四絕對要餓著肚子來。還有，艾美拉，我是認眞的，那天來的妳不是保母，是**家人**，好嗎？」

艾美拉的嘴唇微嘟，那模樣讓她看起來好年輕。她把緊身褲後方的褲頭往上拉好，說：「好。」

12

感恩節當天的下午四點零六分，腳踩米色仿麂皮靴的艾美拉從一台黃色計程車走下來，凱利從後方扶住她的手臂。她看見雪地上有之前被人踩出的腳印，腳印一路延伸到錢伯連家的鐵柵門。這是近期以來首次整天沒有下雪，而在他們頭上，有大概三公分高的雪危顫顫地堆積在光禿禿的樹枝、電線和窗架上。艾美拉一隻手扶在大門的門栓上，另一隻手抱著一束紫色和黃色的雛菊。空氣很冷，她可以看見自己吐出的霧氣。

「嘿，我們需要有個暗號之類的嗎？」她說。

凱利雙手插入口袋，學她放低聲量，「用來做什麼的暗號？」

「就是萬一你……」艾美拉臉紅起來。「萬一你覺得不開心，想離開的話。」

「喔喔，好唷，那不然就說……『我想立刻逃離這個鬼地方。』」

艾美拉用力推了一下他的胸口，打開鐵柵門。「小鬼，別鬧了。」

「不會有事的。我很高興能來這裡，」他說：「不過我確實期待能喝到很棒的葡萄酒。」

「我確定你不會失望。」

爬到樓梯最上層的平台時，艾美拉開始找自己的那副鑰匙，但今天跟之前不同。她已經可以聽見裡面有女人在談話，還有一些可以說出完整句子的孩童在喧嘩。凱利站在她身邊，他因應節慶打扮得很帥氣——深色牛仔褲、紅色毛衣，還有一件長到膝蓋的黑外套。他們之前的二十四小時都在他的公寓瘋狂做愛，看了一些糟糕的電影，還點了外賣來吃，艾美拉從未覺得自己那麼像個成年人。她抬頭望向他，悄聲說：「用我的鑰匙感覺很怪。」

「好……」他把一根指頭放在電鈴上。「按這個嗎？」

艾美拉說：「好，」凱利按下電鈴，兩人一起等待時，艾美拉屏住呼吸。

「嘿，」電鈴聲還在響，凱利輕撫她的腰。「妳之前提過妳老闆叫什麼名字嗎？」

「錢伯連太太。」

「我得這樣叫她嗎？她的名字呢？別跟我說姓氏，還是讓我知道一下名字比較好？」

「嗯……就是……」艾美拉整理了一下肩膀上的厚重辮子。「好像叫埃莉克斯？」

「妳是指埃麗絲？」

「不是。」艾美拉把頭靠上他的肩膀。「就是一般常聽見的愛莉克斯，但發音又有點怪，念起來有點像是，雅阿─莉依─克斯的感覺？」

「艾美拉。」他安靜地笑開。「妳怎麼會連她的名字都不知道？」

「我知道，只是不會那樣叫她，我都叫她錢伯連太太。噓！」

他們重新站好，安靜地等待。

在難捱的沉默中，凱利又一次彎身靠近艾美拉。「她是歐洲人之類的嗎？」

「我不知道，可能吧？」

「**可能**是什麼意思？」

「老天，凱利。我不知道，她就是個白人。」

凱利把嘴巴埋進外套領子內悶笑。「好的，小姐。讓我在進去前親妳一下吧。」

艾美拉靠近他，感覺他的睫毛貼近自己的臉。錢伯連太太打開門時，他們往兩邊退開。

「艾美拉，妳來了！」錢伯連太太燙捲了金色髮尾，髮尾隨著門打開的氣流飄動，另外隨之飄送而出的，還有蠟燭的煙氣、南瓜派，以及白蘭地的酒香。

艾美拉說：「嗨，錢伯連太太，眞的很感謝……」但接著，錢伯連太太卻說了「噢我的老天」，那語氣是一種意識到了什麼的驚慌，就像差點撞上一扇非常乾淨的玻璃門。

艾美拉望著錢伯連太太，她的表情就像進入備戰狀態，每當發現女兒幹了些好事，導致一切無法按原定計畫進行，又或者發現艾美拉試圖在晚上爲布萊兒讀故事書時，她都會出現這種表情。她一隻手還在門上，另一隻手抱住自己，一副準備好遭受襲擊的姿態，又或者是已經遭到攻擊，好不容易才撐下來的樣子。

凱利彷彿突然驚醒過來，他眨了兩下眼睛，說：「莉莉？」

第二部

13

雅莉克斯在鏡中檢查了自己的狀態（她身穿舒適寬鬆的燕麥色毛衣，搭配緊身牛仔褲和棕色靴子）。她把凱瑟琳用嬰兒背巾綁在身上，走下樓梯（她小聲對塔瑪拉說「我想是她來了」），然後她打開大門，卻瞬間覺得時光倒轉了十五年。她面前站著的男子是個成年人，但同時也是那名高三生，而且這人還叫了她「莉莉」，彷彿兩人還有來往。

站在她保母旁邊的人就是凱利．柯普蘭，就是威廉．梅西高中二〇〇一年那班的凱利．柯普蘭，就是莉莉．莫菲付出了所有第一次的對象（第一次幫男人口交、第一次說出「我愛你」，還有第一次心碎），也讓她體驗過無止盡的不安全感。

但此刻，凱利不只是不可思議地出現在雅莉克斯家門前，叫她名字的方式還讓她差點癱軟。**莉莉**。他的口氣暴躁又不經意，而她的感覺就像在冰箱抽屜深處找到一顆遺忘很久的蔬菜，發現就連上面的黴菌都發霉了。她感覺心臟嗡嗡作響，心想，**不，這不可能**，但那兩個人在她面前站得愈久，她內心的聲音就愈大：

幹幹幹幹幹。

艾美拉笑了一聲，然後說：「等等，怎麼了？」她的眼神在雅莉克斯和凱利之間來回。

凱瑟琳因為屋外寒氣開始扭動，雅莉克斯說：「呃，請進、請進……外面太冷。」

艾美拉和凱利走進玄關，雅莉克斯關上大門，心想，**凱利·柯普蘭現在在我家**。在玄關的另一邊，雅莉克斯看見她愛的人周遭全是那些浮誇的裝飾，幾天之前她硬是塞滿了整個後車廂才能全帶回來，如今放在傻裡傻氣的紙糊火雞底下閃閃發光著。這非常像她爸媽會付錢請人來布置的誇張排場，當年在波爾多大道一百號的那棟房子就是這樣。而有那麼一刻，雅莉克斯很認真地想，**我可以用多短的時間把這些垃圾丟掉？不該是這樣的，這些俗氣裝飾本來只是一種玩笑**。

「這就是大好人艾美拉嗎？」喬蒂往前走，身上的米色斗篷在手肘處飄動。「很高興能見到妳，我是喬蒂。」

「別害怕。」瑞秋接著擁抱了艾美拉。「我們只是覺得好像認識妳很久了。嗨，這位是男友吧，我是瑞秋。」

「我是凱利。很高興認識你。」

幹幹幹。

走下樓梯的塔瑪拉終於現身，而且一如往常擺出大人物的派頭。她對艾美拉張開雙臂，彷彿她是這場馬戲演出的總指揮，然後開口，「艾美拉？趕快進來，好姊妹。」在她擁抱艾美拉的同時，雅莉克斯試圖跟喬蒂眼神交流卻沒成功。「感恩節快樂，我的朋友，讓我們趕快來幫妳倒杯酒吧。」

三個女人把艾美拉簇擁到酒吧，調酒師問她要紅酒還是白酒。雅莉克斯就站在玄關門外，她曾在玄關偷看過這男人傳來的那麼多訊息，而此刻帶著凱瑟琳的她就跟凱利站在這裡。生平第一次，雅莉克斯好希望自己沒把女兒綁在胸前。

「你看起來……」雅莉克斯不知該說什麼，也不知雙手該擺在哪裡。「你看起來幾乎沒什麼變。」

令人心碎的是，他確實沒什麼變。他仍然高得驚人，雙手也還是大到有點怪異。原來他就是艾美拉的男友，原來他就是凱南和凱爾，原來他就是艾美拉在火車上遇到的男人，原來他就是說很期待今晚見到她的那個男人。

「謝謝。」眼前的餐桌有十二個座位那麼長，上方有水晶吊燈，紅色和棕色的紙糊火雞隨著地面飄升的暖氣小幅度來回旋動。他似乎在評估自己今晚會過得如何，「妳看起來也沒什麼變。」

「你說什麼？」

他還來不及回答，彼得就走來跟他握手，興奮得活像今天是足球賽季開賽日那般，他微笑著用播報新聞的口氣說：「我是彼得．錢伯連。」

華特過來加入了彼得的陣線，畢竟除了早已睡著的嬰兒佩恩外，他和彼得是唯二出席的男性。瑞秋、喬蒂和塔瑪拉正在用手中的酒「審訊」艾美拉，眾人一邊聽她的回答一邊猛烈點頭。雅莉克斯把凱瑟琳從胸口解下，放在遊戲圍欄中，圍欄上方有座掛了月亮及星星的拱門。她爬到一樓和二樓的中間，從樓梯上用眼神死盯著喬蒂，嘴唇在欄杆上方無聲扭動著，**妳給我過來**。

樓上的廚房一片靜默。流理台上堆滿地瓜、馬鈴薯泥和麵包捲，爐子上的蘆筍蓋著一張凝結了大量水珠的錫箔紙。兩個女兒的臥房隔壁地板上有箱紅酒，雅莉克斯跨過紅酒，打開通往窄小洗衣間的門，以紐約的標準來看，這其實已經算是個很寬敞的更衣間了。她一聽見喬蒂從地毯走上木地板，就伸手把朋友拉進來。

「老天，親愛的，妳在這裡做什麼？」

雅莉克斯說：「噓！」然後扯了頭上的拉繩，喀拉一聲，一顆燈泡在小小的方形空間內亮起。雅莉克斯意識到自己即將把凱利的名字說出口，心跳速度立刻變成平常的兩倍快。「聽我說，」她說：「樓下呢，」雅莉克斯把雙手搭在喬蒂肩膀上。「樓下那個人是凱利．柯普蘭。」

「好唷……」喬蒂微笑。「我不知道那是誰。」

「那個艾美拉的男友呢，就是在高中時奪走我的第一次，跟我分手，告訴所有人我住哪裡，然後他媽的毀掉我人生的傢伙。」

在擺滿毛巾、尿布、洗衣精和備用電池的層架下方，喬蒂的綠眼睛張得老大。「妳在開玩笑吧！」

「喬蒂，我根本……」雅莉克斯往後靠，背倚著上下相疊的洗衣機和烘衣機。「我不知道該怎麼辦。」

「妳剛剛才發現？」

「就是剛剛才發現。」

「他們交往多久了？」

「我不知道，幾個月吧。」

「幾個月?!」

雅莉克斯說：「噓！」然後她聽見瑞秋的聲音說：「哈囉？」

雅莉克斯打開門，把瑞秋拉進來。

「妳們兩個在搞什麼鬼呀？」瑞秋手上拿著一杯葡萄酒，雅莉克斯猜應該是她今晚的第二杯。這個夜晚還長著呢。

喬蒂抓住瑞秋的手臂。「雅莉克斯認識艾美拉的男友。」

「在哪認識的?我以為妳是第一次見到他?他滿可愛的呀。」

雅莉克斯用手幫自己搧風，喬蒂開始解釋，等瑞秋完全搞清楚後，她說：「妳的前男友在跟妳的保母約會?」喬蒂用手掌摀住瑞秋的嘴，雅莉克斯說：「噓!」

「好啦、好啦，但是，等等……」瑞秋拿開喬蒂的手。「他就是妳之前提過的那個蠢貨?」

雅莉克斯點點頭，一隻手抱住肚子。「我覺得不能呼吸了，」她說。「噢我的天呀他人在這裡，而我還這麼胖。」

兩個女人立刻兇惡地反駁，「不胖，妳才不胖!」

喬蒂輕拍瑞秋的手肘，說：「去找塔瑪拉來。」然後她對雅莉克斯說：「好，把妳的頭擱在雙膝中間。」

雅莉克斯想踱步，但她把自己和朋友關在一個像衣櫥一樣的地方，眼前所見只有燈泡、一盒盒替換用除塵紙，還有糾結延長線都爆滿出來的收納帆布桶。過去十五年來，雅莉克斯幻想過各種和凱利．柯普蘭重逢的場景，但實際的情況卻如此不同，雅莉克斯覺得肺臟像是要被壓扁了。她的體重仍比懷凱瑟琳之前多了三點五公斤左右，現在的家也不是她之前一直努力想營造的現代、極簡風格。此刻她的家裡到處都是幼兒，而且不是那種睡著的可愛寶寶，是布萊兒那種愛問問題的怪咖、頑皮的小愼，以及塔瑪拉那兩個聽話到有點矯情的小鬼。事情不該是這樣的。無論是結婚、成爲一個母親，還是在做出生涯中重大決定時，雅莉克斯一直在意的是，若有機會再次見到凱利・柯普蘭，自己能擁有什麼樣的人生故事？又或者說，他會在自己身上看到什麼樣的人生故事？她做過各種老套的白日夢（在一場特別盛大的派對上和他偶遇，或者踩著高跟鞋在機場遇見他），總之其中的設定都非常詳盡，她可以花上一次完整的淋浴時間或地鐵車程，來把她做出所有反應的細節想清楚。

在其中一場精心建構的幻想中，凱利正在紐約度假，身邊是一位愛拍照、帶著Longchamp托特包，而且身形嬌小的棕髮女友。兩人花了一整個早上搭火車，卻老是坐錯，最後只好去逛聯合廣場上的農夫市集。然後雅莉克斯出場：小小的布萊兒綁在她的胸前，一頭亂髮惹人憐愛。她先看到他們，然後把太陽眼鏡架到額際（「凱利？噢我的老天，嗨！」）。然後凱利的女友會立刻愛上雅莉克斯，因爲她給了兩人絕佳的路線指示，還推薦他們去有便宜雞尾酒喝的露台餐廳。雅莉克斯會向他們揮手告別（「祝好運！旅途愉快！」），並成爲先離開現場的人。想像中的她會是一身經典裝扮，比如白色T恤搭配鮮紅唇膏。

雅莉克斯甚至會想像凱利出現在自己未來人生中的樣子。她還沒寫完第一本書，但或許還會再寫一本，而這次會是一本寫給年輕女孩的書。屆時四十六歲的凱利（最好還又胖又禿）會在紐約八十六街的邦諾書店排隊等她簽名，而且還是排在他女兒後面（他們一路從亞倫鎮開車過來，住在火車站旁的阿斯托里亞旅館）。雅莉克斯會翻開他女兒的書，爲這位深受啓發的青少女在扉頁簽名，而她會抬頭望向凱利，微笑著說：「妳知道我認識妳爸嗎？」

但他現在人就在這裡，不臃腫也不禿，而且仍能讓她清晰回想起高中生活遭到毀滅的那一晚。他還不只是人在這裡，凱利．柯普蘭竟然還是跟艾美拉約會？她的艾美拉？光是他認識艾美拉這點就已經夠讓人不敢置信。他能看出艾美拉何時在生氣嗎？他被允許碰她的頭髮嗎？薩拉對這一切怎麼想？她覺得可以嗎？然後雅莉克斯扶住額頭，突然意識到一件事。這樣想實在很像個少女，但她還是忍不住想，**噢我的老天，凱利和艾美拉做愛，他們做愛，他們兩個人會做愛**。

塔瑪拉抱著兩歲半的克麗歐打開洗衣間的門，瑞秋跟在她身後進來。這個空間感覺已經塞到極限了。塔瑪拉悄聲說：「搞什麼……」克麗歐往上指，說：「光，媽小咪，燙燙。」

塔瑪拉說：「沒錯。妳別碰。」

喬蒂緩慢地拍著雅莉克斯的背，還輕輕在她背上劃圈。「好的，小塔。情況是這樣。」

塔瑪拉搞清楚狀況後，點點頭，說，「好，雅莉克斯？聽我說。」雅莉克斯站起身，她的整張臉發紅，頭一陣陣抽痛。「這都是高中的事，過去很久了。現在不會有什麼問題的。」

「我知道是很久以前的事！」雅莉克斯還完全無法放下凱利．柯普蘭。她用雙手摀住克麗歐的耳朵，說：「如果妳的前任在跟雪兒碧上床呢？」

塔瑪拉想了想，「好吧，我懂了。」

克麗歐摀住雙眼問房內所有人，「克麗歐在哪裡呢？」

「怎麼會**發生**這種事？」雅莉克斯自言自語地問。

「寶貝，妳整個人現在都在發紅，」瑞秋說：「妳得冷靜一點。」

喬蒂的母性本能讓她無法忽略克麗歐，她搔搔她的腰說：「我們有看到妳唷，小可愛。」樓下有個小孩開始哭，喬蒂望向塔瑪拉。「是我家的還是妳家的在哭？我覺得好像是我家的。」

「好，看起來不太妙，我們得出去，」塔瑪拉說：「聽我說，表現得冷靜一點。假裝你們只是上過同一所高中，沒再發生什麼其他事。」塔瑪拉正要繼續說下去，但突然又轉頭望向克麗歐，「妳剛剛便便了嗎？」她舉起自己的孩子，聞了一下她的屁股，然後回報，「沒有，警報解除。」

這個舉動讓雅莉克斯崩潰，她無法克制地想，**噢老天，我的朋友都是這種貨眞價實的「媽咪」了**。雅莉克斯覺得實在太神奇了，有太多事情都讓她既熱愛又覺得可恥，比如她朋友的年紀及人生狀態（三十五歲的瑞秋離過兩次婚，同樣三十五歲的喬蒂是最正統的那種媽咪，至於塔瑪拉儘管各方面都很優秀，現在也快四十歲了）。另外還有一些此刻看來突然令人非常難爲情的數字，比如雅莉克斯丈夫的身高（跟她一樣一百七十八公分），她生過小孩的體重（六十四公斤），而其中最令她尷尬的是，前晚躺在床上時，她還開心地計算會有幾位非裔美國人出席她的感恩節餐會，最後算出總共是五位。

瑞秋搖搖頭：「我想殺了他。」

喬蒂說：「我記得《這種美國人生》的其中一集廣播節目有講到類似的事。」

塔瑪拉點頭：「我知道妳說哪一集。」

喬蒂問：「妳打算告訴彼得嗎？」

就今晚的狀況而言，彼得肯定不知道該對這項資訊作何反應，雅莉克斯也需要他繼續表現出迷人的一面，還要以優雅的好客精神讓凱利分身乏術。她說，「不會，今晚不會。」

瑞秋等了一下，然後問：「妳打算告訴艾美拉嗎？」

這句話讓雅莉克斯回過神來，她望向塔瑪拉，「小塔，妳覺得呢？」

「今晚誰也別跟任何人提起這件事，懂了嗎？」塔瑪拉為雅莉克斯及其他人做出決定。「她和凱利現在可能也在談一樣的事，但聽我說，我會應付艾美拉，彼得和華特也在好好招待凱利了。妳就只是跟他上過同一所高中，僅此而已。今晚眞是太巧、太有趣了，就這樣。」

「好……純粹就是場巧遇。」雅莉克斯把手從領口後方伸進毛衣，試圖在冒汗的腋下跟上衣之間撐開一點空隙。

「不過，實在太可惜了，不是嗎？」瑞秋又啜了一口葡萄酒。「他們要是生孩子，會有多**漂亮**呀。」

14

錢伯連太太打開前門時，艾美拉必須努力阻止自己笑出來。幾個月前兩人初次見面，錢伯連太太的表情也是如此迷惘。五個月前，錢伯連太太用力打開大門時，艾美拉就親眼見到她嚇一大跳的模樣，因爲她沒想到來的是個膚色深很多的人。錢伯連太太就連困惑的方式都很優雅，她甚至爲此向艾美拉道歉（「抱歉，嗨！妳好美！進來吧！」），而她看到凱利的表情就跟當時差不多。不過就在艾美拉等她爲自己的反應道歉時，凱利卻叫了她「莉莉」。艾美拉本來心領神會的咯咯輕笑立刻轉爲緊張的乾笑，錢伯連太太的臉也垮了下來。她還來不及問清楚，就被拉進了今夜大肆鋪張布置的感恩節樂園。三個媽媽毫無預警地圍住她，這些女人把紅酒塞進她手裡，開始問她老家在哪？上哪間學校？還問她有沒有在迷那齣名叫《黑人當道》」的影集？艾美拉說她沒看過時，塔瑪拉篤定搭住她手臂，說：「喔，艾美拉，妳一定得看。這部影集太重要了。」

三個女人上樓後，艾美拉看見客廳的布萊兒坐在另外兩個女孩身邊，身上穿著看起來很不舒服的格子洋裝。她旁邊的其中一個女孩有著亮紅色頭髮，另一個女孩的爆炸頭則是用印花髮帶整齊紮起。艾美拉輕拍布萊兒的肩膀，「嘿，小鬼頭。」

布萊兒站起來，兩隻手臂非常莊重地環住艾美拉的脖子。「我不喜歡屋子裡出現這些花俏的鞋子。」

「要來見見我的朋友嗎？」

布萊兒沒說好，但艾美拉把小女孩抱起來，走回彼得、凱利和另一個男人在談話的前廊。

「這是我……這是我的，」布萊兒對著艾美拉不認識的那個男人說：「這是我的朋友。」

「太棒了，」他說。他的臉頰寬闊，肩膀很壯，看起來像身穿針織漩渦圖樣白毛衣的年輕版聖誕老人。「我們沒見過面。我是華特。我想妳已經見過我太太喬蒂。現場所有的紅髮小鬼都是我家的。」

「我是艾美拉，很高興認識你。」她微笑。「嘿，小布，這是我的朋友凱利，你可以說聲嗨嗎？」

譯註——

十一《黑人當道》（*Black-ish*）於二〇一四年開播，是一齣探討黑人文化議題的喜劇，獲得不少正面評價。

布萊兒把頭埋進艾美拉的肩窩中，脖子拗折的角度看起來很痛。她的臉幾乎上下顛倒，但還是偷偷在觀察凱利的臉。她伸出兩根手指說：「我三歲。」

凱利轉向這個小女孩，說：「太剛好了吧！我也三歲！」

布萊兒眼睛盯住他，露出牙齒笑，「不可能啦。」

「我只是比同年齡的人更壯，」他說：「好吧，其實我三歲半。」艾美拉的雙唇嘛嘛地嘟起來，心裡很高興。

他本來就對孩子很有一套。每當面對不認識的人，他也有一套用來跟對方套交情的娛樂腳本。不過就在塔瑪拉身後跟著喬蒂、瑞秋和錢伯連太太一起下樓時，凱利提早結束了這套打招呼的流程。他把手放在艾美拉背上，「可以談一下嗎？」

艾美拉說：「嗯？」但塔瑪拉打斷了彼此互望的兩人。

「布萊兒，我知道妳很高興妳的好夥伴今天來了。艾美拉，可以到廚房來幫我一下嗎？」她把克麗歐交給喬蒂，回頭走上樓梯。這女人表面上在詢問，但聽起來更像是在下令，再加上她走動時胸口很挺的模樣，似乎是在希望艾美拉立刻跟上。

艾美拉把布萊兒放回地面。「我應該很快就會回來。」

樓上的桌面擺滿艾美拉沒見過的高級銀器，旁邊還有一堆餐巾布。「我需要有個人來幫我很快把餐具用餐巾包好，我想妳一定知道怎麼做。」

艾美拉說：「當然。」但這一切感覺很怪。不只因爲她根本不知道該怎麼包餐具，那堆擦手巾亂糟糟的樣子實在也不太像錢伯連太太的風格。錢伯連太太一定會在賓客抵達前完成這項工作才對。難道塔瑪拉是故意把這些拆開，好讓艾美拉現在來做這件事？他們稍後眞的會一起吃晚餐嗎？艾美拉低頭，看到自己身上不是週一、三、五工作時穿的寬鬆白馬球衫，而是橄欖綠洋裝時，簡直要嚇到了。

塔瑪拉先開始包刀，艾美拉也模仿她的步驟。在捲完第一份餐具，丟進柳枝藍後，塔瑪拉伸手輕拉了一下艾美拉的辮子尾巴。「所以這底下是什麼呀？我猜妳擔心原本的自然髮質不夠好。」

「喔。」艾美拉笑了。她沒有不自在，只是對這話題沒什麼興趣。之前在其他幾個聚會中，艾美拉也遇過好意但無禮的主人強迫某位黑人賓客照顧她，但塔瑪拉看來是自願的。這讓艾美拉聯想到她在肖妮公寓看的那集《千金求鑽石》[1]。一連四次，她被迫要看「回鄉約會」的參賽者（是一位白人女性）的父親在家族聚餐這場大戲上站起身，問男性參賽者能否跟他來場「男人間的對話」。一次接一次，艾美拉愈看愈覺得尷尬。不過艾美

譯註——

1《千金求鑽石》（*The Bachelorette*）是二〇〇三年開播的實境約會節目，內容是許多男性參賽者追求一位女性。

拉還是回答：「不知道，我大概就是比較喜歡長髮吧。」

「想知道我都在女兒頭髮上抹什麼嗎？」塔瑪拉站直身體，扳著手指計算她使用的材料。「我會混和椰子油、水、還有葡萄籽油，每週用噴瓶噴在她們的頭髮上，再梳開，老實說，也只需要這樣做就行了。妳原本頭髮多長，親愛的？」

艾美拉感到一陣厭惡，幾乎想離開現場。她突然很感謝自己的雙手有事做，此刻的她必須把餐巾從某一角用波浪的形狀反覆折起。她能在腦中聽見薩拉會有什麼反應，她大概會張大眼睛說：「妳說她問了妳什麼？」

不過，艾美拉那雙棕眼沒往上瞧，只回答：「嗯，大概到下巴那麼長吧。」

「好，那就夠用了！」塔瑪拉恭喜她。「我確定妳可以稍微燙捲，小妞。」

「媽小咪？」伊瑪妮在樓梯口出現，艾美拉感覺自己總算放鬆下來。她轉向那個小女孩，「哈囉，妳好，我還沒見過妳呢。」之後一直到餐具包完前，艾美拉都在問伊瑪妮有關當姊姊的事情。

艾美拉回到樓下，在把那籃餐具放上桌時，她發現凱利正走向廁所。「抱歉，剛剛那樣實在很怪，」她悄聲說：「你還好嗎？」

凱利說：「嗯哼，」然後又說：「妳得去看一下手機。」然後他閃身溜進廁所，關上門。

布萊兒在門廊攔截了艾美拉，艾美拉把她捧著屁股抱起來，然後溜去玄關。她移開許多大衣和圍巾，挖出自己的包包。

「小愼有一隻大貓咪，」布萊兒說。

「是唷，」艾美拉點開訊息看。「貓咪叫什麼名字？」

凱利發了三條訊息來，當布萊兒在一旁解釋，貓不能選自己的名字，只有媽媽可以選時，艾美拉開始讀訊息。

凱利發的第一條訊息是，妳老闆是我高中女友。

第二條是，就是那個都搭頭等艙的。

第三條是，我想立刻逃離這個鬼地方。

15

喬蒂本來打算坐在女兒小慎旁邊，但小慎想起醉醺醺的瑞秋有多好玩，立刻哀求母親跟已經喝醉的瑞秋換位子。彼得和凱瑟琳坐在餐桌主位，旁邊是華特和小寶寶佩恩。雅莉克斯旁邊的布萊兒玩弄著把自己固定在椅子上的釦環，而坐在雅莉克斯對面的艾美拉正伸手摸一顆看起來醜到不行的亮粉南瓜，上頭用金色文字在塑膠表面寫了「心存感恩！」她說：「這眞不錯。」

「啊，那不是……」雅莉克斯坐下時把頭髮往肩膀後方撥。她試圖解釋，但就跟之前一小時一樣，她的話幾乎都是在說給凱利聽，也代表她根本不知該從何說起。凱利在艾美拉身邊坐下，對前方的布萊兒眨眨眼。「哎呀，其實這本來是要用來搞笑的，」雅莉克斯說：「實在很傻，只是……」

「她說的沒錯，小雅。」喬蒂開口替她圓場。「這個眞的很可愛，不是嗎？小慎？」喬蒂往左把女兒的臉好好看過一遍。「妳能坐在瑞秋小姐旁邊，是特別給妳的優待，所以一定要乖乖的，好嗎？」

小慎露出賊兮兮的表情，每次只要喬蒂提到不乖會有什麼下場時，她都會做出這種表情。瑞秋和小慎擊掌，「我們這些單身女郎自己會找樂子，對吧，克麗歐？」

兩歲的克麗歐搖搖頭說：「不用了，謝謝。」

彼得的眼神望向雅莉克斯，但話是對大家說：「我們是否該做個感恩祈禱？」華特對桌子另一頭的女兒抬起下巴。「小慎知道一段禱詞，不是嗎？」

喬蒂喃喃自語：「噢，天哪。」

「太完美了，」雅莉克斯說：「小慎，要不要幫幫我們？」

小慎環視餐桌邊所有人，彷彿正要開始搞一場粗魯又可疑的惡作劇。她把雙手交疊在桌面，小聲地咯咯笑出聲。「感謝賜給我們食物、感謝賜給我們健康和快樂時光，請接受我們的感謝與讚美，並接受我們以服務別人來償還祢的愛。阿們。」

大人們說「阿們」，華特立刻接著說：「說得太棒了，小姊姊。」

塔瑪拉身體往前靠。「他們在托兒所就教這個了？」

喬蒂伸手去拿烤地瓜塊。「別逼我開始抱怨這個。」

雅莉克斯鼓勵大家盡量吃。桌上的碗盤及餐具彼此碰撞，輕脆的聲響逐漸飄向屋頂。

一切都跟她想要的感恩節一樣，也因此更顯怪異。在水晶吊燈的光線底下，賓客似乎沉浸在溫暖的節慶氣息中。屋前的窗玻璃外，雪花毫不費力地飛旋飄下。她沒花什麼心力就把家中前廳布置成餐廳，而此刻這間餐廳充滿綜合莓果、黑糖、烘烤過的餅皮，還有燭火燃燒的氣味。布萊兒指著每份放到自己盤上的食物問：「媽媽？媽媽這個燙嗎？」小寶寶佩恩站在華特的膝蓋上，手裡握著奶嘴，姿態可愛地輕跳著。瑞秋在小愼小小的嘴唇塗上草莓口味的護唇膏，喬蒂看了立刻督促，「該說什麼呀？小愼？」伊瑪妮對這個活動很有興趣，塔瑪拉立刻抬起眉毛對她說：「想都別想。」一切聽起來都溫馨、甜美又充滿家的氣息，雅莉克斯對面還坐著她親愛的保母艾美拉，但可以看出凱利・柯普蘭正把手擱在她的左膝上。就在雅莉克斯替布萊兒舀蘆筍時，她努力阻止自己看著艾美拉想，**妳到底知道多少？**就在餐桌一度陷入靜默時，彼得望向艾美拉及凱利，「所以你們是怎麼認識的？」

雅莉克斯望著凱利和艾美拉，而他們都在等對方回答，兩人之間隱隱交流的默契讓她坐立難安。「他們在火車上認識的，親愛的。」她一邊幫布萊兒切開火雞肉一邊說。「不是嗎？」

「呃……」凱利伸手去拿葡萄酒，但又在最後一刻改拿水杯。「情況……不是這樣。」

「欸。」艾美拉望向他。「不完全是。」

「哎呀，」華特開始鼓譟。「那你們到底是怎麼認識的？凱利？告訴我們嘛，說來給大家聽聽。」

桌子另一頭，小愼正往裝了牛奶的杯子裡吹泡泡。喬蒂盯著她小聲說：「小愼，警告一次囉。」

「我沒有……呃……」凱利不知所措的樣子實在太可愛了，雅莉克斯必須逼自己往下緊盯著大腿瞧。「我不知道講出來好不好。」

「哎呀我的老天，」瑞秋說：「他們一定是一夜情認識的。」這個猜測似乎讓她很愉快，即便身邊坐著兩個四歲幼兒，對面的小鬼也只有兩歲，似乎也絲毫不減她的興致。「別害羞，小妞。我們都年輕過。這兩個傢伙就是一夜情認識的，」她用叉子指向華特和喬蒂，「看看他們現在過得多好。」

口中塞滿了馬鈴薯泥的喬蒂說：「這時候講這個？妳認眞的嗎？」華特卻說：「說得好！說得好！」

「我們不是一夜情認識的，」凱利說。雅莉克斯把口中的食物呑下，她看著凱利望向艾美拉，艾美拉卻死盯著盤子上的食物瞧。凱利停止切火雞腿，開口說：「我是在倉庫超市第一次遇見艾美拉，當時有個警察不讓她走。」

雅莉克斯的嘴巴開開，整個人呆住了，之後又立刻闔上嘴巴。小愼拿起一邊已經融化的棉花糖，其他人則在努力消化這項資訊。小愼把棉花糖拿給伊瑪妮看，說：「看起來像便便。」

塔瑪拉身體往前傾，眼神越過艾美拉望向凱利。「你當時在場？」

「對呀，我看到事情發生的經過，還拿手機出來錄。」

「等等，眞的假的。」彼得用力往後靠向椅背，左手抱住的凱瑟琳悠悠轉醒。「啊我想起來了。」

瑞秋用鼻子哼笑了一聲，「唉唷。」

「抱歉，就是這樣，」凱利對彼得說：「沒想到你會記得我，畢竟你當時有其他事情在心煩。」

「你拿了手機出來，」彼得回憶起來，「而且錄影了。」

「所以有影片？」塔瑪拉問。她望向雅莉克斯的表情像是在說：**我就知道**。

「欸，對，但那個影片已經是艾美拉的了，抱歉。」凱利露出要笑不笑的表情。「這實在不是感恩節該出現的話題，我或許該說我們是在交友軟體上認識的，眞抱歉。」這次他道歉的對象是艾美拉。

雅莉克斯隔著桌子望向她的保母，明明是她安排的聚會，她卻有種大家都知道、就只有雅莉克斯沒受邀的感覺。雅莉克斯覺得遭到背叛（**爲什麼妳不把你們眞正相遇的故事告訴我？爲什麼說在火車上？**），但很快地，她心中剩下的是一種受到冷箭刺傷的混亂感受

（爲什麼她那天晚上是打給彼得？爲什麼不是直接打給我？）。

艾美拉調整了一下耳環，再次拿起叉子。「不會，沒關係的，我們幾天後眞的又在火車上遇見，」她保證自己沒說謊，「然後就……一直有見面。」

「哎呀，老天爺，凱利，我眞高興你有來，」彼得說：「我也很高興那晚總算也促成了一些好結果。艾美拉，妳眞是個聖人，竟然沒去告那間連鎖企業，畢竟妳手上有影片，要告絕對沒問題。」

華特舉起酒杯來喝。「講得眞他媽的對。」

「啊，也不是啦。」艾美拉搖頭。「要是那段影片流出去，我還不如去死，我自己都還沒看過呢。」

「換作是我也不會看。」喬蒂說。

「但，嗯……」艾美拉轉移話題。「你們怎麼認識的呢？錢伯連太太？我好像從來沒問過？」

「你是指，」彼得說，「在我去過最噁心的酒吧中，雅莉克斯是如何追求我的嗎？」

雅莉克斯勉強擠出笑容。「『追求』是很客氣的說法了。」

「媽媽，」布萊兒說，「我想把派打開來吃。」

雅莉克斯制止她。「我們晚一點再吃派。」

彼得繼續說那個雅莉克斯早已聽過無數次的故事，但直到這次她才眞正被惹惱。今天一整個晚上，她發現自己一下重新愛上自己的丈夫，一下又討厭得不得了，而在他描述兩人的相遇故事時，她很高興他把自己描述得美艷動人，聽他說自己從酒吧的另一頭對他揮手後請他喝啤酒，她也覺得滿意，但是，當他說雅莉克斯後來緊張地自己把那杯啤酒喝掉時，她又惱火到不行。凱利坐得好近，雅莉克斯不停在內心對他反覆轉換進攻及防禦的姿態。等彼得說完故事，她心想，**就是這樣，凱利，我現在會喝啤酒了，而且是跟丈夫喝，對方跟我做愛的次數可不只一次呢**。

塔瑪拉望向雅莉克斯，「是妳在獵人酒吧工作那時候嗎？」

「對，沒錯。」雅莉克斯點頭。她想聊一下這間酒吧可恨的一美金特調，還想聊一下自己多感激這種特調存在，因爲當時她的年薪只有四萬美元，但凱利似乎把她話語間的停頓視爲提問的機會，頗爲大聲地開口：「所以妳現在的工作是什麼？莉莉？艾美拉說妳在寫一本歷史書？是這樣嗎？」

瑞秋說：「歷史書？」

彼得說：「這才眞是『客氣』的說法。」

艾美拉抬頭望向雅莉克斯的雙眼稍微瞇了起來。

雅莉克斯的臉和抵著毛衣的脖子開始發燙，她好希望剛剛有把毛衣換掉。她把頭左右搖動，拿起自己的葡萄酒。「布布，親愛的布布，坐好，」她說。「這個嘛，嗯，」她啜了一小口酒，「是跟**我的**一小段個人歷史有關。」說到「我的」兩字時，她單手摀住心口，想起倉庫超市事件的隔天早上，她擁抱艾美拉，而艾美拉只像聽不清楚她說了什麼一樣靠過來，沒有回應她的擁抱。「我正在跟哈潑柯林斯出版社合寫一本書，裡頭集結了我創業後寫過、還有收過的最佳信件。」

「其實也只選用了大概一半。」塔瑪拉轉向艾美拉，然後繼續說：「我想妳一定已經看過她的Instagram，還有她做過的每件事了。」

「啊，糟糕。」艾美拉微笑。「我沒在用Instagram。」

「小妞！」塔瑪拉誇張地裝出吃驚模樣。「我們得讓妳跟上時代！」

「妳沒有Instagram？」雅莉克斯身旁的喬蒂看起來是真心吃驚。「太驚人了，連小愼都有帳號。」

艾美拉說：「眞的？」

「嗯，我在幫她經營，是私人帳號，」喬蒂要她放心，「我們家族四散各地，那帳號能讓大家開心。」

「所以那本書是在記錄，怎麼說呢，妳做生意的那段歷史？」凱利就是不放過這個話題。雅莉克斯完全知道他想做什麼，但又怎麼能在餐桌上跟他吵？畢竟現場都是她的朋友，還有艾美拉。

「嗯哼，」她說：「就是這樣。」

「妳是何時創業的？」

「嗯……二〇〇九年開始的，所以……」

「喔，哇，好唷。」凱利在桌子對面露出微笑。「很短的一段歷史呢。」

「等等，我們是何時認識的？」喬蒂又插話進來。「二〇一一？」

「瑞秋，妳那時是我們當中最經驗老道的家長呢，現在想想眞不敢相信。」塔瑪拉說。

「我可是把知道的一切都教給妳們這些小賤貨了。」瑞秋說。

伊瑪妮和克麗歐望向母親，她們知道不該罵人「賤貨」，希望確認媽媽也這麼想。塔瑪拉肯定地搖搖頭，用一支手指壓住嘴唇。

「你知道嗎？」彼得說：「我想敬個酒。」

雅莉克斯心中同時出現「噢老天爺」和「感謝上帝」的想法。彼得很知道圓滑處世之道，也擅長社交，但他唯一懂的方式，就是把一切搞得像電視節目的收尾。由於身上帶著六十四公斤的體重，雅莉克斯也確實很想把今晚當作電視節目一樣關掉。

「我知道，要雅莉克斯離開妳們這些好姊妹身邊，實在不是件容易的事。」彼得說：

「無論妳們相不相信，我也很想念妳們。在雅莉克斯寫書還有事業發展的過程中，我親眼看到她有多麼依賴妳們，當然妳們也很鼓勵她，讓她輕鬆不少。還有，艾美拉，現在妳也是這個家庭的一份子了。我很開心，或者該說心存感恩嗎？因爲今晚有這麼多了不起的女人在現場。所以，這杯敬妳們。」

所有人舉杯說「乾杯」。布萊兒好不容易用叉子叉起一顆碗豆，當她舉起來給華特看時，他說：「太讚了。」

16

彼得的敬酒詞讓艾美拉尷尬得說不出話來，敬酒結束後，他把凱瑟琳交給錢伯連太太，之後大家又各自聊起天來。華特問凱利「網路中立性」到底是什麼鬼？喬蒂說：「眞不敢相信她跟妳長得這麼像，」錢伯連太太則回應：「妳該把我小時候的照片跟她放在一起看。」凱利對面的布萊兒自言自語：「我的肚子不喜歡。」

晚餐過程中，凱利捏了艾美拉的膝蓋兩次，但她一直不知道是什麼意思，畢竟他們才剛開始交往沒多久。是因爲她沒先說自己之前怎麼描述兩人的初見面故事，所以他在生氣嗎？但她根本不記得自己說過這種謊。難道他以爲錢伯連太太是爲了避開那糟糕的一晚，才謊稱他們是在火車上認識的嗎？就因爲這樣，他才對她的工作及正在寫的書表現得如此無禮嗎？還有，明明錢伯連太太在寫的不是一本歷史書，她爲何要該死的那樣說？錢伯連太太每週一、三、五逃出家門後，艾美拉都想像她去了圖書館，在桌上攤開布滿灰塵的巨大書本和各種便條紙，甚至會用上放大鏡來閱讀。但結果那是一本有關如何寫信的書？還是跟字體之類的有關？聽起來像是你會在邦諾書店折扣區看到的那種書，又或者是去藝術用品連鎖店「麥克斯」排隊結帳時會看到的促銷書。艾美拉無法好好思考這一切，也難以消化凱利和錢伯連太太交往過的事實，更別談兩人透過艾美拉重新得知彼此消息的事，因爲坐在她右邊的塔瑪拉已經開始無止盡地問她未來有什麼規畫，甚至是之後的人生安排。

「所以妳之前是讀坦普大學……」塔瑪拉說。

「嗯哼。」

「然後去上了打字課。」

「對，我的另一份工作就是打字。」

「這樣呀，如果妳有考慮讀碩士班，現在還來得及申請在明年秋天入學。」

有人跟塔瑪拉說艾美拉想讀碩士嗎？可沒人跟艾美拉這樣說過。她去讀大學是爲了搞清楚她想做什麼……碩士班不是給那些眞正想清楚的人讀嗎？艾美拉看著異常安靜的布萊兒，然後望向小愼。小愼正在捏伊瑪妮的兩邊臉頰，伊瑪妮則一臉敬佩地望著她咯咯發笑。艾美拉小時候跟伊瑪妮一樣，她當時還不懂白人小女孩爲何總能爲所欲爲又不被罵。

喬蒂問：「妳喜歡我這樣弄妳的臉嗎？」小愼說：「嗯，我喜歡。」

「妳在坦普的學業成績平均點數多少？」

「喔……不是很好，」艾美拉說。她把刀叉放在盤子旁。「就是，三點一。」

「嗯嗯，了解。」塔瑪拉緩慢點頭。「那大概沒辦法讀碩士班。但妳知道嗎？艾美拉？還有很多其他妳沒想過的機會。其實我嫂嫂就是去讀了飯店管理的認證班，現在已經有一棟帶五個臥房的獨棟房子，年薪超過十萬美金，她在沙加緬度。妳相信嗎？」

「是呀，還眞誇張……」艾美拉說。她用大腿上的餐巾抹抹手，望向餐桌對面說：「布萊兒還好嗎？」

但錢伯連太太正把凱瑟琳抱給喬蒂，她們在想辦法讓她再說一次「嗨」。另一邊的華特、凱利和彼得正在討論新任的賓州足球隊教練和他獲得的六年合約。布萊兒的眼神逐漸變得呆滯而悠遠，艾美拉開始出現她和布萊兒在倉庫超市那一晚的感覺：明明兩人緊緊依存，但又感覺無比疏遠。艾美拉說：「小布，妳還好嗎？」布萊兒輕拍母親的手臂，「我想要媽媽。」她說。

「媽媽正在說話，布布，我在妳的盤子上還有看到紅蘿蔔唷。」錢伯連太太又回頭望向凱瑟琳，「拜託嘛，甜心，妳能說『嗨』嗎？」

塔瑪拉朝艾美拉靠得更近。「不知道妳有沒有概念，但雅莉克斯人脈很廣，彼得其實也是。」她修長的手指擱在艾美拉的手臂上。「他們很愛妳，」她說：「我確定他們能幫妳申請到想要的學程，或者調整妳的班表，讓妳有辦法去實習或上課，又或者是配合任何妳想做的事。妳現在幾歲？親愛的？」

布萊兒又打了一個嗝。艾美拉說：「二十五歲。」

「好，我們動作得快一點，是吧？妳有什麼遠大的目標嗎？」

「嗯……」艾美拉調整了一下椅子。她把項鍊的釦環從胸骨上方調回後頸。「我還不太確定。」

「別這樣說嘛，」塔瑪拉步步進逼。餐桌對面的布萊兒看起來像是快要睡著，又像是隨時要抓狂。「如果明天醒來，」塔瑪拉說：「想做什麼都可以的話，妳會做什麼？」

坐在艾美拉身邊的華特說：「如果想奪冠，他必須做得更好。」瑞秋望著凱瑟琳說，「嗨，雅莉克斯的縮小版。」喬蒂要小愼安靜，「小愼，第二次警告了。」艾美拉則意識到，就算她說實話也不會有人聽。她本來打算用手甜美地抬起塔瑪拉的下巴，然後說，「如果我眞有什麼『遠大』的目標，妳以爲我還會他媽的坐在這裡吃飯嗎？」但就在此時，布萊兒開始作嘔，艾美拉立即抓起一條她知道非常昂貴的餐巾，身體迅速越過餐桌摀住那孩子的嘴巴時，第一個注意到的喬蒂開始尖叫。

17

多年前的那一天，在少女莉莉．莫菲門扉緊閉的臥房內，凱利的表現顯然是受過兄長或「前輩」的指導，但既然一切都是爲了她，她還是感到受寵若驚。凱利愼重其事地展示出一枚剛買的保險套，過程中還一直問她會不會痛？還好嗎？由於她的床單很高級，他還問需不需要鋪一條毛巾。整段過程大概只持續兩首歌的時間（〈漫長的十二月〉和〈色盲〉），但莉莉太喜歡凱利了，所以結束後仍感激又滿足地放鬆下來。無論如何，她告訴自己，**我很樂意記住今天的一切**。倒不是說她覺得兩人會結婚，但「迷戀」確實是一種危險又沉重的情緒。

此刻，身處在成年後的舒適家屋內，她發現那份迷戀似乎從未眞正結束。雅莉克斯無法確定自己是又迷戀上他，又或者，之前這份情感只是因爲時間與空間的阻絕而暫時休眠。

雅莉克斯看見喬蒂用雙手摀住嘴。艾美拉竄過桌面的姿態看起來像是慢動作重播，但靈敏的反應也讓雅莉克斯從座位上彈了起來。凱利的動作在她眼裡顯得更慢，桌邊的他站起身，伸手環抱住艾美拉的腰，那隻手臂距離底下快要吃完的胡桃南瓜跟一大盤微溫雞胸肉只有毫釐之差。一陣推擠中，雅莉克斯還沒反應過來，吐在餐桌上的是自己的孩子，她只是盯著那隻手，就是曾在校隊比賽結束或男女爭球過後，扶住自己下巴的那隻手。雖然只有短短幾個月，但在她的人生中，凱利曾讓雅莉克斯體驗過無比美妙的興奮感受，還會用他的手碰觸她，讓她平靜下來。「哈囉寶貝，聽我說，」他有一次在女子更衣室外跟她說：「妳得冷靜下來，好讓我更親近妳。」

而此刻在她家，在感恩節這天，那隻手環抱住了艾美拉的腰。雅莉克斯突然好想把那雙手移開，而且不只因爲兩人之間那種上過床的親暱氛圍，還因爲人的肌肉都會留下記憶，像是會下意識拿出捷運卡打開家裡大門，或不小心把三年級老師叫成媽媽，而此刻雅莉克斯發現，自己就是反射性地想把凱利的手從保母的腰上拍掉。她發現自己差點就用幾乎每天都會出現的姿態及語調開口說，**不不不，別碰，那是媽媽的**。

喬蒂捏了捏雅莉克斯的手臂，那手勁之強，顯示她已經不是第一次捏了。雅莉克斯突然回過神來，布萊兒開始哭。有那麼一刻，當喬蒂說：「雅莉克斯，親愛的，快把妳女兒抱起來。」雅莉克斯還以爲她指的是艾美拉。

18

在那團塞滿嘔吐物的餐巾底下，布萊兒的臉因爲大哭皺成一團，艾美拉看了才意識到，這女孩眞的很少哭。因爲剛剛身體快速越過桌面，艾美拉心跳得好快，另外也因爲在凱利用手扶住她之前，她差點摔在桌子上，還因爲看到桌子另一頭，有張小臉因爲震驚及不適呻吟起來。艾美拉捧住那一團餐巾包住的嘔吐物，從布萊兒的下巴往上提，越過她的鼻子後拿開。臉前空無一物後，這個三歲小女孩開始尖聲哭叫。

塔瑪拉說：「噢，不，」彼得衝去拿毛巾。小愼說：「唉唷噁心！」瑞秋則是笑著說：「派對裡總會有人出醜嘛！」

錢伯連太太眨眨眼，總算反應過來。「噢，老天。」

她打算抱起布萊兒，但艾美拉阻止她。「能不能把她的釦環打開就好？我來抱她。」艾美拉的語氣很緊急，錢伯連太太下意識地順著指示。艾美拉說：「小布，可以站起來嗎？」她把孩子抱入懷中，布萊兒的臉上滿是眼淚和鼻涕。

錢伯連太太說：「啊，不，艾美拉，妳不用這樣……」

「不會，沒關係的，我來就好。」艾美拉爬上樓梯，走過拿著紙巾和清潔劑的彼得和服務員身邊。走進廚房時，她聽見華特說：「剛剛那樣實在太厲害了。」

走進樓上的廁所後，艾美拉把布萊兒放到馬桶上，關上廁所門。布萊兒的呼吸時快時慢，顯得很緊張，艾美拉見過其他小孩在磨破膝蓋或弄破氣球後出現類似狀況。她其實有點擔心，沒想到原來布萊兒是有辦法哭成這樣，只是選擇不這麼做。

「嘿，」艾美拉拿了一條擦臉毛巾，在洗手台內用溫水打濕。「嘿，小可愛，沒事的，看著我。」她擦了擦布萊兒的嘴巴和脖子，布萊兒則在大口大口呼吸，身體每秒都在顫抖。「我很抱歉，小姊姊，嘔吐實在不好玩，但嘿，我想我應該都有接住。妳的洋裝還很乾淨。」

布萊兒開始低聲抽噎，雙手撫摸著洋裝裙襬。「這件很癢。」她說。

「是唷。」艾美拉把布萊兒的手指一根根擦乾淨。「這件洋裝也不是我的最愛。」

「我不、我不喜歡……」布萊兒總算冷靜到一個程度，她抬起一隻手指向天花板，「我不喜歡偏心凱瑟琳。」

艾美拉停止動作。她把毛巾掛在洗手台邊緣，往後坐在腳跟上。「妳說什麼？」

「我不、我不喜歡媽媽偏心、不喜歡凱瑟琳是媽媽最愛的、小小孩。」布萊兒停止哭泣，語調冷靜又帶著一絲篤定，她對自己的話深信不疑，因為那確實是她的感受。

艾美拉緊抿雙唇。「小布，聽我說好嗎？」她用雙手壓住她的膝蓋，在腦中組織合適的說詞，同時心想，**妳的小小膝蓋只有現在會這麼小了**。「妳可以有……最愛的冰淇淋口味、最愛的穀片口味，但妳知道嗎？只要妳有家人，大家都會一樣愛彼此。妳有家人嗎？」

布萊兒把手指含到嘴巴裡。「有窩。」

「妳有媽媽嗎？」

「有窩。」

「有爸爸嗎？」

「有窩。」

「有妹妹嗎？」

「有窩。」

「就是這樣，他們是妳的家人，家人之間的愛都是一樣的。」

布萊兒摸摸她的肩膀。「爲什麼？」

「嗯……」

艾美拉家中最受寵愛的是賈絲婷，這點大家心知肚明，但艾美拉是她弟弟的最愛，所以感覺起來還算公平。她媽總會送亞爾菲比較好的聖誕禮物，她爸則比較重視艾美拉的生日，也更常打電話給她。艾美拉一直到高中才意識到這一點，但布萊兒卻在心靈還很幼嫩的三歲就懂了。艾美拉望著這個坐在馬桶上的小小人類，感覺她正在把一艘無比巨大的船強推出海。艾美拉意氣消沉，彷彿大勢已去，「因爲家人就是這樣。家人不會偏心。」

錢伯連先生敲了兩次門，再推開虛掩的門。布萊兒看到父親，皺起眉頭說：「嗨。」

艾美拉回到樓下時，服務員已清掉所有碗盤，大家都聚在客廳吃甜點。凱利非常刻意地把自己的盤子拿到樓上，放進水槽，還幫兩位雇來的女性服務員把餐椅推回桌邊靠好。小愼才吃了幾口糖蜜草莓甜菜根派，就開始鬧著要更多鮮奶油（在艾美拉看來，這應該已經讓她累積到第三支警告才對），克麗歐也開始哭。然後瑞秋起身套上夾克，向大家解釋自己要跟鎮上一名男性友人見面，幾小時就會回來。她輕點布萊兒的鼻頭說：「我先溜啦，」接著往大門走。艾美拉把握機會捏了捏凱利的手臂。「我們差不多也該離開了。」

在錢伯連家經過一陣尷尬又笨拙的道別之後，艾美拉感覺就像一走出電影院，然後突然意識到天色很暗，外頭早已入夜。雪在腳底下吱喀作響，她站在凱利身旁等Uber來。彼得在門前階梯頂端，他懷中的布萊兒身穿粉紅T恤和睡覺穿的緊身褲，此刻正在對他們揮手。艾美拉也向她揮手，用嘴型無聲說了，**掰掰！小可愛！**坐進Uber的凱利和艾美拉一路都沒說話。

凱利雙眼緊盯窗外，一隻手磨蹭著下巴。隨著沉默蔓延，凱莉開始讓艾美拉聯想到在火車上會因爲誤點而大聲咒罵的那種人。乘客中似乎總會有個傢伙深信誤點只造成他一個人的困擾，好像其他人都沒有因此遲到或感到不便。隨著誤點的時間愈來愈長，這種人會因爲無法跟管理階層抱怨而更火大，此時他們最在意的反而已經不是誤點本身。車子在閃閃發亮的雪花中前行，自從兩人交往以來，艾美拉第一次覺得他表現得特別像個白人。

抵達他的公寓前，凱利要司機停在目的街道的前一個路口。他告訴艾美拉，「我需要再喝最後一杯。」然後伸手打開車門。艾美拉跟著凱利走進酒吧，那是個肖妮看了一定會覺得好笑的地方，更何況現在還是感恩節當天晚上九點。光線昏暗的酒吧中央坐著三個蓄著灰黑鬍鬚的白人男性，在這個木板貼皮牆環繞的空間內有一張空蕩蕩的撞球桌。一個男人獨自在進食——雞肉跟某種綠色蔬菜，他的雙眼始終盯著固定在收銀檯上方牆面的電視螢幕。最裡頭長形牆面上掛了約翰．韋恩的照片、賓州車牌，還有褐黃色的牛仔圖片。艾美拉可以聽見酒吧內小聲播放著民謠音樂，大型電視上的裁判正一邊吹哨一邊舉起黃旗。她把大衣脫掉，掛好，掛勾旁是一顆有長角的動物頭骨。

凱利坐在吧檯的高腳凳上點了杯啤酒，艾美拉表示自己不用。她想回他的公寓，想回到凱利的床上，因爲目前看來，兩人還有可能對今晚的尷尬場面一笑置之。面對今晚發現的事，艾美拉也不是毫無困擾，但就在凱利把一隻穿著靴子的腳用力踢上腳凳，另一隻腳還爲了平衡踩在地面時，她心想，反正說到底，又有誰能拿這個情況怎麼辦？高中生活是很久以前的事了，高中睡過的人也不例外。讀大學時，艾美拉發現自己竟然跟當時男友的新室友睡過，肖妮聽了倒抽了一口氣，「妳打算怎麼辦？」艾美拉只是笑著說：「就繼續過我的日子吧。」尤瑟芙聽了說：「阿們。」

所以艾美拉還是站著，兩人的雙眼因此剛好可以平視，她喜歡這種互動方式。她把雙手交握在背後，知道自己有一次扭轉今晚局面的機會。她嘗試開口，姿態有點傻氣，但還算迷人，「至少食物還不錯？」

凱利的表情沒有變。

「艾美拉，我不是故意找麻煩……但妳不能再為莉莉工作了。」

艾美拉忍不住笑出來。她以為他也會跟著笑出來，但沒有，她用雙手扶住吧檯邊緣。「好啦，凱利，別這樣。沒錯，剛剛眞的很尷尬，超不對勁又有點噁心，畢竟你跟我的老闆交往過，但那已經是高中的事了。你指望我會為了這種事辭職？」

「這不只是……謝謝你，抱歉。」凱利對著送啤酒來的服務生說，然後伸手從後方口袋掏出皮夾。「這不只是什麼前女友的問題。莉莉．莫菲……她不只是讓我認清現實殘酷的人而已，她是個糟糕的人。」

「但我不是為莉莉．莫菲工作。」艾美拉拿下肩上的包包，掛在吧檯底下的鉤子上。「我是為錢伯連太太工作，你為何一副你們還有來往的樣子？」

想到凱利心裡還放不下錢伯連太太就讓她覺得有點好笑。錢伯連太太根本就是個老媽子，一天到晚都在說「我說話的時候看著我」「再吃一口就好，小可愛」之類的話。她會買小說以外的書，會拿書衣當書籤，還會訂購大批尿布；每當她以爲沒人看到時，她就會戴上耳機，一邊用 **iPad** 看《艾倫秀》的節目片段一邊大笑。艾美拉知道凱利和錢伯連太太只差一歲，但就成爲家長這件事而言，兩人活在完全不同的世界。凱利擁有很多好東西，但擁有孩子是另一回事。艾美拉試圖保持語調平穩，「我不明白你爲什麼要這麼在意。」

「我不是在意，好吧，聽我說……」凱利小口喝掉杯內的最上層啤酒，把頭靠近她。「艾美拉……莉莉在晚上十一點要妳帶她的孩子去超市，現在看來都合理了。妳不是莉莉第一個雇來家裡工作的黑人，大概也不會是最後一個。」

「好……？」艾美拉坐下。她不是故意讓語氣聽來隨便，但她眞的很懷疑凱利能說出什麼她不知道的新鮮事。「錢伯連太太」這類人她之前就認識過好幾個，她們全都富有、過度親切，尤其對服侍她們的人特別友善。艾美拉知道錢伯連太太想跟她交朋友，但她也清楚，錢伯連太太在面對那些好姊妹時，絕不會像對艾美拉那樣賣力地表現友善，比如「不小心」點了兩份沙拉，然後把其中一份分給艾美拉，又或者是讓她帶一個塞滿冷凍晚餐和湯品的大紙袋回家。凱利拐彎抹角講的那些種族歧視問題，艾美拉不是不懂，但她也不禁想到，就算不替錢伯連太太工作，自己也很可能是替另一個有錢白太太工作。

凱利放在大腿上的十根手指絞扭起來。「我之前沒跟妳說是因爲……我也不知道，我們才剛開始約會，我不想讓妳覺得我擺出一副覺醒青年的樣子，大概是吧，但高中時……莉莉住在一間正統風格的豪宅。很荒謬啦，反正就是發生了一些莫名其妙的爛事，她寫給我的一封信不知爲何被別人看到，所以有群小鬼知道了她家地址。他們想去她家游泳，因爲那裡就跟鄉村俱樂部一樣豪華，但莉莉報了警。有個黑人小孩叫羅比，現在跟我還是朋友，總之他被捕了，還因此丟掉獎學金，只好去讀一年期的社區大學。她完全毀了他的人生。」

艾美拉啃咬著手指甲邊邊。「事情發生時，你人在場？」

「對，我們那時在交往，直到這件事發生，」凱利說：「我叫她不要找警察來，就是，拜託妳想想，一群黑人小鬼跑去別人家，然後有個白人女孩報警？想也知道會發生什麼事，但她表現得像是在保護他們家雇用的那位黑人管家一樣。」凱利說到這裡，又喝了一小口啤酒。「她以前覺得家裡太愛炫富，讓她很丟臉，但現在還不是過著跟之前一樣的生活？而且還不是雇用黑人女性來幫她打理家事？我當時就是個白癡，我還會想，這樣滿讚的，妳家有電影院，而且還有個女人幫忙煮好任何妳想吃的晚餐。但現在回想起來，那實在有夠詭異。莉莉老跟那女人黏在一起，一副兩人是閨密的模樣，那女人甚至會在她上學前幫她做髮型。莉莉喜歡讓黑人爲自己工作，也喜歡叫警察來抓他們，她對這種事有種不正常的偏執心態。我沒辦法……艾美拉，妳不能成為她的那種對象。」

艾美拉翹腿坐著。「凱利，我不知道該說什麼，那就是份工作。布萊兒也總是黏著我，我也每次都會幫她梳頭。」

「但當時的莉莉已經是高四生，不是小朋友了。」

「但……我不知道，我知道那有點怪，」她試著解釋，「但就是會有人花錢請人來，希望他們表現得像家裡的一份子，這也是一種交易。」

「艾美拉，這不一樣。那個為她家工作的女人，是被要求穿制服的，一開始我以為他們只是剛好穿一樣的馬球衫，但後來我看到衣服上寫著莫菲家，我就……」

艾美拉實在無法忍住自己的反應。凱利說的「馬球衫」時，她眼神往下移，發出一個跟錢伯連太太很像的「哼」，音調非常耐人尋味。

「等等……」凱利舉起雙手，兩隻手掌扶住她後頸的髮際線下緣，表情像是看到一場即將分出勝負的比賽。「艾美拉，」他說：「別告訴我她逼妳穿制服。」

艾美拉抬頭望向充滿水漬的天花板，聳起肩膀，「這個嘛，就算我做了什麼，也不是她逼的。」

「天殺的該死，艾美拉！」

艾美拉雙手抓住椅子兩側，眼神望向吧檯另一頭。今晚發生了很多事，但最讓她吃驚的是凱利此刻的反應。她好想搖晃他的肩膀，告訴他，**不不不，你是凱利，記得嗎？光是看一隻狗什麼都接不到的影片，你都會覺得很好笑，你還會在街上看到「美拉」洗衣店時拍照傳給我，搭配上圖說「嘿，我愛—美拉。」你每次都會在我的床邊擺上一杯水，就算我從沒喝過，一次也沒喝過。你是這種人才對。**但現在他表現得像是周遭沒人一樣失控，而且在他坐下點酒來喝之前，本來該問一下她想不想進這間酒吧才對。「你需要該死的冷靜一下。」她透過齒縫小聲說。

「妳得辭職，」他說：「非辭職不可，妳不能在那裡工作。天啊，怎麼會發生這種事？」

「好……我是一位**保母**。」艾美拉坐直身體，好能更靠近他說話，也希望透過這種親暱的氛圍讓他降低音量。「我工作時會換衣服穿，因爲我們會畫畫、著色，還有去公園做一些有的沒的。我換衣服只是爲了不把自己的衣服搞髒，就這樣，這跟你高中時去那棟房子看到的不一樣。」

「哇，講得跟眞的一樣。」凱利幼稚地瞪著她。「所以妳有**沒穿**那件馬球衫的時候嗎？」

艾美拉沒說話。

「衣服上有**妳的**名字嗎？還是她的名字？」

艾美拉用很小的聲音說：「我覺得你現在有點渾蛋。」

「這樣不對。」凱利的手指在他說到「不」和「對」時用力敲擊吧檯表面，他杯中的棕色液體因此震顫了兩下。「這不是因爲我還迷戀著高中女友，或者對她宿怨未消什麼的。莉莉就是這樣。她雇用黑人來爲自己的行爲找藉口。她這人不只糟糕，還非常令人火大，因爲妳這麼會照顧小孩！妳應該有辦法穿自己的衣服！妳應該爲配得上妳的人工作！對，我之前說我不管，但我向上帝發誓，如果妳把超市的影片公開……」

「凱利，你管太多了。」艾美拉叫他名字的口氣就跟看到布萊兒想打開垃圾桶看「一下下就好」時一樣。「現在你想用那段影片來羞辱錢伯連太太？」

「莉莉該爲她做的爛事付出代價，之後可能還會有費城最有錢的家庭來請妳當保母。」

「棒，但會爲此開心的人，眞的只有你一個。錢伯連家付給我的就是那種檔次的薪水了，你搞清楚了嗎？」

「那妳告訴我該怎麼做！」

「凱利！老天！」

「不管是爲了錢、爲了工作，還是爲了配合我一下，什麼都好。」他用手指一一數算可能選項。「告訴我，我該說些什麼，妳才會離開他們家。」

「我現在想離開這間該死的酒吧。」艾美拉抓了包包就走。

「艾美拉，別這樣。」

她走去拿大衣，鞋跟在地上叩叩作響。艾美拉聽見凱利移動凳子，還有他身體挪動的聲響，然後身後傳來他的聲音。「等等，我們得繼續談。」

她打開通往酒吧玄關的門，這玄關跟錢伯連家的很像，但很陰暗，其中還充滿陳舊的香菸和汗濕鞋子的氣味。她推開沉重又冰涼的外門，一陣風雪將她往回推擠，門也瞬間被關上，門板還撞上她的肩膀。艾美拉說：「幹。」

凱利也走進玄關，內門此時關上，只剩他們兩人擠在這個小空間內。「嘿。」他用兩隻手指輕點鼻梁，好像在確認有沒有骨折。「聽我說，我不想吵架，我只是說妳應該……」

「好，首先呢，」艾美拉轉向他，她把大衣披上手臂後貼近自己。「你沒資格決定我該在哪裡工作，或者不該在哪裡工作。你工作的地方可是有自助餐廳，自助餐廳！你上班時可以穿T恤，而且你住的地方還有管理員，好嗎？所以你可以立刻就給我去吃屎。你要是覺得自己比什麼『雅阿－莉依－克斯』還是『莉莉』之類的人更高尚，那你就是個笑話。你這輩子根本不用考慮要不要在必須穿制服的地方上班，所以也他媽的別管我靠什麼賺錢。再來，你剛剛在錢伯連家真是天殺的沒禮貌！那可是一場感恩節**晚宴**！」

凱利往後靠牆，閉上嘴巴。艾美拉還沒罵夠，隨著寒氣沁入身體，她發現自己逐漸理清思緒，不但能清楚回想起今晚的一切，也知道自己想說什麼。「你沒比誰更高尚到哪去，」她說：「在那邊硬要自己掛外套、硬要自己拿盤子去倒廚餘什麼的。我其實跟那些來做事的女生是同一類人，我**就是**她們，而你硬要自己來，只是害她們難辦事。就好像你以為自己吃飽，世上就不會有人挨餓，但這一切根本只是你自我感覺良好。這還只是你今晚的無禮事蹟之一。你根本沒搞清楚情況，我**當然想**找新工作，我想好好賺錢，而不是做一份會讓衣服沾滿口水的工作。但是我沒、辦、法……」艾美拉心想，噢老天，她現在擺出的就是肖妮口中「即將醜哭」的表情，她往下盯著自己的靴子，融化的雪水已經浸濕她的腳趾。「我不能該死的就這樣丟下她。」她說。

凱利閉上眼睛，有整整兩秒鐘的時間，他就像肚子被打了一拳，而且知道自己活該。

「每星期有二十一個小時，布萊兒對我而言是全世界中最重要的人，你現在卻要我說走就走？我還能見到她嗎？要是……事情沒那麼簡單。」她再次哽咽。艾美拉搖搖頭，雙膝前後交疊站著。他們就這樣站在那裡，時間感覺過了好久。

「我搞砸了，」凱利說：「我不是……我沒有想要……雖然我就是那樣……但我不是想要……艾美拉，看著我。我不只是喜歡妳而已。」

她的大衣緊貼在肚子上，身體凍得很僵，怦怦跳的心臟彷彿打在身後的門板上。她說：「好。」

凱利緊抿雙唇，雙手插在口袋裡，身體稍微往前傾，試圖望向她的眼睛。「我這樣說，妳懂我的意思嗎？」

艾美拉點點頭，然後又低頭望向她的鞋子。她用小指抹了抹眼睛，說了聲「討厭」。

一小時後，艾美拉坐在凱利的床上，凱利則在客廳和他在佛羅里達的家人用Skype視訊。她聽著他的說話聲音隨對象改變，其中包括爸媽、兄弟姊妹、祖父母、姪子和姪女，甚至還有一條漫步走到鏡頭內的超級老狗。艾美拉拿起手機建立一張清單，等聽見凱利跟鏡頭另一邊的人道別時，她拿著螢幕還在發亮的手機走進客廳。客廳很暗，窗外雪花在她光裸的腳上投射出一個個黑點。

「我有話要說。」

凱利闔上筆電，轉動椅子面向她。艾美拉沒穿褲子站在那裡，雙手握著手機。

「我知道我必須辭職，」她說：「我知道我不該待在那裡，我也知道……把布萊兒養大不是我的責任，但我只是需要用自己的步調來處理。我下週就二十六歲了。」艾美拉臉上拉開一抹悲傷的笑容。「所以快不能用我爸媽的健保了。我知道這樣下去不行，也思考了好一陣子，但我只是……反正，我必須靠自己想出辦法。」

「我完全理解，」他說：「而且我沒忘記妳的生日。」

「我還沒說完，」艾美拉阻止他說下去，然後又看了看手機。「第二點，你不能再談起倉庫超市那段影片。」

凱利把兩隻手肘往後撐在書桌上。

「就是……我明白，」艾美拉說：「你有一大群黑人朋友，數量多得詭異，你會去肯德里克．拉馬爾的饒舌演唱會，現在你的女友又是黑人……這些都沒有不好，但我需要你理解……對你跟我而言，在一間店裡生氣大叫的後果是不同的，就算我是有理的一方也一樣。我懂你想懲罰錢伯連太太，或是想爲了高中好友報仇之類的，這些我都不管，重點是她的人生不會因此改變，我的人生卻會。我不想要任何人看見那段影片，更何況我現在又要開始找工作。」

凱利緩慢地點頭。「好……我其實不太同意，」他說：「那天晚上的事我記得非常清楚，我眞的覺得妳很冷靜，不管誰碰到這事都不可能像妳那麼冷靜……但我尊重妳的想法，我不會再提了。」

「你保證？」

「我保證。」

「好，最後一件事……」艾美拉用一隻手扶住後頸。「你不能再帶我去那種酒吧。」

凱利眯起雙眼，然後頭往後仰。她看見他一臉恍然大悟，他明白她爲何這麼說。

「好……那是我犯的另一個錯誤。但請讓我解釋一下，那地方我之前去過兩次，而且要是我知道到妳會不自在，我絕不會故意帶妳去。」

「嗯，是啦，但問題就在這裡。你在那裡很自在，是因爲那裡本來就是會**讓你**覺得自在的地方。」

艾美拉和凱利很少談起種族議題，因爲一直以來，他們的交往就已經是一種實踐。但每當她眞正開始考慮和他一起生活，認眞的那種生活，就是開聯合戶頭、當彼此的緊急連絡人，甚至共同簽租約的那種生活，艾美拉都想翻白眼，她想問他，**你眞的打算這樣做嗎？你要怎麼跟你爸媽說？如果他們還在視訊螢幕上，我不小心入鏡了，你要怎麼介紹我？你會帶我們的兒子去編髮嗎？誰要來負責教他：他的朋友想做什麼都行，但在火車和電梯上時，他就是不能站得離白人女性太近？誰要告訴他：如果被警察要求把車停在路邊，他必須立刻緩慢但動作明確地將鑰匙放上車頂？又或者誰要教我們的女兒明白，有時她該維護自己的尊嚴，有時又該假裝只是聽見一個很難懂的笑話？還有當白人稱讚她（「她好專業，她總是很準時」），其實不見得是件好事，因爲有時人們光是看到她有來上班，就已經很驚喜，更別說認爲她有什麼値得一聽的想法。**

「我不知道……」艾美拉努力思考該怎麼說：「這樣說好了。談起倉庫超市那一晚時，你的情緒都很激動，但我不需要你爲了這件已經發生過的事生氣，我需要你在意的是……是這種事一直在發生。我也不是要你去抵制什麼地方或什麼事。錢伯連太太不再去倉庫超市了，她把這當成是一種立場宣示，但，好唷，其他超市眞的超遠，她想這樣就隨她。你也一樣。反正，我不需要你爲我改變你的生活。如果你自己還是想去那間酒吧，隨便，只是不要忘記，我們的人生經驗不同。約翰・韋恩⁺說過很多亂七八糟的幹話，如果可以的話，我希望喝酒時可以不用盯著他的臉。」

凱利輕微突出下唇，那表情代表他絕不會忘記。「我可以做得更好。」

「好。」

「我能不能再解釋一下……」凱利又補充：「我不是想讓妳覺得妳找不到新工作，我知道妳可以。」

「我知道……嗯，哈，再看看囉。要是錢伯連太太開除我，我或許就需要你的幫忙了。」艾美拉搖搖頭，關掉手機螢幕。「最好是不要。下星期我每天都會去帶小孩，因爲她星期五之前不在家，我眞的很需要那筆錢，大概昨天就需要了，哈。」

「艾美拉，我對莉莉最確定的一點，就是她絕不會開除妳。」

「我們在交往，如果她像你一樣困擾的話就會吧。」

「不可能，」凱利說：「她不可能開除妳，因爲這樣做變成是她的問題，而不是妳犯了什麼錯，更何況現在她還知道有影片的存在。當初就是她要妳去倉庫超市，才讓妳遇上那種事。」

「凱利，她要我去倉庫超市好幾百次了，換作是我也可能決定去那裡。抱歉，我覺得只有你認爲那是她的問題。」

「好吧，算了，但聽我說，我覺得妳過了新年就該開始找工作，但我目前不會再多嘴了。如果我是妳，我會等拿到薪水，撒大錢帶那個孩子好好玩一場，然後辭職。」

艾美拉雙手抱胸，雙眼盯著地板。她腦中出現布萊兒每次呼吸都打嗝的樣子，還有要講眞心話時一定會手指天花板的習慣。艾美拉在深色木地板上用力張開腳趾，「這想法還眞有趣。」

凱利把椅子從左往右轉了一下。「妳……想談一下我在酒吧跟妳說的話嗎？」艾美拉咬住下唇，凱利讓她覺得自己像個成年人了，但又會讓她想做出許多孩子氣的反應。聽到他記得自己的生日，她的心臟幸福到難以承受，但她今天還不打算談任何跟「愛」沾上邊的話題。「欸，不了。」她微笑。「我的清單只列了三件事要說，就先這樣。」

譯註

1 約翰・韋恩（John Wayne，1907-1979）曾是備受歡迎的美國傳奇男星，常在電影裡扮演牛仔或非常有男子氣概的角色，但因為相信白人至上，也發表過相關言論，在二〇二〇年的反種族歧視運動中，有人表示希望加州的「約翰・韋恩機場」可以改名。

19

星期五早上，雅莉克斯比丈夫還早醒來。她其實有點訝異丈夫竟還睡在他們家床上，彷彿昨晚洶湧的忌妒狂潮有可能將彼得從她的人生中抹去。但他還在，而且睡得好熟，渾然不知一切的臉龐淺淺地埋在腋下。雅莉克斯翻身盯著床邊桌，上頭堆滿她的書、iPad、一盞金色檯燈，還有一張布萊兒和凱瑟琳都穿著泳衣的照片，照片中的她們雙手捧著西瓜在吃。凱瑟琳身穿一件黃色連身泳衣，年紀太小的她無法靠自己坐直身體，所以彼得在一旁扶住她，雙臂的二頭肌被相框邊緣截斷。雅莉克斯兩個孩子的影像倒映在iPad的黑色螢幕上，看來難以置信的嬌小、純眞，尤其又因爲前一天晚上，全家都睡了之後，雅莉克斯還把這台iPad拿進浴室，花了兩小時在瘋狂搜索、瀏覽，或死盯著所有有關凱利．柯普蘭的照片。

她看了他的臉書、他的Instagram、他的LinkedIn，還有他工作的地方。當雅莉克斯發現他沒有推特帳號後，她偷溜回臥房拿了手機，只爲了在行動支付軟體Venmo上嘗試搜尋他的交易紀錄。雅莉克斯還記得臉書是何時推出相片功能——二〇〇五年——她上次這麼努力使用相片功能大概也是那時候。不過十年時光還眞是累積了不少令人嘆爲觀止的資訊。除了他踏進自己家時說的那些話，她發現凱利眞的是一點都沒變。

比對歐洲旅行和節慶派對的照片後，雅莉克斯找出了凱利的所有前女友，然後，還眞令人驚訝呢，她們沒一個是白人！雅莉克斯不確定她們當中是否有人的自我認同是黑人（其中一位的父親是黑人，但她也只能確認到這裡），但無論如何，她們的種族都很難辨識，名字也都是「提亞拉」「克里斯汀娜」「賈絲敏」和「蓋比」這類非白人常用的名字。她們要不是淺棕色肌膚搭配深色鬈髮，就是有美人尖再加上西班牙裔的姓氏。她們會參加「黑人的命也是命」的遊行，也常爲非營利的新創組織工作。她們會在Instagram上拍攝配樂風格很另類的護膚教學影片。此外，所有凱利的前任都會用製作過程繁複的果昔展開一天的早晨——雅莉克斯心想，**還眞有在流行這個唷？**——研究非常深入的雅莉克斯還知道，凱利會稱呼其中兩任女友爲「女王」[1]（一次是在二〇一四年，他寫了「這位女王」，還有一次在二〇一二年，他寫了「嘿女王」）。看來凱利能跟艾美拉約會一定興奮死了。

譯註——

1 在黑人文化中，「女王」（queen）或「國王」（king）的稱號常被用來當作一種讚美，象徵黑人所擁有的強悍、傑出的力量。

但這些女生都跟艾美拉很不一樣。她們熱情洋溢，有一身淺棕色肌膚，經營的部落格風格活潑又多采多姿，很多文章標題還玩了諧音。她們都有不錯的工作、常發去度假的照片，其中一個人的 Instagram 帳號還有好幾萬支持者。如果凱利以甩掉自己的方式離開這些女人——毀掉她們的名聲、把陌生人看得比她們重要，還用矯情到嚇人的台詞公開跟她們分手——她們顯然很快就從情傷中復原了。但艾美拉不一樣，雅莉克斯不知該怎麼說，總之艾美拉跟克勞岱有些與眾不同，她們很特別，而且，儘管沒人該受到惡待，她卻覺得她們尤其不該遭人欺侮。高中那時候，凱利想要的是地位，他犧牲了雅莉克斯來達成自己的目標。但凱利可以從艾美拉身上得到什麼？他曾把兩人相遇的故事驕傲地講過多少次？是不是還每次都故意表現得侷促不安，暗示自己本來不該說出口？她坐在浴缸前側的平台上，用了很久的 iPad 開始在她腿上發燙。

雅莉克斯伸手拿了放在浴缸旁邊的手機，傳訊給她的姊妹表示想跟她們改約十點見面，而不是十一點。她拿起 iPad，打開餐廳的網頁，將訂位時間提早了一小時。

「氣死我了。」雅莉克斯癱坐在椅子上。她面前的桌上擺了一份早午特餐，坐在對面的喬蒂雙手捧著咖啡。雅莉克斯左手邊的瑞秋戳破一顆蛋黃，汁液在一片翠綠的菜葉上流淌，而她右邊的塔瑪拉正在為雞蛋撒鹽，但同時仍關懷地望著雅莉克斯。「我完全嚇傻，實在太可惡了」雅莉克斯說：「但又一點也不意外。」

塔瑪拉把鹽罐放下，臉上露出苦澀的微笑。「這下都說得通了，我就知道這傢伙有些什麼不對勁。」

「雅莉克斯，妳別生我的氣，」喬蒂小心翼翼地說：「但我其實不太明白。如果有人像他那樣對我，就是跟壞孩子說了我家住址，還害我愛的人陷入險境，我也會氣瘋。但妳現在是在說他不是個種族主義者？妳說他『太喜歡』黑人？」

「雅莉克斯的意思是，」塔瑪拉幫忙解釋：「凱利不只是那種會特地去找黑人女性約會的白人，他**只**跟黑人女性約會。」

嘴裡嚼著羽衣甘藍的瑞秋開口幫腔：「那也是種族歧視。」

「那是對黑人的戀物癖，而且是很糟糕的那種，」塔瑪拉接著說：「就好像我們感覺起來都是一樣的，好像我們沒有各自的個性、特徵或獨特性。那種人認為這樣做代表他們很棒、勇敢又特別，因為他們竟然**膽敢**去跟黑人女性約會。好像他們是什麼殉道者一樣。」

雅莉克斯點頭，力道大到桌子都在輕微顫抖。「他就是這樣，」她說：「高中時他就很愛黑人運動員，而根據他的臉書照片，現在他迷戀的是黑人女性。如果現在的他還是會爲了自我感覺良好，去跟一堆黑人混在一起，說眞的那干我屁事……但現在跟他在一起的是艾美拉。就算不提他對我做過的事，現在這樣就已經夠糟了。」

「好，我現在懂了。難怪妳昨晚這麼不開心！」喬蒂切開她的炸薯餅。「我本來以爲是妳還喜歡他，就算是那樣，我也不會說些什麼，但現在這是不同層次的問題了。」

「不、不，完全不是那一回事，老天，眞的不是，」雅莉克斯說：「以防萬一，我還是說一下，這跟我和凱利・柯普蘭交往過的感情**無關**。」她說出他全名的口氣就像描述一個神話或曖昧難解的哲學思想，就是那種必須用雙手在空中做出「引號手勢」來強調的特殊名詞。「但我確實很關心我的保母。這傢伙完全毀了我的高中生活，我眞的一丁點也無法信任他，我知道，我**理智上知道**人會改變……但他昨天出現時……我不知道，一開始我心想，『你怎麼會在這裡？』接著立刻想，『你想從我的保母身上得到什麼？』」

喬蒂單手扶住臉頰。瑞秋本來盯著盤子，此刻也抬起頭來，「我覺得背脊發麻。」

塔瑪拉把一只薄荷茶包從馬克杯裡取出來。「這樣不行。」

「我都起雞皮疙瘩了，」雅莉克斯說：「我完全可以想像他會怎麼跟她談起我。」

「我還是覺得哪裡不對勁……」喬蒂顯然還無法理解，但她仍願意認眞參與話題，就已經讓雅莉克斯心存感激。「就算他有某種戀物癖好了，但還是有可能發展成認眞的感情吧？而且，要說我瘋了也可以……但我覺得他真的很喜歡她。」

這個觀察讓雅莉克斯的耳朵熱燙起來。

「話說，很多厭女者都會迷戀特定類型的女人，」塔瑪拉說：「他們把女人拿來當成自我確認的工具，但還是認爲自己沒有性別歧視，因爲他們實在太熱愛物化女人了。而且妳說的沒錯，人確實都會變……但他又不是十二歲的小鬼，不該對他這麼寬容了。」

「但就算如此，我們又能怎樣？」瑞秋一如往常地改變了話題走向。「妳們想想，要跟某人說『嘿，妳男友喜歡妳的理由不正確唷』有多難？如果有人這樣跟我說，我一定會想『不，才沒有，少管閒事。』雅莉克斯又不能命令她**不要**跟他交往。」接著瑞秋的口氣簡直像是在說一件很不幸的事，「艾美拉**是個**成年人了。」

「但她還**不算**！她……」她的反應不只激烈地嚇到自己，也嚇到了她朋友。她回想起凱利雙手扶住艾美拉臀部的畫面，感覺雙頰開始發燙。她想起他傳給她的訊息，**妳會對籃球有興趣嗎？**還有他談起超市那段影片時望向她的樣子。**那個影片已經是艾美拉的了。**

「艾美拉**還是**太年輕了，」她說，雅莉克斯眼中湧出淚水，當她哽咽說出「他到底天殺的想對她做什麼？」時，一滴眼淚落入她的餐巾。比起他爲了自己的目的利用她，意識到凱利眞心喜歡艾美拉似乎讓她感覺更糟，光是想到就讓她腦中嗡嗡作響。雅莉克斯也意識到，以討論凱利・柯普蘭的事爲由坐在這裡跟朋友吃早午餐，大概是她搬到費城以來最快樂的一段時光。

塔瑪拉把餐巾在盤子旁放下，開始輕拍雅莉克斯的背。「我們出去吧，」她說。她把椅子往後推。「來吧，我們去呼吸點新鮮空氣。」

店門前有十幾個身穿長羽絨衣和靴子的費城人，他們雙手插著口袋時不時跳動，等待店員叫他們的名字。這個畫面讓雅莉克斯回想起紐約，她心想，**再過一天妳就會在紐約了**。她和塔瑪拉沿街往前走，站在一條不停滴水的高架橋下，落下的冰雪在瀝青地面上匯聚成一個個小水窪，塔瑪拉踩在水泥上的靴子不停敲出響亮回音。

「眞抱歉，我很好，我沒事。」一陣微風把髮絲吹進雅莉克斯口中，她用兩根手指拉出來。「我只是爲她害怕，他當時眞的是個很糟的人。現在我們大了，我就更不相信他了。」

「那我覺得妳該告訴她，」塔瑪拉說。「不要說他當年對妳做了什麼，因爲一碼歸一碼。如果妳說了那封信和那晚發生的事，之後不管妳說什麼，都只會像是想要報復他。但把他的交往紀錄告訴她，說他專找黑人女性約會好一段時間了。反正就是誠懇地跟她說，『如果換作是我，我會想知道。』」

「妳呢？**妳**會想知道嗎？」雅莉克斯覺得塔瑪拉一定知道她爲什麼這麼問。塔瑪拉是她的摯友，她的意見本來就舉足輕重，但在目前的脈絡下，塔瑪拉的黑人女性身分更可以完全左右雅莉克斯接下來採取的行動。

塔瑪拉的嘴唇扭向一邊。「我覺得，**我**想知道什麼不重要，**艾美拉**應該要知道什麼比較重要。還有，雅莉克斯……」塔瑪拉搖搖頭，深吸了一口氣，彷彿自己才剛爬上一道梯子，在屋頂上瞧見非常值得一看的景致。「我認爲那女孩能遇見妳，是她人生中最棒的一件事。妳該無所不用其極地插手幫忙。」

雅莉克斯把雙手插進前方口袋。「什麼意思？」

「嗯……」塔瑪拉的表情像是在說，**妳想先知道好消息還是壞消息？**她把外套的拉鍊拉到脖子上。「我喜歡艾美拉，眞的喜歡。她跟布萊兒完美互補，好溫馨，看得讓人心頭暖暖的。」

有那麼一瞬間，雅莉克斯不確定這段話是在貶低艾美拉，還是瞧不起布萊兒，又或者兩者皆是。

「但是，」塔瑪拉緩慢地開口，「那小妞眞的很迷失。她都二十五歲了，卻還不知道自己要什麼，也不知道接下來該怎麼辦。我們會讓女兒培養出認眞經營職業生涯的動力，但她沒有這種動力，或許這也不是她的錯，但現況就是如此。我要說的是……世間多的是凱利這種混蛋，但若他們逮到的是艾美拉這種女孩怎麼辦？就是那種還在尋找自我的女孩？想到這裡，我就擔心了，然後我愈是想，愈覺得她果然就是會淪落到這種男人手裡。

他想透過別人來完成自我確認，而她之所以沒識破這伎倆，就是因爲還搞不清楚自己是什麼樣的人。」

雅莉克斯搖搖頭，她用手摀住臉，開口提問的聲音再次哽咽，「我該怎麼辦呀？」淚水在她的啜泣聲中緩緩流下。雅莉克斯心想，**感謝上帝**。她感覺艾美拉就像是眞的屬於自己，而說到底，自己的意圖一定也是良善的。

「親愛的，聽我說。」塔瑪拉從一旁擁抱她。「看著我，會沒事的，他們才交往幾個月，她手指上也還沒有戒指。艾美拉能有妳爲她擔心實在太幸運了……但妳也得顧好自己。」

「喔，但我沒事，眞的沒事。」雅莉克斯從口袋抽出一張面紙，擦了擦鼻子下方。

「雅莉克斯，我要跟妳說件事，但妳千萬別誤會。」塔瑪拉站到她正前方，雙手抓住她的手肘。「妳在紐約的時候，整天就是**衝衝衝**，什麼都沒在怕，但現在生活節奏慢成這樣，妳一定會覺得自己都不像自己了。」

雅莉克斯回頭望向餐廳前方的雨棚，覺得眼眶又濕了。塔瑪拉非常殘酷地要她面對自己目前人生缺乏成就感的問題，她對此眞是又愛又恨。「但我能怎麼辦？」她用一種悲慘的假音說話，音量比剛剛更小了。「彼得很支持我，而且我確實是在家工作，我以爲希拉蕊的競選團隊會更常找我，但這幾個月以來，我只有受邀參加下星期的活動。我以前有自己的團隊，電話也總是受到各種來電和訊息轟炸……我知道現在這樣是因爲我跑去生孩子，我知道，我也很高興生了孩子，她眞的很完美。但住在這裡的時候，我不知道該**如何**過得跟之前一樣。」

塔瑪拉拿出手機。「我來處理。」

拿起面紙擤鼻涕的雅莉克斯開口問，「妳在做什麼？」

「我們得想辦法把妳弄回大城市。」塔瑪拉不停在電子郵件裡打字，她很可能是在寫一封寄給自己的信，這是她的一個習慣。然後她說：「給我一點時間，」雅莉克斯等著。「我認識一個女人，她正在找人幫忙推動『新學院』的一門課程，妳其實是完美人選，我之前怎麼會沒有想到呢？」

「小塔，不行，我不能就這樣丟下彼得。他在這裡發展得很順利，這本來也一直是我們的計畫，我們討論過了。」

「那就好好**利用**艾美拉。」塔瑪拉說得很慢，彷彿在唱一首歌。「沒人說妳不能一星期來紐約一、兩次。妳和艾美拉彼此需要，我覺得就是這樣。妳需要一個出口，也需要好好衝刺事業，至於艾美拉呢？她能在妳家待愈久愈好。讓我幫妳談成這份工作。」

塔瑪拉豐滿的胸脯激烈起伏，彷彿正在同時爲她們兩人呼吸。就在那一刻，雅莉克斯知道自己不想再哭哭啼啼了，她想把心中的感受付諸行動。就是這一刻呀，**這就是**爲何她如此想念這些朋友。她們知道如何讓她重新找回自己。「謝謝妳。」她說。

「不需要謝我什麼，現在聽我說。」塔瑪拉把手機收回口袋，笑開。「我們現在回去點些含羞草雞尾酒來喝。我們會把妳弄回大城市，讓妳能再次發揮本色。等妳從紐約回來後，把知道的事告訴妳的保母，盡妳所能地保護她。」

20

星期一早上，空蕩蕩的錢伯連家瀰漫著無限可能性。錢伯連太太跟凱瑟琳在隔壁州，彼得剛剛才大肆感謝了艾美拉一番，他一方面感謝她感恩節來吃飯，另一方面感謝她這星期花這麼多時間照顧布萊兒。布萊兒坐在幼兒座椅上，她坐在布萊兒身旁，手中握著彼得剛剛留在流理台上的四十美金。艾美拉傾身靠近這個三歲女孩，「今天想來點特別的嗎？」

艾美拉第一次帶布萊兒坐火車，兩人擠在手中提著一袋袋禮物、包裝紙及蝴蝶結的乘客之間。下車後，她們又在街上牽手走過兩個街區，然後艾美拉打開一間茶葉店的門。在展示來自世界各地數百種茶葉的層架旁，她們坐在一張兩人座的小小桌子旁，艾美拉請服務生取來不同茶包，但不需要馬克杯（服務生者說「嗯，這樣有點怪，但好吧」）。之後一個小時，身穿蓬鬆紫色夾克和雨靴的布萊兒就坐在艾美拉對面，以她覺得合理的方式在大腿上排列茶包。「這是寶寶茶，」布萊兒這麼介紹一包英式早餐茶。「不、不，你得等一下，」她跟一包低咖啡因的肉桂香料茶說。「你要像個大女孩一樣進去茶壺裡。」艾美拉一邊啜飲冰水一邊望著她。

她們星期二去滑雪橇。在一座小小的雪丘上下來回幾次後——布萊兒每次滑下來時都會爆出快樂的尖叫——艾美拉從包包中拿出熱水瓶，倒了一紙杯熱巧克力給她喝，玩累的她直接喝到睡著。艾美拉把她叫醒，兩人躺在地上用手腳揮舞出雪天使的痕跡，結果很可愛，但沒想像中好玩。布萊兒躺在雪中，表情迷惑，「小美，現在不是睡衣派對吧？」她堅持一路都要自己拖著雪撬走回家。

星期三，布萊兒和艾美拉去了購物中心，那間購物中心就在薩拉工作的醫院隔壁。艾美拉和布萊兒排隊想跟聖誕老人說話，身穿手術服的薩拉手提Subway三明治的塑膠袋衝到隊伍前方，再穿過蓬鬆的絨布分隔索，對著艾美拉笑，「妳現在這樣好傻唷！」離開時，她們每人手上都有一個樣式不同的名片座，上面還有「聖誕老人與我」的紅色字樣。一行人剛剛拍的其中一張照片裡，聖誕老人和布萊兒剛好都在打噴嚏，另一張照片中的聖誕老人、艾美拉和布萊兒奇蹟似的一起露出微笑。還有一張照片拍的是艾美拉、薩拉和聖誕老人，聖誕老人身邊的艾美拉雙腳交叉，雙手埋在髮絲間，臉上露出無辜的小鹿眼神，薩拉則背對相機，雙手撐住膝蓋蹲下，臉往側邊看（薩拉把照片傳到Instagram上時，圖說模仿聖誕老人說話的語氣，「齁齁齁，雪天做好事」），照片角落可以看見布萊兒的頭，當時在一旁等待的她正在問一個小精靈，會不會偶爾覺得聖誕老人很可怕。

星期四，艾美拉帶布萊兒去紐澤西的康登鎮，此時的她連事先報備都懶了。她和布萊兒是合作無間的隊友，反正錢伯連太太不在，布萊兒又天殺的很愛魚。在冒險水族館裡，布萊兒目瞪口呆地望著眼前不停出現的美妙場面，還得一直提醒自己要把嘴巴闔起來。看著她，艾美拉回想起身為一個小孩是多瘋狂的體驗：她想像自己跟布萊兒一樣，看到課本裡的圖片成為會呼吸的生物在眼前游動。布萊兒一臉讚嘆地看著河馬、鯊魚、企鵝和烏龜。然後不知怎的，聖誕老人神奇地出現在水族館跟大家打招呼，還聊起資源回收的重要。艾美拉必須叫布萊兒克制音量，因為她不停問：「是誰去購物中心把聖誕老人接過來的？」

艾美拉和布萊兒在一條由玻璃跟水組成、又充滿各種反射畫面的藍色通道中走著，頭頂上就是扁鮫、孔雀魚、鰻魚和底棲性鯊魚在游動。布萊兒靠近其中一側，雙手輕拍玻璃，細小手指後方就是閃爍著霓虹色彩的藻類和岩石。「小美，這些讚讚讚。」艾美拉在她身邊彎下腰。

「嘿，妳這個小蘿蔔頭，」她說，「我愛妳唷。」

布萊兒用鼻孔笑——那動作幾乎像是想要把什麼東西從鼻孔內擤出來——然後她把臉頰靠上艾美拉的肩膀。就在這時候，她們所在的水族館這區燈光熄滅，閉館時間快到了。布萊兒大叫：「小美，我找不到自己了！」艾美拉把她拉近身邊說：「我還看得到妳。」

燈光瞬間又亮了起來。

巴士將她們在六點送回家，布萊兒看來很睏，艾美拉的動作得快一點了。她希望能讓布萊兒在六點十五分上桌吃晚餐，並趕在六點四十五分洗澡，如果她動作夠快，布萊兒就不用在過程中重新打起精神。艾美拉弄了炒蛋和吐司，用叉子把半顆酪梨壓碎、塗抹在麵包上，布萊兒則在廚房地板上兀自哼歌，時不時還嗅聞貼在衣服上的一張貼紙（艾美拉實在沒心力跟她解釋，但那種貼紙其實是沒有味道的）。在布萊兒分隔餐盤的最後一格裡，艾美拉放了幾片橙色的桃子，然後兩人併排坐在廚房桌邊。這樣的場景大概已經出現過好幾百次了。

艾美拉看了一下微波爐上的時鐘——鐘面顯示六點四十六分——艾美拉撕開布萊兒圍兜兜後方的尼龍貼沾時，意識到自己腦中正在想，**等等，這也是我不想放棄這份工作的原因。**

布萊兒表現好的時候確實古怪又迷人，而且往往聰慧又有趣，但在照顧尚未發展完全的孩子的過程中，確實有些什麼讓艾美拉覺得自己既聰明又能主宰全局。擅長一份工作的感受令人愉悅，更棒的是，如此幸運的她竟還有把這份工作做得更好的動力。一旦沒了布萊兒，許多時刻都失去了意義。難道艾美拉可以獨自存在於六點四十五分這個片刻嗎？要是有一天她離開了布萊兒，每到六點四十五分，她都只會想到那是布萊兒的洗澡時間。一旦跟布萊兒道別，她也就失去了生活中所有規則都簡單易懂的篤定、永遠知道接下來該做什麼的安逸，以及內心有所依歸的這份富足。

艾美拉很享受在照顧孩子時能忘記一切的自在感受，這樣的她不用煩惱是否要培養什麼有趣的嗜好。她至今還睡在單人床上的人生對布萊兒毫無意義，也不影響她們的任何計畫。艾美拉不想放棄每天都能和布萊兒一起獲得的小小勝利。對她來說，每天七點都是一場勝利：妳照顧的孩子就在眼前，她很快樂，她還活著。

第四部

21

雅莉克斯一從紐約回來，就把凱瑟琳哄去午睡，拿 iPad 放節目給布萊兒看，然後在三樓廁所快速跟丈夫來了一場。彼得還穿著上班的衣服，當腰帶釦在雅莉克斯腳後跟喀喀作響時，他反射在鏡中的表情愉悅得驚人。今早搭上離開曼哈頓的火車前，雅莉克斯去修了頭髮，還做了頭髮護理，彼得在她身後衝刺時，她享受地看著自己的一頭金髮輕盈彈跳。他們才結束沒幾秒，就聽見來上班的艾美拉關上前門，雅莉克斯偷偷地笑了，把一根手指壓在嘴唇上。

紐約就像整個夏天都在健身的前任情人。過去五天來，雅莉克斯跟瑞秋、喬蒂和塔瑪拉在城市裡到處跑，去的都是她最愛的地方，有時還會帶上凱瑟琳。她在第七街吃甜筒冰淇淋，下雪時站在路燈下，還幫凱瑟琳買了一頂印花的室內軟帽。參加希拉蕊的競選活動時，她睽違十個月以來第一次穿了高跟鞋。希拉蕊・柯林頓本人沒出席，但好幾百位犀利、聰明又性感的女人都去了。她搭的地鐵重新駛回第三十街車站時，電子信箱中已躺著一封邀約信，寄件者是「新學院」的傳播學教授：**我們很樂意跟妳談談下個學期的課程，**

趕快約個時間聊聊吧！

雅莉克斯火速回信，同時已在腦中爲之後要發在Instagram上的紐約照片搭配圖說。她這次拍了不少照片，夠她之後好幾星期假裝還住在紐約。

「嗨！」她趕忙穿上褲子，小跑步到樓下打招呼，一邊還讚賞地瞄著在肩頭閃爍光芒的金色髮尾。到了廚房，一看見艾美拉跪在桌旁的布萊兒面前，雅莉克斯就感覺胸口有股情緒一路滿到眼眶。噢，她是多麼想念她們呀！她那位愛碎念又神經質的女兒，還有她付錢來愛布萊兒的安靜、細心的女子。一切都沒什麼改變，這點讓她看了著迷。布萊兒戴上連指手套時還是需要人幫忙，艾美拉還是在黑色緊身褲下穿著顏色迷幻的霓虹襪子。「我已經一星期沒見到妳了！眞不敢相信！」

艾美拉說：「眞的耶，歡迎回來。」此時彼得下樓，他套上一件夾克，親吻了雅莉克斯和布萊兒，然後留下她們三人離開。

「妳們倆玩得還愉快嗎？」

「不錯。」艾美拉說。「就是之前玩的那些。」

雅莉克斯回頭從流理台拿了咖啡，手上拿著杯子又轉回來望向她，伸手把髮絲塞到耳後，說：「艾美拉。」

紐約行讓雅莉克斯重新意識到，如果她能對四百位想升遷的女性演講，那跟艾美拉談談凱利．柯普蘭絕對不是問題。過去五天讓她重新找回自信，也讓她對即將展開的這段對話想得更清楚，她認爲會進行得比她想像的更簡單。她不會給她太大壓力，只會陳述事實，也不會指望艾美拉立刻採取行動。雅莉克斯也經歷過二十五歲，即便已經是很久以前的事，她仍能清楚感受到凱利．柯普蘭對她造成的影響。無論如何，雅莉克斯會保護她的保母。感恩節本該是兩人關係升級的里程碑，她的這份渴求沒有改變，她還是會插手艾美拉．塔克的人生，她會拉她一把，而且不只是在週一、週三和週五。雅莉克斯的嘴唇對著杯緣拉出微笑。「我們談一下好嗎？」

「嗯？好。」本來跪在地上艾美拉站起來。「對了，我其實在考慮換個口味，想說今天帶布萊兒去看電影。」

「電影！」雅莉克斯對女兒做了個誇張的表情。「太令人興奮了。」

「爲什麼那個有手指……」布萊兒指著艾美拉的手套，「我的沒有。」

「因爲妳的是連指手套呀，連指手套很溫暖唷。」

「好吧，但我得警告妳，她的注意力實在無法持久，」雅莉克斯說。「我無法想像她能在電影院裡乖乖坐多久。」

「嗯，對呀，不過我們要看的是白天的媽咪寶寶場，妳很久以前建議我們去看的那場？電影院裡的大燈會打開，她也可以到處走動。」

「讚爆！」雅莉克斯竟然真說出這種話？她臉上仍掛著大大的微笑，但心中在想，**我們怎麼會聊起電影放映的時間啊？**她需要把艾美拉和布萊兒留在屋子裡。雅莉克斯之所以早早把凱瑟琳哄睡，就是希望能跟艾美拉促膝長談。「我一直都很想帶她去試試，」她說。「那個場次好像只有星期二有，但聽我說，如果妳們想要舒服地窩在家裡看場電影，我可以直接把我的 Amazon 會員密碼給妳……」

「我可以上網查一下嗎？」

艾美拉每次都會在用電腦前事先問過雅莉克斯（「我可以查一下我的火車還有沒有班次嗎？我可以查一下會不會下雨嗎？」），不過此刻雅莉克斯望著她的保母熟門熟路地移動滑鼠，敲打鍵盤，不禁把頭疑惑地歪向一邊。「太好了，」她說。「十二點四十五分開演。」

「啊，太好了。」

「我把地址寄到我信箱裡，一下子就好。」

「媽媽？」布萊兒叫喚她，還把她的金色馬尾握在手裡。「有些魚沒有腳或尾巴對嗎？而且牠們……牠們就是天生沒有。」

「說得完全正確，」雅莉克斯說：「這計畫聽起來很棒，一定會很好玩，但妳是否願意跟我聊一下？」

艾美拉按下寄信的「傳送」鍵，然後轉向她，「當然好，怎麼了？」

雅莉克斯聽了下意識擺出雙手抱胸的防禦姿態。爲什麼一切都無法按照她的計畫進行？這就是家裡有青春期孩子的感覺嗎？就是有人拚死想擺脫妳，又讓妳覺得她才是這個空間的主宰？

「嗯，我就直說了，」雅莉克斯說。她說完這段話時輕笑了一下，笑完又有點尷尬。她再次深吸一口氣，把咖啡放上流理台，透過這個短短的片刻，她希望正式結束上一個話題，藉此醞釀出一個氣氛，好讓她把過去七天一直在練習的話說出來。「感恩節那天很愉快，我也很高興你們來。但……我確定妳也覺得有點尷尬。首先我想說的是，很感謝妳那天晚上幫了大忙，簡直就是神力女超人，我知道我之前說過，但妳又再次拯救了我們。」

「喔，沒什麼啦，」艾美拉望著布萊兒說：「反胃想吐不是什麼好玩的事。」

布萊兒的表情變得凝重，她對艾美拉說：「我吐了。」艾美拉點點頭說：「我記得。」

「再來我想說……」雅莉克斯雙手掌心朝上。「凱利和我很久以前交往過的事，我不希望妳因此**有什麼尷尬的感覺**。」

艾美拉笑了。「嗯，當然。」有那麼一刻，她往外望向充滿窗戶的牆面，雙手插進蓬鬆的背心口袋。「就是……高中的事了，對吧？」

這句話像一種反擊，也像艾美拉隨意亂猜雅莉克斯的年紀，但猜出比眞實年齡大很多的數字。布萊兒單腳跳到雅莉克斯腳邊，「媽媽？蜜蜂不喜歡你們在牠們的頭頭上做體操。」

「就是這樣，妳說得對，」雅莉克斯重振旗鼓。「我只是想確認一下。但……總之，艾美拉，可以坐下跟我聊聊嗎？」

雅莉克斯把布萊兒抱進懷裡，坐在廚房桌邊，這小鬼開始玩連指手套上的一根線頭。艾美拉說：「好……」然後坐到旁邊的椅子上，但屁股只坐了一半，身體挺得很直，彷彿擔心這張椅子剛刷過油漆，她不確定油漆乾了沒。

「好吧，所以……」雅莉克斯說：「我覺得妳們看起來很幸福，如果妳開心，我就開心。」

「如果妳開心妳又知道，」布萊兒宣布：「那就把妳的船划、划、划去岸邊。」

「我在很久以前認識的凱利，嗯……」雅莉克斯嘆氣，彷彿即將要說出一個不幸的消息。「嗯，他那時不是個很好的人。」

雅莉克斯又奪回了發言優勢。她可以感覺到艾美拉在仔細聆聽，本來意興闌珊的抗拒姿態也逐漸消失，反而還有點好奇起來，這對艾美拉而言已經是很積極的回應。「艾美拉，妳是個聰明人，」雅莉克斯繼續說：「我也相信，比起其他人而言，妳更清楚自己在關係中要什麼，我也知道人會改變。我只是……」雅莉克斯揉了一下布萊兒的頭髮，親吻她的後腦杓。「我只是覺得，如果不讓妳知道我跟凱利交往時發生的事，感覺不太對勁，尤其是我覺得，同樣的問題也可能在你們之間發生。」

「這樣呀……」艾美拉雙腿交疊坐著，手掌夾在大腿間。「我知道你們分手的情況不太理想……我不清楚細節，但也不用知道，反正分手有時就是這樣。」

啊，所以他沒告訴妳，雅莉克斯心想。**當然不會，因爲他知道錯的是他**。「欸，我倒希望那就是最大的問題了，」她說：「凱利和我……我們沒有交往很久……如果眞的老實說的話……凱利做了些不尊重我隱私的事，導致很多同學跑來騷擾我。但最重要的、也最跟妳有關的是，很多人都知道凱利有一種針對非裔美國人及相關文化的戀物癖。我不會講太多細節……但如果凱利也是這樣對待妳，我會很傷心。」

過去一週來，雅莉克斯已在腦中練習了很多次，她會在搭計程車、淋浴和刷睫毛膏時練習這段話，每次想像出的語調都非常輕巧。她只會提供一些資訊，主要是爲了艾美拉好，不是爲了任何其他人，而她在說出「非裔美國人」和「相關文化」時也沒像郊區的有錢白人一樣壓低聲音。沒錯，她還記得塔瑪拉的叮嚀，塔瑪拉要她別提起那封信，但沒說不能暗示他做了些糟糕的事。雅莉克斯以爲艾美拉會向她打聽消息——換作是雅莉克斯就會這麼做——她以爲她會想知道凱利在何時做了又說了些什麼，但艾美拉只是繼續把雙手夾在大腿之間，把頭髮往肩膀後方甩，「這些都已經是……十六年前的事了吧？」

「老天，過了這麼久嗎？」雅莉克斯笑了。其實是十五年前，但算了。「我知道聽起來像上輩子的事了，我之所以說這些，也是想讓妳知道我那晚在門口看見他時，或許顯得有點無禮的原因。」雅莉克斯轉變話題的方向。「一開始我只是太驚訝了，但基於我對他的理解，我開始擔心他跟妳交往的理由。」

艾美拉瞬間顯得吃驚，也有點不悅，然後她望向地板。「我不知道。我覺得我……他還不算太糟，是個可交往的對象。」

「噢，艾美拉，不不不，我完全不是那個意思。」雅莉克斯的右手手指彷彿正在空中揮散她剛剛說出的話。感恩節時瀰漫屋內的「該死該死該死」的氛圍又再次濃重起來，她也開始像當時一樣開始反胃。「此刻的他為妳傾倒，這點我沒有一絲懷疑，我只是想確定他是基於正確的理由。」

「我懂了……」艾美拉嘆氣，「好，我完全知道妳的意思，我也遇過那種男人，但我目前還不覺得凱利是這樣，好嗎？所以，反正，我也不知道。我高中時也幹過一些真的很蠢的事，就像，好吧，說起來真丟臉，但我以前真的覺得亞洲人就是比較聰明。我也說過像是『那樣也太娘砲了吧』之類的話，這些話真的很冒犯人、很糟糕，我現在也不敢相信我說過那種話。所以，沒錯，我確實很感激妳跟我說這些，但現在這還不是個問題，而我要是開始小題大作的話，那也很怪。」

雅莉克斯確實也在高中時說過「娘砲」之類的話。她一直到進大學前都還會拿「東方風情」來形容別人，後來不再說只是因爲有個室友阻止了她。甚至曾有一段時間，當有人被描述爲「Indian」時，她還會自以爲有趣地說「是額頭有紅點的印度人？還是頭上戴羽毛的印地安人？」但這不一樣，爲什麼艾美拉就是不懂？凱利有一種將黑人文化「他者化」[1]的傾向，這傾向從高中就開始了，而且到成年階段都還**持續**發展，他卻絲毫不覺得自己有什麼不對。凱利到底跟艾美拉說了什麼，才讓她拒絕接受這項新資訊？高中時，凱利對羅比及他那群朋友的崇拜顯眼到讓人看了難受。難道他這個對黑人的戀物傾向已持續太久，姿態洗鍊到現在別人看了都不會懷疑的程度嗎？雅莉克斯知道她在做對的事，但不知爲何，她此刻的感覺就像是聽到當年室友邊吃杯麵邊告誡她說：「妳不能用『東方風情』這說法啦，除非妳是要描述一張地毯。」

雅莉克斯說：「那是當然，」然後她把布萊兒抱得更緊。「這就是我想聽見的。如果這現在不是問題，那就太好了。我只是想要……」

譯註——

1 他者化（othering）是為了區分出「非我族類」，這是一種標籤、定義他人為「次等人」的行為，過程中通常會產生許多刻板印象，忽視可能存在的多元性。

「抱歉。」艾美拉咬起下唇唇角，從口袋拿出手機，然後望向手機說：「電影親子場今天只有一場，我只是想確定我們不會錯過。」

「啊，這是當然！」雅莉克斯把布萊兒放回地上，站起身，卻在瞬間感覺脫水又暈眩。布萊兒開始哼唱：「L、M、N、O、P……」，雅莉克斯拿起流理台上的手機，心想，**我怎麼會……她這人到底……剛剛天殺的到底發生了什麼事？**

「但妳不會介意吧？」艾美拉也站起身。雅莉克斯用膝蓋靠住椅子，花了一點時間平衡重心，布萊兒就在桌子底下深蹲。「我知道這太巧了，也有點尷尬，我只是想確定……妳不會不高興，對吧？」

有那麼一秒，雅莉克斯心想，**難道我說我不高興，妳就會跟他分手嗎？**但她搖搖頭說：「噢，百分之百不介意！」

「小美，快看！」布萊兒從桌下伸出手。「這是我的指關節嗎？」

「算是吧，妳的指關節在這裡。」

雅莉克斯彎腰親吻布萊兒的臉頰。「妳們好好玩！」

艾美拉套上夾克，但沒離開。雅莉克斯站在桌子另一頭，十秒內重新載入Instagram的動態頁面三次，但艾美拉還站在原地，雅莉克斯終於抬起頭。

「抱歉……」艾美拉說：「彼得通常會留錢在流理台上。」

過了沒多久，肩上披著夾克的雅莉克斯站在窗邊，望著她的保母和大女兒手牽手離開，保母口袋內裝著她給的三十美金。她走進女兒的廁所，在下方擺滿幼童牙刷、牙膏和嬰兒乳液的鏡子前塗好唇膏，然後把頭髮撥到肩膀前，只拿著手機和鑰匙走出家門。

她在前門階梯上深吸一口氣，走上覆滿雪的人行道，她雙手戴著手套，靴子在腳下輕敲作響。上次從紐約回到費城時，一切看來沒什麼不同，但現在她已摸清周遭環境。目前是中午的十二點十六分，她有足夠的時間前往目的地。她之前看了很多艾美拉的訊息，所以知道他的工作地點，也知道他會在幾點去哪裡吃午餐（十二點三十分在里滕豪斯廣場）。

那裡有好些二、三十歲的人成群結隊走著，他們身穿排釦襯衫、藍色厚呢短大衣，手上提著外帶用的棕色紙袋。這邊的建築都很雄偉，人行道也很寬敞。雅莉克斯靠在一座布滿結冰泉水及汙垢的噴泉旁，望著眼前穿梭來往的行人。有那麼一刻，她覺得自己準備好了，她可以走進那間辦公室要求跟他談話。他的公司大概是走那種愚蠢的現代風格，牆面顏色明亮，大家坐在沒隔間的開放空間內，所以他們不太有辦法私下談話，但她能想出辦法。或許她的出現就足以讓他震驚，再加上她冷靜自持的模樣，凱利或許會知道自己幹的好事已被識破。但沒過多久，她就看見了他，他不是正在離開公司，而是往公司走，而且腳步很快。雅莉克斯感覺腸胃攪成一團，彷彿自己還在懷孕所以必須保護好肚子。不過她還是站直身體往前走，雙手冷靜地插在口袋裡。

凱利身穿石板灰長褲，黑大衣，以及某種條紋格印花的好看上衣。他和兩個黑人男性走在一起，兩人的穿著同樣不正式但仍顯貴氣。雅莉克斯冷笑著心想，**噢，你還眞行**。如果身邊都是不清楚他底細的人能讓他感覺良好，那也無妨，但他不能在艾美拉身上得逞。

凱利和他身邊的男人手上提著塑膠餐盒，裡頭裝著自行搭配的繽紛沙拉。他終於注意到她，雅莉克斯於是當天第二度感覺自己像是家有青春期小孩的母親。她望著他意識到自己的存在，臉上浮現難爲情的震驚情緒，全身似乎都在吶喊，**媽，妳在這裡做什麼？我跟朋友在一起。回家去**。他慢下腳步，雅莉克斯快步走過去。

「哇，妳這是要……」

「我得跟你談一談，就是現在。」

凱利身旁的兩位男子立刻往後退了一步，彷彿她有什麼傳染病一樣。

雅莉克斯指向隔壁大樓。「進去那裡吧。」

他們走進大樓，這裡的一樓牆面有一整排窗戶，兩道手扶梯往上通往充滿閃亮電梯的大廳，而電梯旁的大廳樓層則設有十幾張桌子和一間咖啡廳，整個空間光華燦亮，充滿各種藍色的元素。一尊由傑夫．昆斯[+]製作的奇醜無比的巨大藝術品從天花板垂掛下來，在白磁磚上反射出一地的節慶式氛圍。雅莉克斯找到開放式的兩人座位，凱利在她對面拉開椅子。她一根手指一根手指把手套脫下，內心提醒自己記得呼吸。

「莉莉，怎樣？」凱利坐下的樣子極度小心翼翼，看了令她傷心，彷彿他怕太突然的動作會引發災難。「妳怎麼知道我在哪裡工作？」

「嗨，兩位！」一名短髮女性出現在他們桌邊。「這是氣泡水，這是一般的飲用水，你們的服務生等一下……」

「我們不會坐很久，抱歉。」凱利阻止她。

她說話的語調沒變，「好！」但還是把玻璃杯擺上桌才離開。

「你真不知道我為何會出現在這裡嗎？」雅莉克斯啓動上台演說模式，語調聽起來流暢又聰明，不過內心還是慌到不行。她真的只花不到二十分鐘就決定跟凱利見面，而且還真的見到了嗎？或許這是個錯誤的決定，但她人已經在這裡了，而他正在等她說下去。

「我來這裡是因為我**擔心**，凱利，」她說。說出「擔心」時咬字特別用力，彷彿那是個他可能不太熟悉的概念。

「**妳**擔心？哇。」凱利笑了。「我還真想聽聽妳為什麼擔心呢。」

譯註——

1 傑夫．昆斯（Jeff Koons，1955-），賓州出生的藝術家，被部分評論家稱為繼安迪．沃荷之後最出名的普普藝術家。他常製作造型簡約的大型裝置藝術，材質多使用不鏽鋼骨架，或鏡面加工過的氣球形式，這些作品往往色彩明亮。最著名的作品之一，是用不鏽鋼製作的大型氣球狗。

老天，他眞迷人，就連表現得像個渾蛋也好迷人。他在感恩節時有這麼迷人嗎？他的太陽穴附近有幾撮迷人的漂亮灰髮，她之前沒注意到。雅莉克斯吞了口口水，把注意力放在眼前不停有泡泡在浮動的氣泡水。「你跟我的保母約會，還要我假裝什麼都沒發生過，我覺得並不公平。」

「莉莉，別這樣。」凱利把盒裝沙拉放在桌上。「我也不喜歡她爲妳工作，但事實是，我們交往已經是超過**十年前**的事了，她得自己做出……」

「噢，老天，這跟我們之前**交往**的事一點關係也沒有，你省省吧。」她終於有機會跟凱利講這句話了，還能在講「交往」時比出帶有嘲諷意味的空氣引號手勢，雖然她的體重比生小孩前胖了近三公斤，但頭髮吹得很美，無論如何，能說出這些話的滋味實在很好，雅莉克斯幾乎可以感覺每個又鹹又溫暖的字詞滾過她的舌頭。「其實，我倒還**希望**這跟你我交往過的事有關。我們本來完全有機會跟一般人一樣交往再分手，如果是那樣就太棒了。但因爲你這傢伙不在乎他人隱私，還因爲你把黑人運動員當成讓自己受歡迎的墊腳石，所以我對你在超市拍下艾美拉的影像，還決定跟她約會的作爲，實在很難沒有意見。」

凱利看著她的表情彷彿聞到有火在燒。「莉莉，妳到底是在說什麼？」

「我還沒說完。」雅莉克斯揮舞起一隻手，彷彿正用手刀往他的方向砍。「如果你爲了讓自己看起來很酷，而來招惹一個被我當成家人的人，還以爲我會坐視不管，那你就是瘋了。」雅莉克斯刻意停頓了一下，製造戲劇效果。「如果你還像高中時一樣對黑人抱持著戀物癖的情感，隨便你，但是不要拿那套來拐我的保母。」

雅莉克斯望著凱利嘗試理解這些資訊的樣子。她氣壞了，但也無法不注意到他一臉迷惘的樣子有多迷人。她怎麼能如此恨一個人，又同時希望對方覺得自己性感呢？而且還是在這個一看就是餐廳的俗艷空間裡？就在此時，又一名服務生來遞菜單。當他問兩人要不要從開胃菜開始點時，凱利怒吼：「我們不是一起來的，」服務生說：「好、好唷。」

服務生才一退開，凱利就用雙手緊貼桌緣，張開嘴巴大口呼吸。「好，我們暫停一下，因爲這裡有一大堆事要搞清楚。」

不知爲何，這個說法讓雅莉克斯很想把氣泡水直接扔到餐廳另一頭。她交疊雙腿坐著，看著凱利用舌頭舔過前方牙齒，準備開口說話。

「妳的高四生活不能說過得很好，而且顯然還影響著妳，但說到頭來，我就只是跟妳分手而已。」他說這話時雙手放在桌面，掌心朝上。「就這樣而已。」

雅莉克斯搖頭。「我就說跟這件事沒關係了……」

凱利打斷她，「讓我說完。我只是和妳分手，就這樣，我確定妳也跟其他人分手過，現在也很清楚那是怎麼一回事。分手對任何人來說都不容易。」

雅莉克斯幾乎無法聽懂他的話，資訊量太大了。她知道自己之後一定會慢慢分析這次對話中的所有片段，但此刻她似乎無法好好吸收任何資訊。他似乎精疲力盡，但不生氣，她看了好想直接吐在自己的圍巾裡，但另一方面，他假定雅莉克斯也會跟其他人分手？而且不只一個對象？難道這代表他還覺得自己有魅力嗎？現在要是問「所以你還覺得我很漂亮」是不是很不合適？

「我對妳犯下的罪行就那一件，」凱利繼續說：「我知道妳有不同看法，而我不明白的是，都過這麼多年了，難道妳就沒想過，其實那晚可以不用打電話叫警察嗎？」凱利提問。「但就我們兩人之間來說，我當時才十七歲，我只是跟妳分手而已。」

雅莉克斯抬頭望向足以反射倒影的清透天花板。「再強調一次，我來這裡是要談艾美拉的事。」

「好，談就談，至於艾美拉……」凱利緊盯桌面，彷彿還在嘗試把所有資訊拼湊起來。「我是說，我眞的很驚訝，沒想到妳甚至會用**戀物癖**這個詞……但是莉莉，我愛艾美拉。」

這句話就像他把手伸進雅莉克斯的胸口，把她的心當成落在附近的小蟲一樣揮開了。

「當然，」凱利說：「高中的時候，我或許眞的覺得那些黑人小孩比白人小孩酷多了，我想不只是我，很多小孩都覺得運動員、饒舌歌手，還有有錢人比其他人酷多了，其中還包括像妳這樣的有錢人。但羅比和我現在還是朋友，我還天殺的去參加了他的婚禮。我們成爲朋友的原因不重要，我認識艾美拉的過程也不重要。」

雅莉克斯很討厭自己這麼想，但她聽了這段話的第一個反應是：**什麼婚禮？爲什麼我沒看到照片？噢我的天，羅比封鎖我了嗎？**

「至於我和艾美拉之間的關係，」凱利張大雙眼。「沒有人基於任何原因遭到利用。更重要的是，艾美拉是成年人了。妳或許不喜歡，但她打算跟誰來往，都輪不到妳來**擔心**。」凱利在講到「擔心」時用了引號手勢，雅莉克斯看了全身僵住。

雅莉克斯想尖叫，想讓自己的聲音高高迴盪在這個俗麗又矯情的空間內。她心想，**你竟敢給我打官腔？我們之間玩完了，我明白，但天殺的別來跟我的保母約會，也不要擺出是我瘋了的態度，我們曾彼此相愛，你指望我有什麼反應？我又怎麼還有辦法跟你見面？**凱利說得愈多，態度就愈冷靜，她也愈覺得自己在失去他。雅莉克斯想讓他聽見自己沒說出口的話，但她不願跟毀了自己高四暑假的人達成和解後回家。紐約的精神還在她血管中湧動，雅莉克斯知道她的髮型和肌膚看起來棒透了。如果凱利覺得他能全身而退，如果艾美拉以爲她可以隨意跟自己要錢，還能直呼彼得的名字，那他們倆就太低估她的能耐了。

「所以，據我所知……」雅莉克斯笑開。「你還沒跟艾美拉說你對我幹了什麼好事？」

凱利扶著額頭說：「我的老天呀，莉莉，我根本沒對妳**做出**……」

「你就相信你想相信的吧，」她說：「但艾美拉有權知道和她交往的是什麼樣的人。如果你不跟她說你對我做了什麼，最後還害羅比遭到逮捕，那我絕對會告訴她。」

凱利咳笑出聲，雅莉克斯做得太過頭了嗎？塔瑪拉要雅莉克斯別把他做過的事告訴艾美拉，但沒說不能讓凱利自己告訴她。

「莉莉……」凱利嘆了口氣。「妳來這裡，一開始是想指出我利用了艾美拉，但現在重點又變成一封我根本沒收到的信？」

「這兩件事是**有關係的**，」雅莉克斯咬牙切齒地說。「如果這件事沒什麼大不了，你也沒做錯事，為什麼不把你對我做了什麼告訴她？」

「那妳為什麼沒說**妳**是怎麼對待羅比的？」

「我只是在保護我的妹妹跟保母。」

「噢我的老天，莉莉，妳竟然還是這麼想？『我必須保護好我的黑人保母』？順便跟妳說一下，羅比到現在都還只有一百六十五公分，還有……」

「你知道嗎？」雅莉克斯打斷他。「不如你告訴艾美拉當時發生了什麼事，也告訴他羅比怎麼會剛好知道我家的地址跟大門密碼，然後讓她自己決定該怎麼想？既然她是個這麼成熟的成年人了，我相信她可以做出正確判斷。」

仍然低著頭的凱利抬眼瞪著她。「如果這是在諷刺她比我小很多，那我很樂意討論一下妳跟妳丈夫的年齡差距。」

雅莉克斯心想，**幹他媽的爛貨**。以彼得的年紀來說，他看起來算是年輕，但雅莉克斯常忘記他已經有點年紀了，但她不會被帶開話題。「艾美拉有權知道她在跟什麼樣的人約會。」

「不，妳知道嗎，莉莉？」凱利一隻手臂搭在桌面，身體往前傾。「艾美拉有天殺的權利穿自己的衣服上班，不如妳就從這點開始跟她談吧？」

雅莉克斯往後靠上椅背，她聽見自己的外套被擠壓得蓬起來，然後又隨著一陣細微的氣流聲響扁塌下去。「你說什麼？」

「妳表現得像是跟羅比相比，妳的遭遇更可憐，儘管——好那也就先不談這個。如果妳眞的那麼愛艾美拉，那就讓她穿自己想穿的衣服，」凱利露出嘲弄的表情。「我在高中時一定有處理得不太好的地方，我那時才十七歲，就是個白癡，但至少，我不會爲了讓自己覺得擁有對方，**到現在還**要求爲我工作的人穿制服。」

「噢我的天！」雅莉克斯放在桌面的雙手握拳。「你根本不知道你在講什麼鬼，那是她自己要求的！我只是借她一件衣服穿！」

「妳借她同一件衣服？每天都同一件？在業界我們稱這個叫制服喔。」

「你完全越界了。」雅莉克斯今天醒來時是在曼哈頓，當時的她準備好告訴凱利**我很清楚你本質上是哪種人**。但現在的她坐在費城的此處，參與一場正在節節敗退的比賽，比賽名稱是「我們之間誰是更糟糕的種族歧視者？」雅莉克斯的頭用力往側邊歪過去，兩手像匕首一樣在桌子上方揮舞。「艾美拉也是家人。我們從來沒有逼她做任何她不想做的事。我認識她的時間比你久，我願意採取任何手段來保護她。」

「還眞是有錢人的做事風格呢，妳這人眞是不可思議。」

「我不是在開玩笑，凱利，如果你不……」

「莉莉，聽聽妳自己說的話好嗎！」凱利對她低吼。「妳跟高中時一模一樣，老天，我在感恩節看到妳時心想，怎麼會發生這種該死的事？但**難怪**會這樣，難怪妳會僱用黑人，難怪妳會想在這人身上留下『家族印記』，妳就跟妳覺得超級丟臉的爸媽一模一樣。也難怪妳會在大半夜派艾美拉去一間幾乎只有白人會去的超市，還以爲這樣不會出事。」

「哈！」雅莉克斯抬高下巴。「所以現在你要把警察審問艾美拉的事，怪在我頭上囉？**有夠可笑**。」

「哪裡可笑？」

「如果她那晚穿制服，就不會碰上麻煩了，不是嗎？」

雅莉克斯望著凱利的下巴動來動去，彷彿努力想接住一顆別人丟過去的爆米花。她的心跳莫名飆升三倍快，她想用雙手摀住臉。如果她沒記錯自己剛剛說的話，內容大概是，**等等，我的意思是……事實是……對，但你剛剛說……我其實不是那個意思。**

凱利站起身，手往外套口袋裡頭掏了掏。「妳想跟艾美拉說什麼就去說吧。」

「凱利，等等。」

他丟了兩美金在桌上。

「凱利。」雅莉克斯還坐著，希望透過自己的堅決姿態留下他。「我們……艾美拉已經成爲我們家很重要的一份子，還有……」

「對啦，你們就像是一家人，對吧？」凱利拿起桌上的沙拉盒。「所以妳才會讓她在生日那天工作，對吧？祝妳一生平安，莉莉。」

雅莉克斯在心裡對上帝說，眞希望自己有把耳機帶出來，但她也很清楚，無論她試著用哪首歌來忘記凱利，最後都只會讓她的餘生更加無法忘懷。她的腳步飛快，在雪地上一路喀啦喀啦地走回家。她打開大門，閃身躲入家中，把門緊緊鎖好。

她直接走向放在廚房的電腦，心想，**說不定有在競選活動現場遇見的女人來談工作**

了。**說不定我不在家的時候，某個友善的女人就寫信來了**。雅莉克斯不需要跟保母成爲摯友，她眞正需要的是家人和事業。當她按下電腦螢幕下方的電子郵件圖標時，呼吸頻率幾乎沒有慢下來。那個圖標上閃爍著代表有四封新訊息的符號。

除了紐約健身公司「靈魂飛輪」寄來的促銷信，還有紐約平價牛仔褲品牌Madewell的特價消息之外，另外兩封信的寄件人都是她的編輯。雅莉克斯小聲罵了「該死」。她的書稿天殺的遲交了太久，不過瑞秋說這種事很常發生，而且編輯知道作者可能會拖稿，通常早已預先做好了準備。而且雅莉克斯才剛生寶寶，大家還指望她怎樣？

第一封信的標題是：「妳在紐約嗎？？？」

該死，她又在內心咒罵了一次，這就是社交媒體有時很討厭的原因。她是不是應該先把編輯封鎖才對呢？不，這樣很怪，不是嗎？**凱利到底天殺的會跟艾美拉說什麼？別想了，先讀信再說**。

嗨，雅莉克斯！

我看到妳跟寶寶在展望公園！很好玩的樣子！我知道現在還是感恩節假期，但我很想跟妳確認一下進度，特別是如果妳需要延後交稿的話？讓我知道我是不是漏掉了妳的來信？或者是妳忘了附上前五十頁初稿？親親抱抱，莫拉。

好吧，情況還不算太糟。雅莉克斯打算回信表示最近眞是一團亂，她幾乎都在處理家人的事，總之會盡快把五十頁初稿交過去。反正只是得先寫出來嘛，沒什麼大不了，她早就計畫好要在最愛的紐約咖啡館和餐廳寫稿，但又花了太多時間在搜尋凱利的資訊，另外還包括他的家人，還有他們的共同朋友，而且她又在度假嘛。

但雅莉克斯往下滑，看到莫拉的第二封信，寄信時間距離前一封信只有一小時。

哈囉哈囉？雅莉克斯，親愛的，我們約時間來聊一聊吧。一直沒看到妳的任何成果，我開始有點擔心，更何況這個案子中的大部分材料早就寫好了。我知道處理一本書挺費工夫的，尤其是還帶著兩個孩子，但在我們繼續合作之前，我想確定我們的想法一致（尤其是對進度的想法啦，哈）。我實在不想修改合約內容，但還是希望能爲雙方尋求最佳利益。我們趕快來談談吧。莫拉。

修改合約？出版社想收回預付金嗎？萬一她花掉了怎麼辦？莫拉給的小小警告，讓雅莉克斯想起被母親逮到她躲在別人車裡偷喝酒，猛地打開副駕駛座車門厲聲說：「莉莉，該走了。」她可以多快速度寫完五十頁稿子？又或者三十頁？她不是早就有大綱了嗎？這本來該是一件有趣又簡單的事才對！**凱利到底打算跟艾美拉說什麼**?!

就在那一刻，她聽見了。就在她用一隻手掌緊托著臉龐，身體靠在直立書桌邊時，雅莉克斯聽見凱瑟琳發出一連串惱人的寶寶咕噥聲。她轉向流理台，一把將黑白螢幕的寶寶監視器抓過來，凱瑟琳就躺在搖籃中，雙腳正在亂踢睡袋。

她的感覺就像是所有器官都被往上推擠到耳邊。但**彼得不是剛剛……我怎麼會……但我以爲艾美拉已經……她不可能是……**雅莉克斯衝過去打開兩個女兒的房門，凱瑟琳就在裡面，還因爲太快打開的門嚇得哭出來。雅莉克斯立刻把她抱進懷裡，讓她緊貼著心臟正大力敲擊的胸口。她剛剛有尖叫或大哭嗎？她有不小心吞下什麼嗎？有鄰居聽見她在哭嗎？她小小的心靈有受創嗎？雅莉克斯把女兒留在家，獨自留在家，**萬一發生了什麼事怎麼辦？**

任何人都不該把寶寶丟在家裡，倒不是一定會有什麼嚴重後果，但要是妳發生什麼事怎麼辦？雅莉克斯幾乎不記得自己怎麼走回家的，要是她被車撞了怎麼辦？要是她因痙攣而失去意識怎麼辦？艾美拉和布萊兒會在電影院還有天知道什麼其他地方待上好幾小時，而凱瑟琳會這樣獨自待在她的羊毛睡袋裡。她怎麼會忘記過去五天綁在自己身上的這個小傢伙呢？她要怎麼解釋這一切？難道是凱利讓她忘了孩子的存在嗎？她竟然忘了這個簡直像是自己複製人的新生兒？雅莉克斯上次哭這麼慘是什麼時候？大概是凱利跟她分手的時候吧。雅莉克斯用手摀住嘴巴，悶聲說：「我好抱歉。」凱瑟琳冷靜下來，開始對她的耳朵咿咿啊啊地叫。

雅莉克斯走進廚房，她一邊繞著餐桌走，一邊在懷裡上下晃動著凱瑟琳。走到第三圈時，她的眼神掃過電腦螢幕，看到一個她從未打開的「收件匣」按鍵，上頭標示著EmiraCTucker@……雅莉克斯換用右手臂抱住凱瑟琳。

要找到他的名字實在太容易了，她才打了Kell就出現了凱利的名字，接著找出「二〇一五年九月」的附件更是容易，因爲那是他們彼此的第一封，也是唯一一封通信。影片一下載完成，雅莉克斯就把檔案拖進一個名爲「春季部落格發文」的資料夾裡，這個資料夾她打從去年春天就沒用過了。雅莉克斯沒打開影片——反正她有備份了——就先刪掉了寄件備份，登出艾美拉的電子郵件帳號。雅莉克斯清除了瀏覽紀錄，在離開電腦前又先進行了另外兩筆搜尋——**適合幼兒的冬季手工藝活動，還有嬰兒搖籃用的有機齒咬欄杆護條**。然後她才伸手去拿手機。

「嗨，蘭妮，妳在忙嗎？」向彼得的播報搭檔打招呼時，雅莉克斯又是大力地吸著鼻子，聲音又顫抖不安。她親吻女兒的臉頰，同時持續將她上下晃動。「是這樣的，我可能需要妳的幫忙……但妳可以保密嗎？」

22

艾美拉坐在桃紅色的霓虹招牌及塑膠棕櫚葉下，她頭戴塑膠王冠，身穿黑色深V小禮服搭黑絲襪。她有點困擾，沒想到大家覺得這裡是艾美拉「最喜歡的地方」，但她也不是眞的討厭這地方。沒錯，這裡的DJ很潮，常播放她認爲最頂尖的雷鬼音樂，但就像她會自己烤布朗尼、去看日場電影，還有喝盒裝紅酒一樣，雅莉克斯之所以喜歡「熱帶一八七」這間餐酒館，純粹是因爲這裡消費低廉（常有買一送一的促銷、定期推出淑女之夜、有只要三美金的啤酒，帕洛瑪調酒還只要六美金）。跟薩拉、尤瑟芙還有肖妮選的生日派對場地相比，這裡連一半的檔次都比不上，不過酒水確實香甜，這個夜晚也溫馨甜美。

艾美拉的三個好姊妹身穿緊身洋裝圍坐在一間擁擠的紅色包廂內，臉上都有濃重的古銅色妝容。桌上擺滿鳳梨可樂達調酒、墨西哥鮮魚卷、鳳梨莎莎醬，跟牙買加香料手撕雞。一切聞起來都有甜滋滋的邁泰調酒和椰子炸蝦的氣味，每首歌也都是命中紅心的超讚精選。她打開最後一份生日禮物，是手機殼，畢竟她原本的手機殼已經褪色又有裂痕。艾美拉興奮地踮起腳尖，「噢我的天，謝謝你，小薩。」她開始用黑色指甲的側邊劃開包裝。

「拜託，我們真的不能再讓妳拿著那個破手機殼到處跑了。」薩拉把艾美拉的手機一把搶過來，拆掉破舊的粉色橡膠手機殼。「我的天，這東西都要被用爛了，實在有損我們這幫人的品牌形象。」

薩拉幫艾美拉的手機換上啞光金色的新殼。艾美拉將其他禮物收進一個袋子（其中包括尤瑟芙送的金屬無線耳機和 iTunes 的禮物卡，還有肖妮送的兩件「面試用絲質襯衫」），然後對大家宣布，「下一輪酒我請。」

尤瑟芙把吸管從嘴邊移開，用力甩了一下頭，馬尾也因此跟著大力晃動。「不好意思？妳剛剛是中風了嗎？」

肖妮大笑，用餐巾把嘴邊擦乾淨。「但小美，今天是**妳的**生日耶。」

「不管，我現在就來搞定這一輪。」艾美拉揮手要服務生過來，點了四小杯龍舌蘭酒來的時候，每個小杯的杯緣都插著一片鳳梨，還抹上一圈紅銅色的清透糖粒。

「好……」艾美拉望著三個好姊妹將烈酒杯舉高，嘴裡還舔著手上沾到的糖跟酒。有那麼一刻，她就像布萊兒看到花朵圖片一樣，好想嗅聞一下說：「太美味了。」但為了好好跟大家說話，她把這種感受推到一邊，坐直身體，提高音量，蓋過重低音和鋼鼓聲。

「我這幾個月來有點難搞，而且……窮到有點誇張，眞的很感謝妳們容忍我，明年一定會不一樣的。眞的很感謝妳們幫我處理那一大堆爛事。小瑟，感謝妳幫我用**高級的紙**列印履歷。」

「**高級的紙**！幹得好！**小美仔**！」尤瑟芙彈了四次手指。

「肖妮。」艾美拉轉向她。「謝謝妳把那些徵人資訊轉寄給我，不但每天寄，一天還寄好多次……好想趕快取消訂閱妳這個工作情報站！」

「欸是妳自己說需要幫忙的耶！」

「還有薩拉，謝謝妳幫我寫那封有夠難寫的求職信，不然我一定會寫得像個白癡。」艾美拉親暱地靠向她的朋友，「謝謝妳們這些女人……我下週有一場面試了。」

薩拉和尤瑟芙一起說：「耶！」肖妮高興得不得了，但又因爲拿著杯子的手無法鼓掌而懊惱。「噢我的天！耶！艾美拉，這太棒了！」

「好好好，不過目前就先這樣，別再談工作啦。」艾美拉舉杯，其他人跟上。

「敬二〇一六年這位既專業又可惡的艾美拉！」薩拉說。「乾杯吧，小婊子，生日快樂。」

艾美拉撫著胸口，仰頭喝乾酒杯。尤瑟芙拿出手機說：「小美，笑一下。」艾美拉對著鏡頭扁嘴。「噢，眞可愛。」尤瑟芙檢查拍好的照片。「**眞的**很可愛，我要發這張。」

今天稍早，艾美拉把布萊兒送回家，沒把外套口袋裡剩下的十五美金還給錢伯連太太就離開了。她只花了六點五美金買自己的電影票（結果發現布萊兒可以免費入場）、另外五美金買了一份小份的爆米花，還有二點二五美金買了一顆紅絲絨杯子蛋糕。她們去了一間滿是白人的糕點店，牆上掛滿裱框的復古風圖片，圖片主角全是雞。她和布萊兒在店內面對面坐著，一起享受這份美味的甜點。

「嘿，小布，跟妳說唷。」艾美拉舔了一下杯子蛋糕上的糖霜，然後在舔下一口前說：「今天是我生日。」

布萊兒似乎被這個消息迷住了，但又不怎麼驚訝。「好，那妳……現在大女孩了。」

「對，我現在**是**大女孩了。」

「幹得好，小美。」

艾美拉說：「謝謝妳。」

艾美拉是真的幹得很好，她那個星期都在為布萊兒創造永難忘懷的回憶。她帶布萊兒去各種沒去過的地方（她相當確信布萊兒沒聽過「購物中心」），還教會她「好奇」「警戒」和「青春痘」的意思。那個星期的晚上，她在網上搜尋幼托和行政相關的工作，寄出六份履歷，還親自送了兩份出去。艾美拉即將到來的這場面試，是微風岬角鎮上的身體世界健身中心在應徵幼托經理。她沒跟朋友說這份工作的薪水很低，時薪還比現在的工作少了四美金。她也沒提起自己去現場送履歷時，一看到那個褪色的繽紛房間，又聞到其中的清潔劑及口水味時，立刻就憂鬱起來（其中一個比艾美拉小幾歲的員工在她面前跑去追一對母子，一邊笑一邊說：「他忘了他的杯子！」不知為何，她小跑步拿著那個吸管杯追上去的模樣令艾美拉異常沮喪）。但那天稍晚，她接到面試邀請電話時，還是說對這份工作很有興趣，很樂意下週去現場面試。艾美拉迫不及待想把這個消息告訴凱利。凱利在生日前一天的午夜就傳了「生日快樂」給艾美拉，今天一大早還送花到她的公寓。這天他會比較晚下班，但還是會趕過來喝點酒、跳跳舞。

晚餐過後，女孩們轉移陣地，來到樓下沒有窗戶的酒吧。肖妮在索尼的幾個同事陸續出現，尤瑟芙的幾位同學也跑來湊熱鬧，曾和她們一起讀坦普大學的幾個女生也來了，但現場沒看見薩拉的同事。艾美拉之前也有要薩拉邀同事來，薩拉說：「太噁，千萬別，我可是跟這些人一起工作的，拜託。但叫凱利把他那個頭髮推得很帥的朋友帶來。」

凱利確實帶了那個朋友來，另外還帶上兩個人。艾美拉已經喝光三杯酒，凱利走進來時，她正坐在一張高腳凳上。一切看來都太好玩又太荒唐。我有男朋友了？在我生日這天？而且他還是個白人？好像不太對！但好吧！凱利穿越人群擠過來，儘管身體側對著，雙眼還是直直看向她，「嗨，美人。」

艾美拉笑著親吻他。「今天是我生日呢。」

「噢，眞的嗎？太巧了吧，生日快樂！」凱利一派輕鬆地回應：「今天還好……妳好嗎？工作如何？」

「很好。」艾美拉把空酒杯放在吧檯上，轉動椅子面向他。「我們看了一部電影，然後又看了一部電影，然後我們吃了一個杯子蛋糕。」

「**兩部**電影？」凱利裝成擔心孩子玩過頭的父親，故意有點傻氣的驚惶不安起來。

「電影院都沒人，我們從頭聊到尾。」那眞是一個很特別的體驗，布萊兒在電影院的椅子上顯得異常嬌小。預告開始播放時，她摀住兩隻耳朵，望向艾美拉，一副擔心自己忘記鎖上家裡大門的模樣，但她很快就進入狀況。第一部電影看到一半時，她拍拍艾美拉的大腿，悄聲說：「我現在就跟妳坐在一起噓噓噓小聲點。」

「所以妳才沒回我電話嗎？小姐？」

「啊，是我不好。」艾美拉搔了搔脖子。「跟布萊兒在一起時，我盡量不拿手機出來看，結束後又匆忙趕到肖妮家……噢我的天，我才想起來，」艾美拉講個不停，她知道自己醉了，但實在忍不住想立刻告訴他。「你的高中小情人今天又開始講一堆廢話了。」

凱利點點頭，雙手插進前方口袋。「是呀，我想談談這件事，另外還有其他事，但現在這地方或許不太適合……」

「哎呀，沒差啦，我可以直接跟你說，」艾美拉說。「眞的超尷尬。我一進屋，她就一直在講『我只想讓妳知道我一點**也**不介意妳跟凱利交往』之類的鬼話。」艾美拉模仿起錢伯連太太一臉焦急的樣子，還故意把聲音放軟。「我就是，『嗯嗯嗯，沒人問妳的意見，但好唷。』她想告訴我你在高中是個麻煩人物，但我的態度就是，『首先，那是很久以前的事了。再來，我都要去其他地方面試了，根本沒必要談這個。』」

「等等，你說什麼？」凱利打斷她。「妳要去其他地方面試？」

「我忘記告訴你了！」艾美拉把雙手舉到臉頰兩側。「我星期一有場面試！」

艾美拉試圖讓口氣聽起來比她的眞實感受更興奮，這樣做似乎很値得，因爲凱利說：「眞的假的！艾美拉，太棒了！」

「那是個幼托經理的職位，我可能不會通過面試，但對啦，至少這份工作該有的福利和津貼都有。」

「噢，天哪，我都忘了，妳今天二十六歲了。」凱利雙手搭住她的肩膀，小心得像是那對肩膀隨時會碎掉。「是否該幫妳買頂安全帽，畢竟妳現在沒保險了。」

她推了他一把。「沒事的啦，我還有大概三十天延展期。」

「嘿，恭喜，」他向她說。「妳才剛開始找工作，這樣已經很好了……」凱利的嘴巴張著，他還有些話想說，而艾美拉心想，**是呀，我也不只是有點喜歡你而已**。「嘿，今天別跟妳的好姊妹回去，來住我這邊。」

「是嗎？」

「是呀，」他說。「我有事想告訴妳，但不是現在。」

「好事嗎？」

「嗯……」凱利噘起嘴唇，那模樣令她又是愉快又是著急。他抬起眉毛說：「算是……有趣的事？但今天是妳生日，先讓我請妳喝杯酒。」

幾分鐘後，薩拉、尤瑟芙和肖妮都跑來對凱利大聲喊「嗨！」一行人輪流從側邊擁抱他。薩拉指著艾美拉手中的金色手機殼說：「有看到我幫你的女孩升級嗎？」凱利大笑著說：「該死，眞是好多了。」艾美拉說：「你們這些人有夠失禮，」薩拉也用表情回敬她，「我們就是這麼關心妳，眞不好意思呀。」

「凱利，小美在我的 Instagram 上簡直太殺了。」尤瑟芙說話時手機還對著臉自拍。「過去大概兩小時吧，她的照片就被點了一百五十個愛心。」

「對，妳的生日我們就該來幫妳搞一個**這個**，」肖妮說：「一個 Instagram 帳號。」

薩拉說：「這算什麼廉價的狗屁禮物？」

「這是能讓妳留下回憶的**貼心**禮物。」

「說眞的，沒人在用這個留下什麼回憶。」

「嘿，這輪酒我請，」凱利對大家說。他問大家有沒有想喝什麼，薩拉和肖妮大喊：

「香檳！」

「妳喝香檳吧？喝吧？」肖妮問艾美拉。「今天是妳生日，妳非喝不可。」

艾美拉是逃不掉了，但尤瑟芙說她不喝，她頭也沒抬地說：「這輪我跳過，」然後繼續滑手機。

肖妮堅持拍了一張艾美拉和凱利擠在吧檯邊的照片，然後拍了一段本來該是今晚高潮，但卻因為一位無趣的酒吧服務生而顯得平淡無味的開瓶秀。另外她還拍了酒被平均倒進三個杯子裡的影片。尤瑟芙往這邊喊：「小薩，趕快過來，」薩拉立刻拿起酒杯沿著吧檯邊走過去。

「你實在太好了，謝謝你，凱利，」肖妮說。「見過我男友了嗎？他今晚會來，你該見見他。」

「我見過他嗎？應該沒有。我很想見見他。」

艾美拉在肖妮身後用嘴型無聲地說，**不，妳不會想的**，但薩拉抓住她的手臂說：「艾美拉，妳在流血。」

艾美拉說：「什麼？」肖妮說：「啊，不！」

尤瑟芙的臉逼近艾美拉的臉，「我們現在去廁所處理一下。」

凱利正在吧檯向服務生點酒，他把頭往後斜仰，望向她們，「妳們還好嗎？」

「她沒事，我是護理師！」薩拉更用力地拉扯艾美拉的手臂，「我們很快回來！」

艾美拉任由尤瑟芙和薩拉把她又推又拉地帶進廁所。薩拉把她和肖妮推進障礙廁所時，她說：「小姐們，動作小心一點。」尤瑟芙把門關上，鎖好，艾美拉低頭望向自己的手臂，上頭沒有一丁點血的痕跡。她眨了四次眼睛，心想，**哇靠，我一定是喝茫了**。

「我什麼都沒看到。」

「妳沒事啦。」尤瑟芙拿出手機。

「等等，什麼意思？」肖妮左手拿著一片ＯＫ繃，右手拿著一條旅行用的急救萬用膏。薩拉問她，「妳天殺的在做什麼？」肖妮說：「妳剛剛不是說有血？」

艾美拉打斷所有人，「好了，現在到底是怎樣？」

肖妮把ＯＫ繃收回皮包，薩拉和尤瑟芙交換了一個讓艾美拉怒火沖天的眼神。尤瑟芙則把一隻手搭在胸前。

「妳們這些傢伙，到底是怎樣啦？」艾美拉又問了一次。「這不好玩，凱利才剛到。」

「好，」薩拉說。「妳有把那段影片分享出去嗎？」

她感覺喉頭逐漸有一種喘不過氣的阻塞感。艾美拉知道薩拉指的是什麼影片，但她裝傻，「什麼影片？」

「別抓狂。」尤瑟芙似乎準備好說出一切，卻又無法直視艾美拉的雙眼。她用白色指甲在手機螢幕上又點又滑，「我發了妳的照片，有人在下面留言說，『這就是超市影片中那個黑人女孩嗎？』我的反應是『你說啥？』然後我用 Google 搜尋**黑人女孩超市影片**，就……出現這段影片。」

艾美拉一把搶走尤瑟芙的手機，嘴巴因爲不可置信而合不起來。在因爲三杯半的酒而醉醺醺的此時，艾美拉看見螢幕上的自己站在倉庫超市的肉品區對著鏡頭說，「噢我的老天，你可以別管閒事嗎？」她看不見布萊兒，但能看見一小簇金髮出現在鏡頭下緣，那畫面讓她覺得心臟像是碎了一小角。

「不不不不！」艾美拉不自覺地往後退，背靠在布滿貼紙、麥克筆塗鴉、各種人名及電話號碼的骯髒隔間牆上。她的雙眼及胸口立刻擺脫了酒精的影響，四肢和屁股卻還得花一點時間才能跟上。她還不太能好好思考「怎麼會發生這種事?!」反而對於科技能讓她同時出現在這個隔間內及螢幕上深感讚嘆。此時艾美拉再次聽見自己的聲音，但像是從另一個宇宙傳來。薩拉已拿出手機播放那段影片給肖妮看。「好，嗯……」肖妮說：「別慌。」

「但不可能……」艾美拉喃喃低語。「這怎麼可能？誰有這段影片？」

「對呀，這是什麼網站？」肖妮的口氣彷彿暗示一切不過是場惡作劇，好像只是有個人一時沒想清楚就亂發了影片。「這網站看起來根本不合法，說不定影片只在這裡出現？」

薩拉和尤瑟芙又交換了一個眼神，那眼神讓艾美拉想把手機摔在地板那一團團濕答答的衛生紙上。

「小妞，推特上也有影片了，」尤瑟芙說：「可以說到處都有了。」

「妳說什麼？」

尤瑟芙伸手拿回自己的手機，返回前一個頁面，再遞給艾美拉。艾美拉沒有推特帳號，所以一直試圖往左右滑，她的三個姊妹一起喊：「往下滑。」

那些影片出現在她眼前。底下還附上說明：

黑人女孩擔任保母時差點被捕。黑人女孩擊敗試圖指控她綁架的保全警衛。又是一個只想好好工作卻惹上麻煩的黑人女孩。費城保母遭控綁架。

#相信黑人女性　#我們現在可以離開了嗎

嗆辣黑人女子給警衛好看。

其中還有一個剪輯過的片段被搭配上不同說明反覆播放，其中包括：當運輸安全管理局說我的包包太大、當他們說廁所只有顧客能用、當他們說我只能帶六件衣物進試衣間，而剪輯過的影片則是艾美拉大喊「你甚至不算眞的警察，所以你才給我退開，臭小子」的片段。艾美拉扶著隔間牆，「我需要坐下。」

「噁死了，不行不行。」肖妮扶住她的手臂。「妳不能在這裡坐下，靠在我身上吧。」尤瑟芙把手機從艾美拉手中拿走，肖妮對她的脖子吹送清涼空氣。

一切都像覆上一層厚厚的膜，艾美拉覺得眼前一片朦朧。她明明身處這間噁心的廁所，卻又像是回到了倉庫超市的冷凍櫃走道，她似乎也在錢伯連太太家的浴室，浴室裡的她正在幫布萊兒洗澡，然後她又出現在布萊兒的臥室哄她午睡。「我覺得我要吐了。」

尤瑟芙靠過來，「小美，是誰幹的？」

薩拉也湊過來。「妳天殺的把這段影片寄給誰了？」

「我沒有……」艾美拉的嘴唇歪曲地扭在一起。「只有我有影片。」

「有人偷了妳的手機嗎？」

艾美拉對著尤瑟芙搖頭。她把手伸進斜背包裡，拿起裝上全新金色保護殼的手機，那一整片毫無傷痕的塑膠表面讓她想哭。她瞄了螢幕一眼，上頭有十二條新訊息和四通未接來電，所有預覽內容都大同小異，不是生日快樂！就是艾美拉這人是你嗎？有一則來自她媽媽的訊息寫道，艾美拉立刻打電話回家，另一則來自姊姊的訊息則顯示，爲什麼不接電話?!艾美拉把頭靠在牆壁上，深吸一口氣。「噢我的天。」

「小妞，妳得打起精神，」尤瑟芙說：「看著我，妳的手機被駭了嗎？」

「這種事我怎麼可能知道？」

薩拉雙手叉腰，雙腳與肩同寬站著，幾乎像是喃喃自語地說：「要是被駭了，她會知道的。」

「妳有把影片寄給誰嗎？」尤瑟芙繼續追問：「有放在雲端上嗎？或者某個雲端儲存空間？共用資料夾？」

「我沒有……」艾美拉的左眼角湧現一顆淚珠。「我甚至連妳說的這些專有名詞都聽不懂。不……除了我之外沒人有。」

「除了妳跟凱利之外，對吧？」薩拉提高音量。「凱利是用他的手機錄的吧？」

這下尤瑟芙沒再繼續問下去了，所有對話也瞬間停止。艾美拉抬眼望向肖妮、薩拉和尤瑟芙，她們都在等她回答。

或許是第一次，艾美拉眞的覺得她的朋友在質疑自己的人生選擇。她不懷疑凱利，因爲有什麼必要呢？她反而覺得現在是她的朋友不信任她。不信任她的理由可以有很多——她非常不會賺錢，她一直沒有一份正式工作，她的人生在大學畢業後一直不上不下的——但凱利不一樣。或許艾美拉沒有公司電話專線，沒有帶薪假期，也沒有結尾是「.edu」的學院電子郵件信箱，但她確實有一個值得信任的男友，這個男友記得她的生日，每週二打籃球，而且總會請她和她的朋友喝酒，肖妮手上拿的那杯酒就是他請的。她用一種自己也不認得的語氣說：「凱利沒有影片。」

「妳確定嗎？」薩拉問。

「他那天晚上就刪掉了。」

「妳百分之百確定？」

「我知道他刪了。我**親眼看著**他刪掉。我甚至檢查過他的手機，確定裡面沒有那段影片。」

尤瑟芙也不甘示弱，她單手叉腰，開口問：「妳有親眼看著他把寄件備份刪掉嗎？」

艾美拉聽見隔間外有一群女孩因為遇到認識的人而開心地驚叫起來，有個聲音說：「妳幾時回來的？」另一個聲音說：「小妞，妳看起來過得很好！」

「**艾美拉**，」尤瑟芙大吼：「他有把寄件備份刪掉嗎？妳有確認過嗎？」

「我當然沒去**確認**，好嗎？」艾美拉感覺臉頰即將沾上淚水。「我那天晚上一團亂，但這也不代表他手上就一定有影片。」

「各位，凱利不會這樣啦，」肖妮同意。「說不定他只是忘了刪，又或者手機被駭的人是**他**，然後……」

「但他不是在科技業工作嗎？」尤瑟芙雙手抱胸。「妳現在是告訴我，他用手機拍了影片，也讓妳看到他的手機相簿裡沒有影片了，就這樣？那個影片還可能儲存在幾百萬個其他地方。凱利的工作不就跟 iPhone 有關嗎？」

艾美拉說：「尤瑟芙……」自從她們在坦普大學認識以來，這或許是艾美拉第一次叫她的全名，但等艾美拉再次望向薩拉時，她知道已經太遲了。她們快速交換眼神，眼神中蘊藏大量訊息（**別這樣對我。好吧如果妳不願意那就我來**）。接著薩拉迅速抽開廁所門門，推開門走出隔間。艾美拉大叫：「小薩，**不要去！**」尤瑟芙跟在後面跑。

音樂現在播得更大聲了，有幾群人正在舞池裡跳舞。凱利還在吧檯邊喝酒，不過現在有兩個朋友跟他一起喝。薩拉拍拍他的手臂，「嘿，我手機不見了，你可以打通電話給我嗎？」

凱利伸手從口袋拿出手機，「當然可以，號碼多少？」

艾美拉走到朋友身邊，小聲說：「薩拉，別這樣。」

其中一個凱利的朋友說：「嘿，生日快樂。」另一個人說：「妳的手機不見了？是吧檯上那支嗎？」薩拉和艾美拉都沒回話。凱利才按下他的四位數密碼，薩拉就把手機一把搶過來，身體背向他。凱利的手指像是抓著一支隱形手機般彎曲著，「薩拉，搞什麼？」

尤瑟芙站到兩人中間，舉起一隻手阻擋凱利，「嘿，沒事，你冷靜一下。」

凱利說：「怎麼啦？」然後望向艾美拉。她屏住呼吸，感覺體內的一切都在翻攪冒泡。剛剛離開吧檯前，喝著香檳的她剛滿二十六歲，現在回來的她卻像是影片中那個怒火沖天的女子，而且那部影片還正在網路上大肆傳播。艾美拉又醉又迷惘地站在那裡，心想，**他不會這麼做的**，但接著又想，**老天呀，拜託不要是他**。她想起在薩拉之前想像出凱利手機裡有什麼，但腦中只有一堆過往片段洶湧匯流在一起：凱利說她應該去寫專欄、凱利說她可以爲費城最有錢的家庭工作、凱利說：「妳難道不想讓那傢伙被解雇嗎？」「莉莉該爲她做的爛事付出代價。」而且不知爲何，布萊兒也出現在這堆畫面中，她想起布萊兒那天在電影院裡牽著她的手，說：「妳只是一隻小火雞，哈囉。」

凱利的眼神從尤瑟芙移向肖妮，再望向艾美拉。他舔舔嘴唇，說：「該死，到底發生了什麼事？」

「給她一點時間，」尤瑟芙說。薩拉搜尋時，尤瑟芙也把身體轉一半過去看。她把另外一隻手臂伸長擋在艾美拉前方，彷彿前面兩人正在開車，艾美拉是乘客，而車子才剛剛急煞停下。

艾美拉身後的肖妮捏捏她的手臂，望著地面開口：「小美，妳就直接問他吧。」

「問我什麼？」凱利質問。「我能拿回我的手機嗎？請問？到底是怎麼了？」

「你有沒有……」艾美拉望向天花板。「你有沒有把影片分享出去？」

他跟她剛剛一樣瞬間知道發生什麼事了，他知道唯一可能惹出麻煩的是什麼影片，但他的回答只讓情況更糟，「沒有，什麼影片？」凱利的一個朋友笑了，他拿著酒站起來。

「凱利今天還眞是經歷了各種戲劇化場面呢。」他走過艾美拉身邊，另一個人也跟上去。

「我們認識那晚的影片。」艾美拉的聲音變得更響亮有力。「你把我們認識那晚的影片分享出去了嗎？」

「當然沒有，我那天晚上就刪掉了。」

「你確定嗎？」

「確定！」

尤瑟芙在她的手機上點了點，把螢幕舉到凱利眼前，「那爲什麼這段影片在網路上瘋傳？」

「天哪等等，那是什麼？」凱利瞇眼望向發光的螢幕。「老天，怎麼會……這是什麼時候的事？」

「所以你沒有影片？也沒有備份？」肖妮的口氣仍然非常平靜。「手機上沒有？電腦或其他地方也沒有？」

「不可能，我甚至沒再重看過，艾美拉，該死。」凱利小心翼翼地把尤瑟芙的手臂壓下去，好靠近艾美拉。「我不會……我不會做出這種事。」

艾美拉深吸一口氣。「你刪掉了？」

「對。」

薩拉轉頭越過尤瑟芙望向他，「沒在任何地方留下檔案？」

「絕對沒有。」

「好，那這是什麼？」薩拉把他的手機翻過去給所有人看。凱利手機螢幕上的艾美拉正擋住自己的臉，然後艾美拉今晚第三次聽見自己用那種又累又怕的聲音說：「你可以別管閒事嗎？」因爲聽第三次了，她覺得好像在聽自己喝醉時留的語音訊息，又像音響關掉後還有人在唱歌。薩拉關掉影片，那段影片就在凱利的寄件備份匣裡。艾美拉回頭望向凱利，心想，**這下可精采了**。

「幹你去死。」她小聲說。

「不不不，艾美拉，等等。」

接下來是一陣亂中有序，艾美拉一行人準備離開「熱帶一八七」，過程中充滿希望這對情侶分手的算計。薩拉要肖妮拿好艾美拉的東西，尤瑟芙宣布她要叫 Uber。凱利不停哀求艾美拉停下動作，希望她能聽他說話，希望她看他的臉，但薩拉抓住艾美拉的手，帶她走過人群，這場面讓艾美拉覺得自己好年輕，好像還在讀大學。肖妮神不知鬼不覺地出現在樓梯通往街上的出入口，手上拿著艾美拉的大衣和禮物，就像專程陪伴侶瘋狂購物的男友。外面開始下雪了。

我男友把我的影片流出去了？在一整片剛落下的白雪中，艾美拉把薩拉的手抓得更緊。凱利還在她身後說，「艾美拉，等等，」但薩拉的回答是，「最好別過來，你現在不會想惹我。」尤瑟芙先走到街上，一輛車開過來問她，「嘿，妳是莫莉嗎？」她回答，「我看起像是叫莫莉嗎？給我滾。」

他真的不只是喜歡我嗎？艾美拉也走到柏油路上。**他把影片發出去時，也不只是喜歡我嗎？我是個該死的白癡嗎？誰看過影片了？噢我的老天呀**。想到錢伯連太太會看到那部影片，一陣作嘔的感覺沿著脊椎湧上，最後停留在兩片肩胛骨中間。「我在賺錢，而且我敢賭我賺的還比你多。」「他是個老白男，我確定他來了一定會讓你們大感安心。」「幹你要做什麼？別碰我！」每當錢伯連太太離開她的房子和孩子時，艾美拉就是這副德性。凱利也走到街上，他還在懇求，「艾美拉，跟我說話吧，拜託別這樣。」艾美拉看著他想，**我必須要跟布萊兒永別了嗎？**

「小瑟，我得知道還需要多久。」薩拉對她喊。

「德瑞克和他的本田車兩分鐘後抵達。」

「艾美拉，看著我！我天殺的沒做這件事！」凱利說。

「噢我的天，凱利，別說了！」艾美拉終於開口，她在雪中發抖。肖妮想把夾克披到她肩膀上，但艾美拉揮開了。「除了你之外，沒有任何一個人希望這件事發生。」

「我希望這件事發生，跟我眞的公開了影片，是完全不同的兩件事。」

「好呀，但你還是希望我公開影片，對吧？」凱利沒說話，艾美拉繼續說。「就是這樣，你希望我成爲一個完全不同的人，比如……你就痛恨我住在肯辛頓，你一直沒來過我住的公寓。」

「天哪等等，是妳沒邀請我呀！」

「我去他媽的在努力找工作時，你還拿我沒健保的事來開玩笑。」

「才不是這樣，一天到晚拿這事來開玩笑的是**妳**！」

「你痛恨我當保母，沒關係，這就算了，但如果你能老實承認，我還比較輕鬆。」

凱利的雙手垂在身側。「艾美拉，唯一痛恨妳到現在還在當保母的，就只有妳自己而已。」

艾美拉往後退了兩步。

如果是薩拉說了這句話，她其實有可能接受，要是跟凱利再交往久一點，又不像現在喝了這麼多酒，她或許也能接受凱利這麼說。但薩拉絕不會用「到現在還在」這個說法，她不會藉此強調艾美拉早該長大了，不會暗示她該趕快進入下一個階段，也不會暗示她現在做的是可以放心交給十三歲小鬼的工作。在龍舌蘭和香檳的催化下，看到她努力不想出醜的影片出現在凱利的寄件備份匣裡，突然之間，艾美拉滿腦子都是凱利公寓的管理員，他能因為工作拿到免費籃球票，還有他在她面前說出「黑鬼」的那一瞬間，而且這一切都不再是能輕鬆看待的小事。艾美拉上下打量凱利，使勁地用誇張的唇形說：「很好。」

「等等，我不是……這是……」凱利的唇間飄出白霧。「艾美拉，我向上帝發誓，這不是我做的……但我真的認為是莉莉幹的。」

艾美拉笑著說：「噢我的天。」薩拉把她扯向正行駛過來的本田車，肖妮跳上那台休旅車的前座，尤瑟芙繞到車子另一邊。

「我不是在開玩笑，艾美拉，是她幹的，我不知道她怎麼做到的，但她今天來我工作的地方，然後她……」

「噢我的天！鬧夠沒！你們倆真是有夠把對方放在心上，實在太蠢了。其實，你知道嗎？你顯然想跟一個有錢、有好工作，而且還打算出書的那種人交往，不如就跟她復合吧。」她才坐進車裡，薩拉就伸手越過她的大腿，把車門關上。

坐在後座的艾美拉用雙手捧住臉頰，薩拉幫她綁上安全帶，肖妮把大衣披在她腿上，尤瑟芙說：「把妳的手機給我。」等她們回到肖妮公寓時，艾美拉的手機上已經有兩通凱利的未接來電，只不過他的名字已經被改成「不要接」。

23

星期六下午，雅莉克斯調整自己的走路節奏，努力讓速度落在「感覺安全」及「極度驚嚇」之間。她只知道艾美拉已搬出那間公寓，她寫在履歷上的地址目前住著別人。雅莉克斯之所以沒先打電話給她，是不想讓艾美拉有拒絕她的機會。她請計程車司機放她在兩個街口外下車。

比起幼兒推車，雅莉克斯更喜歡帶幼兒滑板車出門，因爲就算滑板車不小心弄掉了，也不至於損失三百美金（若有必要的話，滑板車還能當武器用）。她把凱瑟琳綁在身體前方，手抓著萊姆綠滑板車的把手。布萊兒站在滑板車上，頭上戴著一頂完全不必要但很可愛的安全帽。雅莉克斯用一隻手引導布萊兒前進，另一隻手拿著手機，她依照Google地圖走過密集的公寓大樓聚落，這些大樓的窗外都裝有白色細欄杆，其中一些欄杆後方有貓。艾美拉的公寓大樓在一座籃球場對面，側邊裝有兩片衛星電視接收盤，籃球場上覆著一層薄薄的雪。雅莉克斯靠左手及左側臀部把布萊兒和滑板車拖上大樓前的階梯，按下標記著「5B」的公寓電鈴。

機。

「哈囉？」

這絕對是艾美拉的聲音，而且心情不是很好。雅莉克斯身體往前傾，讓嘴巴靠近對講機。

「艾美拉，我是雅莉克斯，嗨，就是錢伯連太太。」

「嗯……嗨？」

人行道上有個年邁黑人男子走來，他雙手叉在口袋裡，頭戴藍色籃球帽，經過雅莉克斯身邊時往上瞄了一眼，彷彿覺得她是因爲迷路才出現在這裡。布萊兒直直指向那個人說：「那個人在開火車。」

「親愛的，噓。艾美拉，我知道這樣跑來很怪，」雅莉克斯說：「我們只是想順道來給妳一些東西，還有……就是打個招呼。」

布萊兒還是盯著那個人，她大喊：「火車嗚嗚嗚！」

在對講機吵鬧的雜音中，艾美拉說：「等等，布萊兒也來了嗎？」

那個男人幾乎要走到下一條街了，但布萊兒還用雙手圈住嘴巴大喊：「車門關閉，請退開，請請請！」

「布萊兒也在，她正在亂交朋友呢，」雅莉克斯說。「妳有信箱嗎？我可以直接把要給妳的東西投進去。」

「不用不用，我現在下去，等一下。」

模糊的通話音中斷，雅莉克斯站直身體。

布萊兒放棄了那位火車車掌，抬頭望向母親。「媽媽？媽媽，這個……這個是什麼？」她用手掌拍了前門三下。

雅莉克斯舔了一下大拇指，擦掉布萊兒嘴唇上乾掉的優格。她說：「我們要進行一場小小的冒險，好嗎？」她拿出抗菌凝膠擦了擦布萊兒的雙手，也把自己的雙手抹過一遍。

透過門上的窗戶，雅莉克斯首先看見一條香檳粉色的毛巾布運動褲從樓梯上出現，接著完整的艾美拉才走下來。她的頭髮往後梳，用一條黑色絲質髮帶在頭頂固定成一個髮髻。艾美拉的上半身穿著牛仔夾克和T恤，就週末待在家的人來說不太尋常，不過話說回來，這也不是個尋常的週末。艾美拉的臉沒有上妝，雙眼浮腫。

「嘿。」

「抱歉嚇了妳一跳，嗨。」

布萊兒伸手往上指。「小美沒頭髮。」

「這樣呀，嗨。」艾美拉微笑。「我還是有頭髮，只是包起來了。」

「我知道這樣有點誇張。」雅莉克斯單手舉在空中，彷彿正在對聖經宣誓。「如果妳在忙，我們不需要……」

「不，沒關係，進來吧。不過得爬到五樓就是了。」

「沒問題。我可以把這個放在樓下嗎？」

「嗯……」艾美拉啃著大拇指甲的邊邊，眼睛盯著那台滑板車。「我覺得，換作是我不會放樓下，但看妳。」

樓梯間聞起來充滿灰塵和霉，但爬到五樓時，雅莉克斯開始聞到屬於艾美拉的氣味：指甲油、檸檬、人造椰子香氣，還有濕草地地墊。當艾美拉推開門，讓她的公寓出現在雅莉克斯眼前時，雅莉克斯心想，**呼，我可以的**，接著又想，**老天，這實在太令人沮喪了**。

艾美拉的公寓看起來就像那種每個房間都一樣的研究生宿舍，這種宿舍通常只有角落邊間稍微大一點，又或者是多一扇窗戶。走廊和廚房地上貼著皺巴巴的塑膠地板，看起來應該是想仿木質地板。冰箱上方是一台亮紅色微波爐，冰箱門上貼著連鎖家居店「床、沐浴及種種其他」的折價券。鋪了地毯的客廳對面有兩扇臥房門，雅莉克斯一看就知道哪扇門通往艾美拉房間。

有片軟木板上釘了許多棕皮膚女孩的照片，其中一根圖釘上掛著艾美拉本來打算在萬聖節用的黑貓耳朵。有組高高的塑膠層架中放了件沒折的黑色衣服，漩渦花紋的被子攤在沒整理的床上，上頭堆了一件看了淒涼的皺巴巴黑洋裝，床邊的粉紅碗裡裝著剩下一點點的甜牛奶。客廳有一台電視、一張黑色的 IKEA 咖啡桌、一張黑色蝴蝶椅，還有一張紫色沙發床，但裝的沙發套尺寸完全不對。（雅莉克斯曾在部落格上寫過「給沙發床的一封信」。在這封信中，她將沙發床描述爲這個世代最大的家具浩劫，說沙發床不過就是「美化過的豆子袋裝在色彩繽紛的脆弱架子上」。這封沒寄出去的信本來只是想搞笑，但看到艾美拉的客廳配置後，雅莉克斯覺得自己簡直像個霸凌者。）

但雅莉克斯一坐上沙發，就看到了另一樣東西。沙發床對面的牆邊地面放著一個容量十加侖的魚缸，魚缸沒加蓋，裡頭也沒有魚，但裝了十幾株盆栽，其中包括蕨類、棕櫚類、虎尾蘭和蜘蛛草。那些草葉長得比魚缸還高，有些還從邊緣蔓延出來。雅莉克斯沒預料會看到這個，不過當布萊兒向那些植物衝過去時，她深感慶幸，因爲這樣她至少能有些餘裕去思考：這張到處結塊的沙發床，怎麼可能跟這麼美好的水族缸共處一室？

「喝點水嗎？」

「太好了，謝謝妳。布萊兒，別摸，親愛的，要把安全帽拿下來嗎？」

布萊兒說，「不了『些些』，」她口齒不清地說了「謝謝」，然後指向魚缸，「裡面沒有魚。」

「但看看那些漂亮的植物，寶貝。」雅莉克斯解開奇哥包巾的綁帶，輕緩地把凱瑟琳橫過來抱好，讓她小小的頭靠在雅莉克斯膝蓋上。

「啊。」艾美拉把冷凍庫門關上。「那個呀，是前房客留下來的，因爲實在太重，沒辦法搬到樓下……所以，對，現在就這樣了。」艾美拉把藍色塑膠製冰盤的冰塊剝進杯子，再用杯子裝滿水龍頭的水。

「爲什麼……爲什麼裡面沒有魚？」布萊兒問。艾美拉把水杯放上咖啡桌，在蝴蝶椅上坐下。

「那是專門給植物住的玻璃缸，小鬼頭，我知道有點怪，」艾美拉說：「但我想以前應該有住過魚。」

艾美拉向布萊兒解釋時，雅莉克斯得空偷看了廚房另一邊的廁所。有四條顏色鮮豔的潮濕胸罩掛在淋浴間的門柱上，雅莉克斯心想，**好，原來是因爲這樣妳才穿牛仔夾克，我懂了**。雅莉克斯焦躁又不開心時也會這樣瘋狂洗胸罩，她還看到其中一件胸罩在浴簾上留下兩道水痕。目睹這場面後，雅莉克斯幾乎可以確定，艾美拉和凱利已經分手了。

「所以，希望我們沒嚇到妳，」雅莉克斯說。凱瑟琳逐漸意識到眼前出現一片沒見過的天花板，開始發出「噠噠噠」的聲音。「但我只是想順道來一趟，然後……」

「不會，沒事，嗯……」艾美拉打斷她。她身體往前靠，手肘撐在膝蓋上。「抱歉，我可以先說嗎？」

雅莉克斯把凱瑟琳抱到肩膀上，兩隻長腿交疊起來。她注意到咖啡桌最下方的抽屜內有一個 Netflix DVD 的信封，再加上艾美拉要求先說話，在在都讓她內心柔情滿溢。**我眞**

愛這女孩，雅莉克斯心想，**她還在看DVD？哪一部電影？《穿著Prada的惡魔》？老天，我真愛這女孩。我和艾美拉之間不會有問題的。**「當然可以，妳先說吧。」她說。

「所以，嗯……我想妳一定看到影片了……就跟其他人一樣，」艾美拉說。「我只是想讓妳知道，通常我在布萊兒面前是不會那樣說話。我是說……在朋友或一些其他場合當然會，但在布萊兒面前不會，妳在影片中看到的真的是唯一一次。我只是很怕他們會把她帶走，我嚇壞了，才會吼出一些兒童不宜的話。」

布萊兒伸手從咖啡桌底下拉出一個紅色塑膠水瓶，水瓶上有白色的「坦普」字樣。

「我打開J個，」她說。雅莉克斯說：「布萊兒，不行。」

艾美拉揮揮手。「那是空的，她可以玩。但……妳人都來這裡了，顯然心意已定，我能理解。」艾美拉把雙手夾在膝蓋之間。「我只是想解釋一下，然後……就這樣了。」

前一天晚上，雅莉克斯用iPad看了那段影片五次。她一收到蘭妮的訊息「上傳了」，就丟下在睡覺的彼得，跑去坐在浴缸邊看影片。每看一次，她就覺得又重新認識了艾美拉一次。她沒見過自己的保母說這麼多話，從未意識到她有這麼美，也從沒見過艾美拉反應如此機靈的樣子。雅莉克斯已經知道結局，她知道一切最後都會沒事，但實際看到事件在眼前重演，還聽到艾美拉的聲音逐漸變得恐懼，仍讓她像是看恐怖電影一樣心跳加速。雅莉克斯發現自己在想，**沒錯，艾美拉，跟他講清楚，還有小心！他就在妳背後！**但大多時候，她只是在想，**噢我的天，這只是幾個月前的事嗎？布萊兒怎麼可能看起來這麼迷你？**

推特和其他有的沒的影片評論區幾乎都在讚美艾美拉，但還是有一部分留言會指責她。不過，每當艾美拉回想起九月的那個夜晚，腦中浮現的大概就是這些批評。

——她怎麼不直接讓警察跟孩子的爸溝通就好？嚴格來說，她就是不配合警察。

——抱歉，但她看起來確實不像個保母。

——如果她對鏡頭說話是這樣，眞不敢想像她私下都怎麼跟孩子說話。

不過，在看到影片中的艾美拉說話時，雅莉克斯的感覺就跟發現艾美拉會在手機上聽充滿髒話的歌一樣：她覺得既開心又好有意思。雅莉克斯不怕布萊兒模仿艾美拉的言行舉止，她覺得跟自己相比，艾美拉算不上是個更差的榜樣。她希望布萊兒向艾美拉學習嗎？如果是艾美拉的優點，那當然。更重要的是，她希望擁有一個勇於爭取自身權益的保母嗎？雅莉克斯心想，**百分之百希望！**她抿起嘴唇，把抱在肩膀前方的凱瑟琳重新抱好。

「艾美拉，」她說：「妳認爲彼得和我會生妳的氣嗎？」

艾美拉抬眼望向她，用手輕拍後腦杓。她剛剛顯然哭了一陣子。「無論如何，把彼得說成老白男，我眞的很愧疚，他一直對我很好，也一點都不老。」

雅莉克斯一邊把凱瑟琳的襪子從腳踝往上拉，一邊忍不住笑出來。「他聽到妳這樣說一定會很高興，但其實沒必要這樣。反正，首先……我知道我們的關係現在算不上很好，我是指妳和我之間，但艾美拉，我就是覺得自己很清楚妳的爲人。彼得和我都很感謝妳如此關愛我們的孩子，也很感謝妳在我們不在時保護著她們。而且，我不只感謝妳照顧我的女兒，也欣賞妳如此注重隱私的個性，所以，我實在無法想像妳現在有多痛苦。」

艾美拉翹起腿坐。「現在也只能接受現實了。」

「反正，我們絕對沒生妳的氣，」雅莉克斯說。「正好相反，我們很佩服妳那晚的表現，我們眞的很感謝老天讓妳進入我們的生活……而且我要強調，我自己也絕對在她們面前說過不少兒童不宜的話，所以請別再執著這件事了。好……」雅莉克斯伸手去拿放在沙發另一頭的包包，放在她的兩隻腳踝中間。「我現在有很多話想說，請容忍我一下。布萊兒，我的小可愛，過來這裡。」

布萊兒抬眼望向她，伸手把安全帽往後推回正確位置。雅莉克斯一隻手抱住凱瑟琳，另一隻手往包包裡頭掏，拿出一個包裝好的方形禮物，上頭綁了紅白色細繩。「這是要送給艾美拉的，記得嗎？拿去給她。」

艾美拉說：「這是什麼？」

布萊兒拿了禮物走向艾美拉。「我想要……我想要打開J個，我開。」

雅莉克斯說：「這是給艾美拉的，小可愛。」

艾美拉說：「不如妳來幫我開？」

雅莉克斯望著艾美拉和布萊兒打開那個小小的包裹，裡頭是一組二〇一六年的口袋月曆，每個月畫了不同的花草。艾美拉的雙眼困惑地張大，但還是說：「啊，謝謝妳。」

雅莉克斯用指尖輕梳凱瑟琳的頭髮，說：「看看裡面？」

那天早上，雅莉克斯在月曆前半年的週一、週二、週三和週五都寫上了「艾美拉」，她望著艾美拉翻開一月，布萊兒指著當月的主題花說，「我現在聞到J個。」然後艾美拉翻到二月，好像在期待會有什麼彈出來。

「艾美拉，這是我在用非常笨拙的方式……」雅莉克斯開始解釋：「來拜託妳爲我們多做一些時數。」

艾美拉翻到三月。「我不太確定妳的意思。」

布萊兒輕拍她的安全帽。「媽媽，我要J個拿掉。」

「來這裡，我幫妳。」雅莉克斯看著艾美拉微笑。「是這樣……媽媽我得到了一個非常棒的機會，妳說對吧？」她單手解開布萊兒的安全帽綁帶。「我下學期會在新學院策畫一門新課程，時間是每週二晚上，但當然，兩個女兒無法跟我一起去……我們很希望妳能來陪她們。所以，到時候會是……」雅莉克斯揮舞著食指。「週一，一般時段，就是十二點到七點，週二，妳中午過來，和她們一起過夜，待到隔天中午爲止——我們會幫妳把客房打理好，確保妳什麼都不缺——然後週五再回到一般時段，也就是十二點到七點。」

艾美拉非常震驚，拿著月曆的樣子彷彿是終於意識到那有多貴重，不希望留下自己碰過的指紋證據。「哇。」她說。

「對了，妳沒來我們家工作時，我知道妳還有另一份打字工作。我不知道那份工作對妳有多重要……布萊兒，我的小可愛，安全帽的綁帶很髒，不要放進嘴巴，好嗎？但沒錯，既然妳得放棄另一份工作，我們會讓妳成爲全職保母。妳的工作時數會是每週三十八小時，但我們會用四十小時計算，以免火車誤點或一些意外狀況。這樣妳就能有健保、假期和那些福利……然後我在夏天的七、八月沒寫上妳的名字，是因爲知道妳可能會安排時間回老家，我們可以之後再另外討論……」雅莉克斯嘆氣，微笑，肩膀往下放鬆了大概五公分。「我有把剛剛說的都寫下來，我知道資訊量很大，」她說：「妳不用立刻回覆，但如果有任何問題想問……喔不……艾美拉，親愛的，妳還好嗎？」

在雅莉克斯看過最廉價、最難坐的那張椅子上，艾美拉雙手摀臉哭了起來。咖啡桌上沒有面紙（只有兩支遙控器和一條上面寫著「嬰兒嫩唇」的美妝品），所以雅莉克斯抱著凱瑟琳走進浴室，拿了一捲衛生紙，再捧著胸前的凱瑟琳跪在艾美拉面前。她把一團衛生紙塞進她手裡，手就這麼停留在她掌心上。

「妳現在狀態這麼糟，我又給妳這麼大的壓力，眞抱歉。」艾美拉難為情的樣子有點可愛，臉又哭得皺成一團，搞得雅莉克斯也快要淚眼盈眶。「我以為現在是提起這件事的絕佳時機，但或許我們該先處理影片的事，再開始思考接下來……」

但艾美拉搖搖頭，她看起來既高興又精疲力盡。「不，我眞抱歉。好，這主意聽來很不錯。」

「眞的嗎？」雅莉克斯本來沒打算喊得這麼大聲，嚇一跳的她摀住自己的嘴巴。周遭的灰泥牆壁質地跟爆米花沒兩樣，雅莉克斯確定艾美拉的鄰居都聽見自己的聲音了。「妳答應了嗎？噢我的天，我們眞的很開心，妳確定？」

「嗯，確定，當然確定。」艾美拉笑了。「對，我，嗯……能提高工作時數實在太好了。」

「噢，老天，這實在太棒了！好的、好的。」雅莉克斯露出燦爛的笑容。「布布，親愛的，妳知道嗎？」布萊兒正把安全帽綁帶繞過肚子最凸的地方，她努力想扣起來，但沒成功。「布布，妳跟艾美拉明年開始會一起過夜唷，是不是很不一樣呀。」

「小美？」布萊兒拿起坦普的水瓶遞給艾美拉。「小美，我們……我們來把葡萄乾存在裡面，之後就可以吃了，好嗎？」

艾美拉說：「眞是個不錯的點子呢。」

蹲著的雅莉克斯往後坐在腳跟上。「好，那就這麼說定了，從元旦那天開始？」

艾美拉用兩隻手的小指抹了抹眼淚，「好呀，這樣很好。」

「我保證會在那之前把細節都搞定，該準備的也都會準備好。但我還想提最後一件事。」

其實雅莉克斯想提的還有好多事。她實在好希望兩人的關係更緊密，好讓她不用一直等待幫助她成長的機會。她眞的可以讓艾美拉一生受益。**這段影片讓妳覺得丟臉？**雅莉克斯想告訴她，**其實沒那麼糟，這段影片能讓人看出妳有多愛我的孩子。還有妳用的這個塑膠水瓶可能會害妳得癌症，所以我們還是幫妳買個新的，最好是玻璃或不鏽鋼材質。還有妳無意間做的這件事，就是留下那些裝在魚缸裡的盆栽，實在是太、太、太美好了，妳的直覺眞是神準。還有我知道，買沙發眞的是一筆很大的開銷，但絕對會是値得花錢投資的品項。然後，這些是妳衣櫃裡該有的必備單品，這是一份看似高檔但其實不然的餐點。然後單手打蛋是這樣，妳可以用一枚二十五分硬幣和兩個乒乓球來練習。**當然現在還不是說這些的時候，但艾美拉是全職保母了，雅莉克斯之後有的是機會。

「如果妳還沒準備好要談，也可以直接說，」雅莉克斯說：「但彼得和我想幫妳處理影片的事。」

這一次，艾美拉又說了，「好。」

所以在星期一的早上七點，蘭妮．賽克帶了她的攝影團隊來到錢伯連家。塔瑪拉帶著咖啡和可頌搭火車過來。沒過多久，艾美拉跟薩拉一起抵達，手上拎著兩件蘭妮建議的洋裝（薄荷和鈷藍色）。她把頭髮吹直，只留下些微的捲度，雅莉克斯從未見過她這個造型。她也捨棄了常畫的厚重眼線，胸前只簡單戴了一條金項鍊。雅莉克斯看著那條項鍊，心想，**好女孩，這樣就對了**。

雅莉克斯正準備首次在地方新聞出場，她在鏡子前把乾燥玫瑰色上衣扣好，望向塔瑪拉，再次向她確認。「我這樣做沒錯吧？」悄聲說話的她伸手把頭髮撥到肩膀前方。「抱歉，妳……拜託妳說我這樣做沒錯。」

塔瑪拉瞇起眼睛，表情誇張又自信。「噢，小妞，這樣做準沒錯，」她說。「百分之百沒錯。這大概是艾美拉人生中最棒的遭遇了。」

24

錢伯連太太打開前門時，艾美拉聽見薩拉低聲說：「噢，該死，好吧。」錢伯連家非常宏偉，艾美拉之前也深受震撼，更何況現在客廳還架了燈光和攝影機，邊桌也擺上許多裝滿繡球花的玻璃花瓶。

「嗨，甜心，睡醒了嗎？還沒的話，我們這裡有很多咖啡。嗨，薩拉，很高興再次見到妳。」錢伯連太太打扮得很時髦，精神也很好。艾美拉沒料到她會用「甜心」叫自己，但她們才度過一個對兩人而言都不太容易的週末，所以艾美拉說服自己，給錢伯連太太一點時間，之後她表現溫暖的方式一定會更自然。艾美拉和薩拉手中已經有Dunkin' Donuts的咖啡，但薩拉還是放下咖啡，接過塔瑪拉遞來的冰釀咖啡。

蘭妮·賽克把艾美拉迎進客廳。她手伸得很長，小心翼翼給了她一個擁抱，她的領口還塞著一條白色餐巾，就怕任何彩妝沾到洋裝上。她把艾美拉手中的兩件洋裝接過來，「親愛的」，然後一手拎著一件看，「我們就選這件，」她舉起亮麗的鈷藍色洋裝。「嘴唇抹點粉色，然後臉頰上一點蜜粉，要看起來很清爽，好嗎？」

「艾美拉，小孩房的廁所可以隨妳用。」雅莉克斯說。

蘭妮點點頭，彷彿她也參與了這項決定。「沒錯，妳是我們的本日巨星，那就二十分鐘後回來集合，九點開始拍攝。」

艾美拉想表現得跟她們一樣興奮。她想問布萊兒在哪裡——她很好奇這小妞會穿什麼——但還是先跟薩拉一起踏上階梯。反正她很快就會再見到布萊兒，之後也還會有很多時間可以相處。

艾美拉坐在小孩房廁所的馬桶蓋上，薩拉幫她的臉頰抹上一層薄薄的蜜粉。「所以……」薩拉悄聲開口。艾美拉可以從她的呼氣中聞到高檔冰釀咖啡的味道。「這鬼地方有種蓄奴莊園的瘋狂氛圍。」

「好啦，別說了。」艾美拉張開眼睛。她拿起粉餅盒，望向鏡面中的自己。「我還要在這裡待上好長一段時間，拜託妳冷靜點。可以幫我整理一下髮際線嗎？」

薩拉「嘖」了一聲，「妳的嬰兒梳呢？」

艾美拉坐直身體，往化妝包裡瞥了一眼。「不在裡面嗎？」她把化妝包從水槽邊拿過來，放在大腿上，在髒兮兮的粉餅盒和唇膏之間翻來找去，然後說：「一定是在我的背包裡。」她抬頭望向薩拉。

薩拉噘起嘴唇。「哎呀，是這樣啊。」

「可以請妳幫我把整個背包拿上來嗎？」

「哇哇哇，好喔好喔。」薩拉伸手去開門，然後對著空氣說：「她找到正職工作就以爲可以耍大牌啦沒關係唷。」

艾美拉大喊：「謝謝妳啦！」薩拉關上門。艾美拉獨自坐在廁所裡，在一包包濕紙巾和一罐爽身粉上方的鏡子內看見了此刻的自己。她多希望是這個自己出現在影片中，而不是臉書及推特上流傳的那個模樣。

前一個週末，她無法克制地不停上網搜尋倉庫超市影片的評論及貼文。在到處肆虐的警察施暴影片，以及「黑人的命也是命」的遊行貼文之間，艾美拉的影片顯得莫名有些……好笑？觀看或分享這部影片的人留下了許多無關痛癢的評論，

像是，實在糟透了，可是我差點笑死。

或者是，歐買尬，這女孩是我的英雄。

有人貼出影片截圖，圖中的艾美拉正單手叉腰對著警衛大吼，而無助望向鏡頭的布萊兒被拉近放大，搭配的圖說寫道，〈插播報告〉沒錯，這是我，你大概在想我怎麼會淪落至此。

至於大家的留言則包括，這寶寶眞是宇宙搞笑、小女孩受夠啦，還有我打算要買爆這小鬼和她保母的周邊商品了。

分享的次數愈多，大家的態度就愈輕鬆，整件事因此往更好也更壞的方向發展。

艾美拉認爲大家選擇輕鬆看待這部影片的原因有幾個：首先，事件中沒人受傷。布萊兒可愛又討喜，在影片中只是感到無聊，而艾美拉的迅速回擊也掩藏了她的恐懼。這是一部有關種族歧視的影片，但沒有血腥場面，也不會因此被毀掉整天的心情。艾美拉無法克制地想，要是網路上這些人知道她和凱利交往……**曾經**交往，又會有什麼反應？（艾美拉無視了凱利過去兩天打來的四通電話。倒是薩拉接起了最後一通，「好，大家應該都冷靜了吧？但我們還沒準備好跟你談，我們需要時間，請你尊重。」）

一直打來的不只凱利。整個週末，艾美拉都得把手機放在充電器上，因爲幾乎每小時都有人打來希望她受訪，還有一通電話是請她去上脫口秀《眞實》。但艾美拉用一段固定說詞回絕掉每個邀約，那是錢伯連太太教她的。「妳就說目前無話可說，這個階段只要這樣講就夠了，」她說。「我們可以扭轉局勢，我保證，我們會親上火線，澄清所有可能的誤解，這樣妳就不會再是鎂光燈焦點。大家對妳失去興趣的速度，會跟妳的暴紅一樣突然。」

至於影片帶來的後續效應，凱利確實沒說錯，但眞正的規模比他預想的小很多。影片擴散出去兩天後，艾美拉收到三則提供她工作機會的語音訊息。其中一則來自一個富裕的黑人家庭，他們想爲三個兒子找保母，另外有個線上媒體希望她以費城照護工作者的權利爲主題寫三篇文章。最後一則訊息來自她的現任雇主，她在綠黨辦公室每週二、四工作時的主管貝芙麗打了她的手機三次，留下兩則語音訊息：「我們想讓妳多參與這裡的工作，來談談吧？」

在她花了大把鈔票用高檔紙印了一堆履歷，還耗費無數夜晚寫應徵信後，這些工作邀約實在無法讓她開心，反而有些惱人，因爲跟推薦信和大學學歷相比，一部暴紅的影片似乎讓她更有價值。但這些其實也不重要了，因爲她不需要再找工作。至於艾美拉的父母似乎更擔心她在影片中的穿著，他們爲女兒沒有一份像樣的工作而驚慌，也爲女兒竟然連件大衣都沒有而驚慌。「媽，那是九月的事了，」艾美拉解釋。「而且我有工作，我是全職保母。」

受邀參與感恩節晚宴並沒有讓她覺得成爲這個家的一份子，眞正讓她有這種感覺的，是從錢伯連太太手中收到一份正式的雇傭合約，還有代表她有健保的一〇九五稅表。嚴格來說，因爲稅的關係，艾美拉在二〇一六年的時薪比之前還低，但成爲一位年薪幾乎有三萬兩千美金的正職保母，仍是她有生以來待遇最好的一份工作。她不用搬進肖妮之前住的房間；如果之後再被警衛攔下，她說明自己是正職保母時也不用因爲說謊而結巴。她會有無法出門跟朋友混的正當理由，因爲正職保母算是二十四小時値班。至於布萊兒的學前班、青年基督教協會的游泳課，還有小露露芭蕾學院的秋季班，艾美拉都會被列爲她的優先緊急連絡人。

她即將展開全新生涯，也即將塑造出一個全新的網路人格，因此在這樣一個時刻，看到薩拉拿著自己的背包回來，關上門，低聲說「我們有麻煩了」，她的感覺有點奇妙、不太眞實，甚至有點好笑。薩拉把背包放到地上，緊抿雙唇，兩手像禱告一樣交握，兩根食指壓在嘴唇上。

艾美拉伸手去拿背包，「我確定梳子應該只是掉到底下了。」

但薩拉似乎沒聽見她說什麼，她右手握拳，在空中反覆畫出小小的圓圈，再把指關節緊壓到唇上，然後悄聲說：「小美，我沒在鬧，看著我。」薩拉深吸了一口氣，「妳不能在這裡工作了。」

艾美拉笑了，她拿著整理髮際線的細齒刷，把背包靠在腳踝邊，屁股側倚在洗手台邊。「妳說什麼？」

「妳得好好聽我說。」

「**我在聽呀**，怎麼回事？」

「我剛剛下樓……跪在地上要拿妳那個重得要命的背包，然後聽見妳老闆走進廁所。」壓低音量說話的薩拉指向地板，客人用的洗手間就在她們正下方。「我在幫妳拿那該死的背包時，聽見那女人問別人，『我這樣做沒錯吧』。」薩拉說「我這樣做沒錯吧」

時，用手使勁比出空氣引號。「然後那個跟湯姆叔叔」沒兩樣的塔瑪拉告訴她，『百分之百沒錯』，還說這段影片大概是妳人生中最棒的遭遇了。」

艾美拉雙手握住那根細齒刷，大拇指在刷毛上來回搓了四次。她把刷子放上洗手台時敲出了輕微聲響。「好，不對……等一下。」她跟薩拉一樣壓低音量。「她可能指的是要上新聞這件事，就是，我們等一下要拍的**這段**影片。」但她一邊說一邊意識到，即便是如此，錢伯連太太的話也還是很傷人。艾美拉時常刻意提及自己目前過得很不順，爲的就是不想給人機會來發表議論。薩拉這項指控中的意涵逐漸在她腦中成形，艾美拉於是滿腦子都在想，**錢伯連太太偷說我壞話嗎？我還以爲我們都談開了。**

薩拉搖頭，舉起一根食指。「才不是，小妞。妳是**同意**上新聞，但可沒同意把超市那段鬼東西發表出去。那女人一定做了些什麼。小美……」她盯著艾美拉的臉，音量愈來愈小。「是那女人把影片流出去的。」

「欸，不是……」表面上看來，艾美拉的「不是」是回應薩拉的指控，但其實她心裡想的卻是關於「誰比較不愛她」的那個問題：是凱利比較不愛？還是錢伯連太太？她單手抱胸，說：「小薩，不可能，她怎麼拿得到影片？」

「我不知道，」薩拉說，「妳有沒有把手機放在別人能拿到的地方？」

「當然，但她又沒有我的密碼。」

「妳有沒有把筆電帶來這裡？」

「我從不把筆電帶出門。」

「好，那妳有沒有在她的筆電上收電子郵件？」薩拉指著廁所門，「或是廚房那台重得要死的桌機？」

艾美拉單手搭在另一側肩膀上。大概有八秒鐘，她的臉僵住不動，就像話講到一半時突然忘了某個詞彙，但又幾乎要想起來的樣子。艾美拉的心思回到三天前，也就是她二十六歲生日那天，她想起自己和錢伯連太太只在廚房待了很短一段時間。她登入Gmail把電影院的地址寄給自己，但不記得有沒有登出。她確實記得自己偷看了一下手機，希望錢伯連太太趕快結束那段大擺世故姿態的談話，她眞的不想聊。她拿了錢伯連太太的錢，六小時後，她把錢伯連太太那位渾身黏答答又飽受關愛的快樂孩子送回家。艾美拉想起和凱利分手這件事，儘管她沒給錢伯連太太對此表達關心或滿意的機會，但她覺得這名母親一定是想辦法打聽到消息了。但就算是這樣好了，她們之間不是沒事了嗎？錢伯連太太

譯註——

1 《湯姆叔叔的小屋》（*Uncle Tom's Cabin*）又譯為《黑奴籲天錄》，是美國在十九世紀最暢銷的小說，也對廢奴政策產生了非常重要的影響。然而，其中對白人老闆忠誠溫順的「湯姆叔叔」，也成為白人用來理解黑人的一種刻板印象。

不是還雇她當全職保母了嗎？但等等，該死……難道就是因爲她**心裡過不去**，才雇用自己嗎？艾美拉開始用鼻子大力呼氣，她突然想起初次因爲跟錢伯連太太喝酒而晚下班那次，想起她收到那瓶昂貴的酒，想起她問錢伯連太太之後是不是要辦活動，還想起錢伯連太太眨眨眼說：「等書出版之後，會辦的。」

艾美拉抬眼望向薩拉，低聲說：「幹。」

「好，我們可以之後再細談，但妳對科技產品的理解**眞的**很有問題。」

「妳跟我說是**凱利**幹的！」艾美拉低聲對她怒吼。她伸手推了薩拉的肩膀，力道比她原本預期的還大。「我天殺的該怎麼想？」

薩拉姿態誇張地把身體重新擺正。「好，聽我說，是我搞砸了。」她伸起兩支食指辯解。「我那天晚上喝了太多莫希托調酒，或許太快下定論了，但我眞的只是想保護妳而已。之後不管妳是要找新男人，還是跟凱利復合，我向上帝發誓，不管怎樣我絕對都會接受，但是……」

「噓噓噓，沒事，沒事。」艾美拉阻止她說下去，不只因爲薩拉太大聲了，也因爲聽到凱利的名字仍讓她心痛。「妳**確定**她是這個意思嗎？」

「絕對是吧？」薩拉望向天花板，彷彿同時對艾美拉及上帝起誓。「無論是說話的內容或口氣，我都覺得是這個意思。」

艾美拉和薩拉一起站在白亮的廁所裡，薩拉咬了一下嘴唇說：「小妞，妳不能繼續在這裡工作了。」艾美拉聳起肩膀——她自己也清楚，這份工作美好得太不眞實了——再任由肩膀垂落，「我知道。」

「好，管她去死，」薩拉說。她開始把艾美拉的化妝品收回旅行小包中。「我們直接走人吧，妳又不欠她什麼。」眼線筆的削筆機內掉出一片碎屑，薩拉很快撈起來丟進垃圾桶，彷彿想消滅她跟艾美拉曾來過這裡的事實。

「等等，薩拉，別走。」艾美拉抓住朋友的手臂，腦中逐漸浮現可能面臨的後果，她的脈搏加速。「這樣我就沒工作了，」她說。「現在這樣我無法預告離職，也就沒有兩星期緩衝時間，我不能沒工作。」

思考中的薩拉把上唇吸進下唇。「妳能靠打字維生嗎？」

「如果可以的話，妳覺得我還會來當保母嗎？」

艾美拉因爲思考陷入沉默，她用大拇指輕點嘴唇。「好，那我們立刻來幫妳找份工作。」

「什麼？」

「找一份暫時性的工作，」薩拉打定主意。「不用是完美的工作，只要能讓妳撐過這段時間就好。所以這週末有誰打電話給妳？妳最好是還沒拒絕他們。」

「我沒拒絕，」艾美拉說。突然之間，一切似乎又回到原點。光想到自己得再次上網到處搜尋，確認分類廣告網站上有沒有合適職缺，甚至會在街上看到噁心的孩子時忍不住自問，**我有辦法努力去愛這孩子嗎？**她的心口就一陣絞痛，肩膀也緊繃地往前縮。艾美拉深吸一口氣。「好，嗯……有一家人打電話來，說想聘我當保母。」

「不行不行。」薩拉搖搖手指。「別再演這種假扮別人媽媽的爛戲了。下一個呢？」

「有個很蠢的邀約，有間媒體邀我寫我根本不可能寫出來的文章，」艾美拉說。「還有我在綠黨的老闆說要提高我的工作時數。」

「雇妳打字的那個老闆？」

「對，但那份工作就是當接待人員。」

「好……那邊的工作妳做得來嗎？」

艾美拉說：「可以……吧？」工作很無聊，但她做得到。而此刻看來，這份工作最大的賣點就是不用買任何新衣服，因爲在那裡上班的人總是穿牛仔褲。「我是說，還行啦，那裡的人不難相處。」

「好，完美，這就符合我們的需求了，」薩拉說：「反正也不是要做一輩子。他們付妳多少薪水？」

「她沒說。」

蘭妮在廁所門外的走廊大喊：「還剩五分鐘就定位唷，小姐們！」

薩拉說：「現在打電話過去。」

艾美拉彎腰從背包中取出手機，此時身邊有個能對她下指令的人實在太好了。她坐在馬桶蓋上，撥打貝芙麗的辦公室電話號碼，鈴聲響起，薩拉繼續打包艾美拉的化妝品。「還不要答應她，先問清楚細節。」薩拉把艾美拉的化妝包拉鍊拉上，往下丟進她的背包。「輕鬆一點，」她告訴艾美拉。「我們處理得很好，壓力別太大。」

第五聲鈴響時，對方接起電話。

「嗨，貝芙麗，我是艾美拉。」儘管是在一個迴音很大的空間內悄聲說話，艾美拉仍努力想讓語氣自然一點。「我收到妳的訊息了，只是想談談……妳提出的工作條件？」

貝芙麗表示她才剛進辦公室，若是自己聽起來有點喘不過氣，希望艾美拉別介意。接著表示不知道艾美拉竟然遭遇了如此不公平的事，又說現在時機正好，原本的櫃台人員打算回學校讀書，所以他們很願意聘用她。此時蘭妮過來敲門。

「定妝完成了嗎？」她喊。

薩拉衝過去拉住門把，她把臉塞進微開的門縫，咧嘴對蘭妮笑，「好了！再一分鐘就好！」接著把門再次關上。

「妳可以等我一下嗎？」艾美拉問。她把手機的麥克風關靜音。「他們打算付我一小時十六美金，每週工時三十五小時。」

「噢，這樣絕對不行。」薩拉搖頭，拿出自己的手機。「他們這種算法，是因爲可以不用給妳正職的福利。」

「妳確定嗎？」

「不然妳問她？」

艾美拉重新打開麥克風，她的胸腔隨著呼吸加速更爲劇烈地起伏。「抱歉，貝芙麗？」她說：「這是不是代表我不會有健保？」貝芙麗表示不會有健保，艾美拉聽了望向薩拉，用嘴型無聲說，**該死**。

「好，我們現在得跟她談判，」薩拉小聲說，她在艾美拉前方跪下，手指快速在計算機上東按西按。「跟她說……」薩拉抬高一隻手，希望藉由這個姿勢整理思緒。「跟她說，妳對這個職位很有興趣，但妳想談談如何將健保包含進來。」

艾美拉對著話筒，緩慢而一字不漏地將這句話覆誦了一遍。

「然後，」薩拉一邊小聲說話一邊打著計算機，「說妳願意降低時薪。」

艾美拉想問她的朋友，**我願意嗎？我願意降低時薪？**她現在就能一小時賺十六美金，而且綠黛這份工作還不包括布萊兒，所以說眞的，換工作有什麼意義？艾美拉意識到，就算身體世界健身中心願意雇用她，她也不可能去那裡擔任幼托經理。只要錢伯連家願意，她會在布萊兒身邊待到不能待爲止，但錢伯連太太終究還是做得太過分了，現在這已經不是私下能解決的事。艾美拉聽見錢伯連太太在走廊說：「她們快好了吧？」艾美拉逐字重複薩拉剛剛說的話。「我也願意降低時薪。」

貝芙麗的聲音傳進艾美拉的耳裡，「好，我們談談看……妳可以接受多低的時薪？」

「嗯……」艾美拉望向薩拉，「我可以接受多低的時薪？」

薩拉再次望向她的手機。「如果把時薪降到一小時十四美金，」她悄聲說：「就同樣是提供一個年薪兩萬九千美金的職位，但包括正職福利。」

「好，那你們那邊行不行……」艾美拉知道考量當前的話題，自己的措辭實在不夠專業，但她努力克服內心青澀又尷尬的感受，終究丟出了那個數字。「接受一小時十四美金？」

「艾美拉，等等，」貝芙麗說。艾美拉聽到電話另一頭有其他人隱約在說話，接著貝芙麗又開口：「他們告訴我，如果將基本福利包括進來，我們可以付妳一小時十三美金。我知道實在有點低，但如果妳待滿六個月，我一定能幫妳爭取更多。」

艾美拉聽得出，貝芙麗是眞心想找她來做這份工作，有機會的話也願意加薪。艾美拉本想跟她來場專業談判，不過沒什麼選擇的她很快就得亮出底牌，但看到貝芙麗的談判資源同樣有限，她莫名有點欣慰。艾美拉遮住話筒，對薩拉說：「他們只能給十三美金。」

薩拉的嘴巴歪扭到一邊。「包括牙醫給付嗎？」

艾美拉微蹙眉頭。「不包括牙醫給付，對嗎？」貝芙麗表示確實沒有牙醫給付，愛美拉聽了對薩拉搖頭。「這樣年薪是多少？」艾美拉用氣音問。

薩拉把手機轉向她，上面顯示的數字是二七〇四〇，比她現在的收入還少幾百美金。薩拉點點頭說：「跟她說沒問題。」艾美拉卻猶豫了，薩拉對她伸出手。「小美，這只是暫時的，」她說。薩拉指指艾美拉靠在耳朵上的手機，「這是一份正經工作，是妳會願意寫在履歷上的**那種**。」然後她用手指向艾美拉身後的門，搖搖頭，「妳不會想在履歷上寫這裡的工作。」薩拉的眼神相當焦急，艾美拉知道她的朋友是真的擔心她，而且擔心好一陣子了。

就在此時，錢伯連太太敲門，「哈囉？」

艾美拉對著手機說：「我接受。」

薩拉把艾美拉的背包拉鍊拉上，艾美拉則在馬桶上彎曲身體，臉幾乎靠在膝蓋上，手摀住話筒繼續說（「好，很謝謝妳，貝芙麗……好，謝謝！」）。她才把電話一掛斷，站直身體，薩拉就打開門，用身體把艾美拉護在身後。

「妳們還好嗎？」錢伯連太太往廁所裡面看。「噢，艾美拉，妳看起來好美。我們得趕快下樓，他們都準備好了，妳還好嗎？」

艾美拉吸了一口氣，「我很好。」

蘭妮出現在錢伯連太太旁邊，她用一隻手輕拍喉頭上方，開心大喊：「就定位啦！」

蘭妮又轉身下樓，此時錢伯連太太雙眼圓瞪，望著艾美拉的表情就像在說：「老天，大牌主播還眞難搞，不是嗎？」這個尖銳而犀利的表情只在瞬間閃現，收放自如的節奏反映出多年歷練。艾美拉吞了口口水，錢伯連太太俏皮地翻了個白眼，跟在蘭妮身後走下樓。

薩拉把廁所門緩慢地再度關起，露出非常緊張的表情。「如果想離開，現在就得走。」

錢伯連太太對蘭妮的這番挖苦其實不嚴重，卻讓艾美拉的血液及關節中有些什麼莫名沸騰起來，她往後望向鏡子，「不。」艾美拉左右轉動臉龐，確認粉底液在下巴邊緣都有塗抹均勻，她把頭髮撥到肩膀後方，檢查了一下牙齒。「我要接受訪談。」

「妳說什麼？」

「聽我說，」艾美拉轉向她。「我會接受訪談，好嗎？但只要我向妳使眼色，妳就大鬧現場。」

薩拉搖頭，那是一種不情願但又努力壓抑情緒的服從姿態。「小美，別耍我，妳知道我可以鬧得多難看。」

「妳就鬧，我是認眞的，」艾美拉向她保證。她望向鏡子，伸手調整洋裝領口的胸型，確保雙乳看來堅挺，沒有歪斜。「就注意我的信號，只要我使眼色，妳就好好瘋一場。但，小妞，等等……噢我的天，我現在是有正職工作的人了嗎？」艾美拉臉上露出燦爛微笑。就在薩拉和艾美拉興奮但安靜地跳上跳下時，艾美拉突然意識到，總有那麼一天，而且可能不用過很久，布萊兒將不會再記得她。

25

那天早上，最先抵達錢伯連家的是蘭妮。也是她第一個被雅莉克斯問：「我這樣做沒錯吧？」

當時是早上七點，化了全妝的蘭妮執起雅莉克斯的雙手。「親愛的，」她說：「聽我說。我高三時，有個教練沒和我們足球隊的中鋒保持距離，兩個人在更衣間搞了些事，我現在知道那叫『上二壘』。我當時就知道這樣不對，我們隊上所有人都知道這樣不對，但這個女孩，她叫莫娜？應該是莫妮卡。總之，她要我們假裝不知道，我們沒人知道該怎麼辦，所以什麼都沒做。但我敢跟妳打賭，如果莫妮卡現在人在這裡，她也會希望我們當初有做些什麼。妳懂我的意思嗎，雅莉克斯？」

雅莉克斯緊抿雙唇，點點頭。她試著把手指從蘭妮手中抽回來，「嗯，完全懂。」

塔瑪拉可以讓她對自己更有信心，還是等她來就好，不過在等待的過程中，她努力讓自己對蘭妮謹慎而精明的回答心存感激。三天前，蘭妮快速而成功地將超市影片洩漏到不該洩漏的人手上，然後立刻抓緊機會找她談定了這場訪問。「所有人都是贏家，」蘭妮向她保證。「艾美拉可以澄清誤會、維護名譽，彼得之前的失言風波可以一筆勾銷，妳也有機會再次獲得關注。而且別擔心，我知道該如何『技巧性』地行銷一下妳的書，但又不會行銷過頭，引人反感。」

就在此時，雅莉克斯意識到，無論就現實或網路生活而言，這場訪談都會讓她眞正在費城落腳，但說眞的也該是時候了。雅莉克斯接受了新學院的職位，艾美拉也接受邀約，成爲他們家的全職保母，她的編輯莫拉也接受了她的道歉，以及她在一個週末硬擠出來的三十頁初稿，所以，現在是該輪到雅莉克斯接受自己不住在曼哈頓的事實了。在這場有關凱利·柯普蘭的鬧劇中，她竟能全身而退，因此，讓大家知道自己住在費城就像進行一場無人知曉的贖罪。薩拉和艾美拉終於從二樓廁所走出來，艾美拉看來迷人又緊張，是雅莉克斯沒見過的模樣。雅莉克斯覺得準備好了，她不只可以讓費城成爲自己的一部分，也可以讓自己成爲艾美拉的一部分。

薩拉和艾美拉邊走邊愼重交換了眼神，然後艾美拉走進客廳架好的燈光中。

蘭妮說：「來看一下現場狀況。」

布萊兒身穿深紫色的翼形領洋裝，手指著薩拉和艾美拉，「那是妳朋友。」

塔瑪拉輕捏了一下布萊兒的小手，「那是小美的朋友，再等一下下，妳就去跟她們坐在一起，好嗎？」

艾美拉對布萊兒笑開，「嘿，我的大女孩。」

兩位攝影師和一名收音師在客廳中央架好器材，他們身後的牆邊擱著一台電視、一張扶手椅，還有兩桶幼童玩具。蘭妮負責總覽全局，她走了一圈，再次確認所有角度、數據及光源。她對團隊說「不，這樣不夠好」的態度沒有絲毫猶疑，也確實監督他們調整的效果。雅莉克斯覺得自己太天真了，她本來只把蘭妮當成電視上的一台讀稿機，但在即將現場直播的《WNFT晨間新聞》的這段訪談中，她就是執行製作。蘭妮身穿淺綠色上衣，衣服在頸側有個綁結，她站在雅莉克斯和艾美拉面前端詳她們。「讓布萊兒小姐也進來吧？」蘭妮喊。塔瑪拉一隻手抱著咿咿呀呀的凱瑟琳，另一隻手把布萊兒交給雅莉克斯。

「媽媽？」布萊兒指向其中一名攝影師。「我想要、我想要……那個人有戴眼鏡。」

「艾美拉，我們還是幫妳把奶油色的開襟毛衣也穿上，看起來會很棒，」蘭妮說，「再多幫妳補點粉吧，一點點就好。」蘭妮用小指向自己的兩片眼皮之間揮了揮。

塔瑪拉喊，「收到。」然後去拿了一盒粉底。薩拉意識到有關開襟毛衣的指示是對著她說的，於是用唇形說，**噢，是在說我，好唷**，然後小跑步去玄關取來羊毛衫。她踮著腳，小心翼翼走進打光區域，將衣服交給艾美拉，往後退開，身體靠在客廳門框上。

確認雅莉克斯和艾美拉都調整完畢後，蘭妮請她們在沙發上坐好。突然之間，雅莉克斯的家就像一間巨型的樣品屋，她好希望之前有多買一些費城風格的物件擺在客廳，好讓自己跟這個空間更有連結感，但既然艾美拉還會在這裡待很久，她更有理由把這裡布置得更像一個她在費城的家了。雅莉克斯在艾美拉身旁坐下，蘭妮伸手越過艾美拉的膝頭，理平布萊兒的洋裝。布萊兒指向艾美拉，「妳臉上亮亮的。」

「好，女士們，這樣很好。」蘭妮的位子在艾美拉這側的沙發對面，她走過去坐下。「就跟我們之前談過的一樣，回答時用一、兩個句子就好，雙腿併攏，眼睛張開。如果需要花時間想答案，也不用緊張，我們有整整四分鐘的時間，好嗎？布布，甜心？抬頭看著我。」蘭妮彈了兩下手指，布萊兒望向她的模樣就像被蘭妮吼了。「妳得待在艾美拉身邊，今天做個照顧她的大姊姊，可以嗎？」蘭妮點了四下頭，然後自問自答。「好的，女士，做個大姊姊。蓋瑞特，預計還有多久開始？」

其中一名攝影師把臉從器材後方移開，調整了一下耳機，說：「兩分鐘後直播。」雅莉克斯伸手輕捏了一下艾美拉的手背，手指輕輕掃過女兒的膝蓋兩側。這對雅莉克斯來說也是前所未有的體驗，她沒上過地方新聞，而就跟感恩節一樣，她能預見這段四分鐘的訪談片段，會讓她和艾美拉的生命從此無法抵賴地緊密交纏。艾美拉看起來好美，雅莉克斯看得陶醉，上個週末，艾美拉心存感激地接受了自己的所有提議，此刻即便不是爲了賺錢也出現在她家中。雅莉克斯最後調整了一下姿勢，蘭妮帶領大家安靜地做一次深呼吸。「注意我的指示就可以了，」蘭妮小聲說，然後露出微笑。「妳們會先聽到米斯蒂和彼得說話的聲音，然後我會帶領妳們開始。」

雅莉克斯從收音師腳邊的小小喇叭中聽到一陣雜音，然後是熟悉的WNFT電視台主題曲。收音師彎腰把音量調大，再次起身，把長長的收音桿從頭頂伸向她們。

「歡迎回到WNFT，你們大概在想蘭妮去哪裡了，」米斯蒂說：「這就帶到我們今天的重點新聞。很少有一段新聞如此直擊我們的痛處，而現在，我們的新聞現場就在彼得家裡！」此時出現一陣停頓，雅莉克斯看不見她丈夫，但能想像他正露出有點羞赧但迷人的「被逮到也沒辦法」的表情，並抬起一隻手擺出認罪模樣。米斯蒂繼續說話，雅莉克斯的舌頭最後一次滑過門牙。「這個週末，有段影片爆紅，一位二十五歲的坦普大學畢業生，艾美拉．塔克被倉庫超市的警衛指控綁架幼童。艾美拉沒有犯罪，她其實是在執行保母的工作。那麼彼得，我把這段新聞交給你了，因爲你和艾美拉及大家關心的那位孩童挺熟的。」

「沒錯，」彼得笑出來。「我會讓艾美拉自己說明，畢竟她比我更了解現場狀況，但我想說……」

此時布萊兒指頭望向艾美拉，「那是爸比。」艾美拉點點頭，用一根手指壓住自己的嘴唇，壓低聲音說：「噓。」布萊兒也用手指壓住自己的嘴唇，眼睛繼續盯著艾美拉，但還是用跟之前一模一樣的音量說：「我聽見爸比說話。」

「比什麼都重要的是，我是一位父親，」彼得在WNFT的主播台上眞情告白，他的聲音從喇叭傳出來時，雅莉克斯盯著自己的鞋子。「去年夏天，我妻子和我開始雇用艾美拉來照顧孩子，此後她就一直在我們家幫忙。我們努力不讓兩個女兒成爲鎂光燈焦點，但在九月十九日那一晚，要做到這點並不容易。那陣子我們過得不太順，我妻子和我都很感謝大家對我們的支持，這當中也包括艾美拉。今天，我的妻子、我的大女兒，還有我們的保母艾美拉，打算一起來回答有關當晚的一些疑問，也希望能藉此平息這場風波。」

「九月十九日，有顆石頭砸破了錢伯連家的窗戶。」這是蘭妮預錄好的聲音，一聽到自己錄好的旁白，蘭妮就在座位上挺直身體。她望著雅莉克斯和艾美拉，用嘴型說**準備上場**。雅莉克斯不記得艾美拉是否知道當天丟進來的是石頭還是雞蛋，不過蘭妮向她保證說是石頭比較好，也才能凸顯出彼得和雅莉克斯必須找保母來幫忙的急迫性。沒想到過了這麼久之後，雅莉克斯最擔心的竟是艾美拉知不知道爲什麼要說丟的是石頭，而不是雞蛋，想來實在有點傻氣。但雅莉克斯又告訴自己，沒關係，深呼吸，**再過四分鐘**，她吐氣，一**切就結束了**。蘭妮預錄的旁白還在繼續。

「彼得和雅莉克斯．錢伯連很快打電話找來艾美拉．塔克，她是他們雇用的兼職保母。在找警察來家裡處理時，他們希望請她把家裡的幼兒帶出去，但艾美拉遇到了難題。一名倉庫超市的顧客和警衛指控她綁架了三歲的布萊兒，拒絕讓她離開超市。」透過那台小小的喇叭，蘭妮的聲音擴散、充滿了整個空間，雅莉克斯感覺沙發椅面動了一下，艾美拉的身體往上提高了一釐米，此時喇叭播出了艾美拉的聲音，「這裡現在有誰犯了什麼罪？我是在**工作**，」在播放的影像中，可以看見艾美拉用手護住布萊兒的頭。雅莉克斯聽見影片跳到結尾，彼得小跑步抵達超市內的隔壁走道，一隻手搭上艾美拉肩膀。她可以辨認出他們調高了彼得說話的音量，好讓沒有認真看新聞的觀眾也能聽清楚內容。「我們的特派員彼得．錢伯連，」蘭妮繼續說：「接到電話後抵達現場，釐清了所有狀況。今天，艾美拉．塔克、雅莉克斯．錢伯連，還有錢伯連家的大女兒布萊兒，要來跟我們一起談談這件事。」

雅莉克斯聽見自己的名字時，一名攝影師抬起炯炯有神的雙眼，舉起右手，姿態誇張地從五開始倒數。雅莉克斯可以聽見自己的心跳，腳趾也失去感覺，她望著攝影師的手從三變成二，然後直直指向蘭妮。

「雅莉克斯、艾美拉，謝謝妳們願意來分享。」

艾美拉點頭，雅莉克斯則說：「我很樂意。」她的口氣有點太著急了，彷彿正在接受一場工作面試，而非新聞訪談。她默默地試著沉靜下來，找回自己平常的樣子。布萊兒還很在意攝影師剛剛突然開始倒數，她將雙手舉到空中，用一種不服輸的氣勢說：「我也會數一、二、三！」

「那還真是謝謝**妳**呀，布萊兒，」蘭妮說。她擺出那種「小孩說什麼都棒透了」的表情，然後立刻回到正題。「雅莉克斯，我們就從妳開始吧。那天晚上妳打電話找艾美拉時，有預料到會發生這種事嗎？」

「噢老天，完全沒有。」雅莉克斯感覺自己又能好好呼吸了。蘭妮的口氣和緩又好奇，希望讓觀眾感覺她們四人從未見過面，更別說事先演練過。她篤定維持這項設定的姿態讓整個空間感覺不那麼做作，說出的話也少了精心斟酌的感覺。「我們才剛搬到這裡沒多久，當下我們想都沒想，就反射性地打電話給艾美拉，想看看她是否有空來幫忙。我想其他家長也能理解，生活有時就是會搞得一團亂，而超市是讓幼兒打發時間的絕佳場所之一。」

「所以，艾美拉，」蘭妮的表情變得嚴肅，彷彿心事重重。「妳和布萊兒到了倉庫超市，然後呢？」

布萊兒毫無預警地用雙手捧住臉頰，一臉憂傷，「怎麼了呢？」雅莉克斯微笑著從她的頭頂到背部輕撫著髮絲。

「嗯……我們就是到處逛，打算去看堅果區……」與其說是在向蘭妮說明，她其實更是在對布萊兒說話。「然後一名警衛問她是不是我的孩子。」

彷彿艾美拉剛剛說了什麼古諺一樣，蘭妮手肘撐上膝蓋，抬高下巴，像是吟詠詩歌一樣說了：「嗯哼。」

「我跟他說我是她的保母，但他說我看起來不像保母，所以不讓我離開。」

「我覺得需要指出一件很重要的事，艾美拉那天晚上本來是去參加一場生日派對，她是離開派對來幫忙的。」雅莉克斯把原本放在布萊兒背上的手搭到艾美拉肩上。這不是她預先設計的橋段，而是自然流露的反應，她也沒打算壓抑。「還有，由於部分觀眾無法理解，我必須說明，這段影片的拍攝時間早在九月份。根據艾美拉當晚的活動，她的穿著很妥當。」

「所以我想，妳平常做保母時不是這樣穿吧。」蘭妮輕笑了一聲。

「噢，當然，平常不是，」艾美拉說。她對蘭妮和雅莉克斯燦笑著補充，「我通常穿的是，嗯，保母制服。」

雅莉克斯快速倒吸了兩口氣。她緊盯著蘭妮的綠色眼睛，好讓注意力不要脫離眼前這個空間。她告訴自己，**冷靜，她指的是所有保母都會穿類似的衣服，像是牛仔褲或緊身內搭褲之類的**。雅莉克斯的兩隻腳踝緊靠在一起。**她選擇了妳，艾美拉和凱利已經沒在一起了，撐下去，雅莉克斯，就快結束了**。

「所以審問開始，他們不讓妳走。」蘭妮重述了當晚的狀況。「當時妳在想什麼？」

雅莉克斯轉頭正對著艾美拉，她正努力在想該怎麼說。但雅莉克斯剛剛搭過她的肩膀了，現在不適合再進行身體接觸，所以只能努力給她空間，也透過眼神給她鼓勵，心想，**加油呀小美，妳可以的**。艾美拉把窩在自己腋下的布萊兒抱上大腿坐好。

「呃……我覺得很困惑，也很不高興吧？」艾美拉的語氣似乎不太確定。「我們沒有吵鬧或做什麼不適當的事，卻被警衛問話實在很怪。然後我就是很怕他們會把孩子從我身邊帶走。」

塔瑪拉懷中的凱瑟琳輕聲打了一個好可愛的呵欠，塔瑪拉於是躡手躡腳走到客廳門口，也就是薩拉倚靠的門框邊，這樣萬一凱瑟琳繼續打呵欠，塔瑪拉才方便把她安置到別的地方休息。艾美拉一說完話，布萊兒就望著其中一名攝影師說：「我不是小嬰兒了，好嗎？」

「回想妳遭受的指控……」蘭妮藉由這句話重新駕馭了場面，「艾美拉，妳覺得為了伸張正義，是否該解雇那名警衛？」

這個問題沒有事先演練過。蘭妮是故意的嗎？雅莉克斯看不出來。她屏住呼吸，看見艾美拉稍微嚇了一跳，但沒表現出來，她很快冷靜下來，開口回覆。

「噢，不、不。」艾美拉隨意地搖搖頭，就像吃了一場大餐後拒絕再吃甜點。「我是很不高興，但現在讓我更氣憤的是，有人未經我的同意就將影片散布到網路上，我完全不希望發生這種事，還有……嗯，無論將影片流出去的人是誰，想必都不太在意獲取當事人同意的重要性。」

雅莉克斯本來閉著嘴巴微笑聆聽，但此刻緊繃的臉上卻流露倦意。不可能的，她心想，不可能有人會知道，但更重要的是，就算凱利沒有背叛艾美拉，這支影片洩漏出去也是遲早的事。布萊兒摸摸腳趾，然後抬頭看艾美拉，興味盎然地問：「有人哭了嗎？」

「雅莉克斯。」蘭妮轉移問話對象。她的口氣散發一種輕快、歡愉的氛圍，雅莉克斯知道她打算作結了。「妳對勇於爲自身權益發聲的女性並不陌生，很巧合的是，妳還以此爲核心，發展了屬於自己的事業！」

「確實是，」雅莉克斯轉向蘭妮。雅莉克斯意識到，也許只有在這個場合，她才能放膽承認艾美拉對自己有多重要，她可以毫無顧忌地說出來，也不用管這適不適合在艾美拉幫她帶小孩的時刻說。「我有一個『讓她發聲』的計畫，艾美拉就體現了這計畫的精神，」她說：「艾美拉不只勇於維護自身權益，也聆聽自己內心的聲音，彼得和我就是希望像她這樣的人來照顧我們的女兒，尤其現在是她們人生中重要的發展階段。」

「我還聽說，從新年開始，艾美拉在你們家的工作時數會增加？」蘭妮同時用眼神向艾美拉和雅莉克斯確認。「在此同時，妳也會繼續寫妳的第一本書？」

雅莉克斯哧笑出聲。看來蘭妮的行銷手法並沒有雅莉克斯希望的那麼細緻，但無論如何，近幾個月以來，這是她頭一次覺得自己比較像個小企業主了。「沒錯，」雅莉克斯說：「我打算把書寫完，也會重新開始工作，所以艾美拉會以全職保母的身分加入這個家庭。還有，老實說……」雅莉克斯望向她的女兒，「我們眞是再開心不過了。」她透過眼角發現艾美拉正咬住下唇。

「最後，艾美拉，」蘭妮嘆了口氣。「妳還想補充什麼嗎？對於可能遇見類似情況的兒童照護工作者，妳有什麼建議嗎？」

艾美拉練習過的台詞包括「維護自己的權益」「踩穩立場」，還有「手機永遠要充滿足夠的電」。但此刻的她卻緩慢點頭，開口說：「嗯，重點是……」雅莉克斯不知道她這樣要怎麼連結到原本規畫的結語。

「欸……不，我其實沒什麼建議，因爲，嗯……」艾美拉用嘴巴往上方吐氣，幾簇瀏海翻飛起來。「其實我不會在錢伯連家擔任全職保母，或者說……總之我不會當他們家的保母了。」

雅莉克斯坐直身體，她透過鼻子吸氣，腦中首先出現的想法是，**噢，不，她慌了**。蘭妮的甜美眼神中充滿鼓勵，她說：「妳可以再解釋得清楚一點嗎？艾美拉？妳是否因爲這場風波獲得了別的工作邀約，因此要展開全新的人生旅程？」

「是的，嗯。」艾美拉歪頭，雅莉克斯認出來了，幾個月來出現在他們家的就是這個艾美拉。她的聲音中有一種百無聊賴，淡漠中透露出一絲不耐。雅莉克斯的脈搏開始更大力地敲擊她的脖子。

「就是，對，在這裡當保母一直都挺好玩的。」艾美拉對蘭妮說。「但這部被人公開的影片，確實幫助我認清了一些事實……而且因爲一些價值觀的不合，我不會再待在這裡工作了。但妳可以在費城的綠黨辦公室櫃台找到我，因爲……對，總之我會在那裡工作。」

雅莉克斯的第一反應是想笑，但她還是讓嘴唇優美地平貼在齒列上，一隻手放在她和艾美拉之間的沙發上。「不是啦，艾美拉，」她笑開：「她說的是妳明年要當我們家保母的事。」

「嗯哼，對，我也是在談這件事。」艾美拉將布萊兒抱起來放到地上——這是一個她們兩人都非常熟悉的舉動——雅莉克斯瞬間僵住。「對，我不會當你們的保母了，」艾美拉再次清楚強調。「我會在綠黨辦公室擔任全職員工。」

雅莉克斯又笑了。她彷彿立刻意識到這是個玩笑，於是用了然的表情望向蘭妮，但蘭妮的臉卻跟她一樣僵硬而迷惑。「抱歉，」雅莉克斯一邊說一邊把頭髮塞到耳後。「妳剛剛說……」

「反正就是……」艾美拉轉向她。「基本上……」她的眼神往上望向雅莉克斯的眼睛，有那麼一秒，艾美拉就像剛想起一場昨晚做過的夢。「我只是覺得，我們最好分道揚鑣……人生路上……別再相會。」

雅莉克斯的靈魂彷彿從肉體中飄升起來，從一公尺高的地方望向自己。突然之間，這個空間就像一場散發駭人氣息的驚喜派對，攝影機看起來是原本的兩倍大，她覺得自己被吸進那些圓形的深色鏡頭內。艾美拉丟下這句語帶雙關的致命台詞，不只讓現場有些尷尬，更讓雅莉克斯內心的恐懼指數破表，但艾美拉的語調卻只像是在說，**抱歉，這位子有人坐了**。但這句話既然出現，就代表，沒錯，艾美拉和凱利正在一起嘲笑她這個暴發戶，他們在嘲笑到此刻仍存在的莉莉·莫菲——就像一部恐怖電影最後來了個大反轉：突然之間，大家發現那通恐怖電話其實是從屋內撥出去的，她其實才是那個早就死掉的人，一切都像在另一場夢境當中的夢境。她從抽動的右眼角瞥見塔瑪拉摀住嘴巴，她幾乎用手遮住了半邊臉，但雅莉克斯仍能聽見她說：「噢我的老天。」

攝影機還在拍攝。

雅莉克斯的神經系統指示她盡可能不要動，也指示她繼續保持微笑。她知道自己就像跟朋友開心在玩「鬼抓人」的三歲小孩，由於剛剛才被拍肩膀，只好定住不動，心情興奮但又因爲不知道要定住多久而尷尬。她張嘴想說些什麼，什麼都好，但舌頭卻像腫起來般動不了。

「好，對，所以就是，謝啦！」艾美拉對著地板說。她起身，從雅莉克斯的雙腿和攝影機之間快速走過，布萊兒跌跌撞撞跟在後面說：「小美，等我！」艾美拉一離開客廳，就和薩拉又交換了一次眼神，薩拉於是把手機塞進長褲褲頭。就在艾美拉離開鏡頭之際，換成薩拉跳到鏡頭前。

「對啦，就是這樣！」薩拉對著蘭妮身後的攝影機說：「我的好姊妹不陪你們玩了，懂嗎?!她不需要這些個什麼鬼！」她口中的「什麼鬼」指的是艾美拉剛剛在沙發上靠著的白色抱枕，薩拉一邊說一邊對枕頭不屑地彈手指。「她現在去綠黨了，我的這位黑鬼好友！她有的是**錢**！」薩拉開始對著鏡頭以不同角度跳出伸縮脖子的舞姿，然後大吼「民主就是這樣！」，還每吼一個音節就拍一下手。凱瑟琳開始跟著薩拉拍手，內心慌亂的蘭妮對鏡頭說：「雅莉克斯．錢伯連的新書《致敬啓者》將會在二〇一七年出版。鏡頭回到棚內，米斯蒂，交給妳了。」蘭妮的手在靠近胯下的地方瘋狂對鏡頭打出「停止拍攝」的手勢。

26

艾美拉說：「小布，快點過來，」但布萊兒已經轉頭想往回走。薩拉的聲音開始在錢伯連家的一樓迴盪，艾美拉牽起布萊兒的手，有那麼一刻，她想，**如果我直接帶妳走出大門會怎樣？我們可以逃多遠？到肖妮的公寓？說不定能到匹茲堡？**不過艾美拉只是把她抱到客用廁所的馬桶蓋上坐好，關上門。她蹲下，雙手放在布萊兒膝蓋上，但發現手掌跟小指都在發抖，於是改扶住馬桶兩側。

「嘿，趕快，看著我。」坐在馬桶蓋上的布萊兒用力甩動雙腳，幾乎要踢到艾美拉胸口。布萊兒掃開垂落眼前的一綹金髮，艾美拉發現身體的力量逐漸流失，因爲她悲傷地意識到，自己不太可能再有機會替布萊兒．錢伯連綁馬尾了。布萊兒抬眼，手指著她的項鍊。「我要J個，」她說。艾美拉心想，**噢，幹，這一刻終於還是來了**。

「嘿，」艾美拉悄聲說：「還記得嗎，我說過人不能偏心？」

布萊兒點點頭。她一邊搖手指一邊表示同意：「不好不好，偏心不好。」

薩拉在外頭大吼大叫的聲音傳來，「這裡誰是老大?!」她拍了三次手，「**我們**才是老大！」然後她又拍手。

「好，但妳知道嗎？」艾美拉微笑。「我偏心，我最喜歡妳，只有妳是我的最愛。」

「好，小美。」布萊兒突然皺起眉毛，彷彿有很重要的事要說。「或許，」她又指向艾美拉的項鍊。「或許J個可以給我，一下子就好。」

艾美拉意識到，布萊兒大概不知如何道別，因爲她一直都不用這麼做。不過，無論她是否說出「再見」，布萊兒都將成爲獨立於艾美拉的存在。她會去同學家過夜，她會有一些字詞老是忘記怎麼寫，她會開始說「眞的假的？」或「那實在太搞笑了」，也會問朋友這杯水是她的，還是她們的？布萊兒會在畢業紀念冊上簽名跟同學道別，也會透過心碎的眼淚、電子郵件和電話跟許多人道別，但她永遠不會跟艾美拉道別，而艾美拉也彷彿永遠不可能眞正離開她。在艾美拉餘下的人生中，在所有時薪零元的時光中，艾美拉永遠都會是布萊兒的保母。

門外有混亂的腳步聲傳來，薩拉開始表演加速版的〈我們一定會勝利〉⊥，她每唱一

譯註——

⊥〈我們一定會勝利〉（We Shall Overcome）是一首福音歌曲，常用在爭取權利的抗議場合。一九〇一年，非裔美籍的美國衛理公會教士查爾斯・阿爾伯特・廷德利（Charles Albert Tindley，1851-1933）創作了這首歌曲，其中運用不少黑人文化中常見的元素。

段歌詞就以拉長音的「耶！」作結。

艾美拉聽見塔瑪拉說：「小妞，妳給我下來！」

薩拉吼回去：「我可沒有不配合警方唷！」蘭妮拜託大家冷靜下來，凱瑟琳開始哭，然後錢伯連太太說：「布萊兒在哪裡？」

艾美拉貼近布萊兒，她親吻布萊兒的臉頰，嗅聞她的氣味，其中混雜著嬰兒肥皂、草莓，還有優格乾掉後像塔皮一樣的甜香。她蹲著，屁股壓在腳跟上，擺出腦中認定應該是二十多歲的她最悲傷的姿態，然後伸手搔搔她的脖子，「我們等等見，好嗎？」

布萊兒抿嘴笑，把下巴埋進她的手指間，她把肩膀聳到耳朵那麼高，似乎是不知該對這個語帶寵溺的反詰問句作何反應。

有腳步聲快速傳來，廁所門被瞬間拉開，氣喘吁吁的薩拉把雙手撐在膝蓋上，上氣不接下氣地說：「好……他們超火大，所以……」

「叫一台Uber，」艾美拉指示她，然後親吻了布萊兒小小的頭頂，把她抱回地面站好，告訴自己該離開這間屋子了。就在她準備轉身離開時，站在門口的變成了錢伯連太太。

錢伯連太太長滿雀斑的脖子上布滿紅斑，她的下巴古怪地往前突出，只露出下排牙齒，望向艾美拉的眼神彷彿她遲到了好幾小時，正等著她對自己道歉。「塔瑪拉！」她大喊。塔瑪拉穿著襪子在磁磚上前進的腳步聲傳來，凱瑟琳斷斷續續的哭聲愈來愈近。一旦有了充足的後援，錢伯連太太的眼神再次緊盯住艾美拉的雙眼，從丹田深處怒喊：「艾美拉，離我女兒遠一點。」

艾美拉的臉上閃過一個讚嘆的表情。錢伯連太太還眞打算這樣結束一切：她打出了那張壓箱底的「無敵媽媽牌」。這還是她第一次因爲女兒的安危作出如此大的反應，但在艾美拉看來，此刻的布萊兒再安全不過了。**說眞的，我只擅長一件事**，艾美拉心想，**就是照顧妳女兒**。不過艾美拉還是笑了一下，說：「好的。」

艾美拉走過她身邊，塔瑪拉立刻衝進去護住布萊兒，彷彿決定投降的艾美拉終於交出了最後一名人質。在艾美拉的右手邊，前門開著，薩拉和艾美拉的鞋子就在門口。錢伯連太太堅守在客用廁所門口，用一種高高在上又惡毒的大無畏口氣開口：「妳什麼意思，艾美拉？」艾美拉雙手扶住玄關門框，望向牆面掛勾，「我的背包呢？」薩拉手上拿著手機，望向艾美拉身後的樓梯，皺著眉說：「啊，糟糕。」

「**艾美拉！**」

艾美拉轉身，看見站在自己前方的錢伯連太太雙手舉高，十指大張。艾美拉深吸一口氣，繞過錢伯連太太走向樓梯，她毫不優雅地駝著背，一副不希望被人注意到的模樣，彷彿走過一群正在看電視轉播賽事的觀眾面前。艾美拉看見塔瑪拉坐在沙發上輕拍布萊兒的後腦杓，錢伯連太太則跟著她爬上樓梯。「艾美拉，站住。」她說。艾美拉加快腳步，她聽見布萊兒問：「小美現在要去哪裡？」

直到看見放在二樓廁所地板的背包，艾美拉才停下腳步，她抓住背包的背帶，站起身，但錢伯連太太趁著她慢下腳步擋在廁所門口。她的頭髮亂糟糟地披散在臉上，胸口皮膚似乎每秒都在變得更紅。錢伯連太太閉上雙眼，開口問：「妳是在**開我玩笑**嗎？」

艾美拉緊閉雙唇，錢伯連太太繼續說：「艾美拉，怎麼會這樣？妳知道妳剛剛幹了什麼好事嗎？妳**羞辱**了我，也羞辱了包括我的**整個**業界。」

「嗯……」真不敢相信，才沒過多久，艾美拉又落入了一個由白人主宰的場面，她努力保持冷靜，想盡辦法暗示自己眞得走了。艾美拉把背包更往肩頭上拉。「我只是來拿我的東西。」

「噢老天，艾美拉！」錢伯連太太的雙手舉到胸前，彷彿正要把某人脖子掐斷那樣絞扭著。「妳以爲這樣對妳有好處嗎？就爲了羞辱我，妳還眞跑去綠黨工作？」

艾美拉困惑地瞇起雙眼。「嗯……什麼？」

「我才跟妳說我在爲希拉蕊的競選團隊工作，妳就『剛好』打算辭職去綠黨工作？」

「不是這樣……」

「不是?!」

「不是，」艾美拉說：「早在爲妳工作之前，我就一直在綠黨工作了。」

艾美拉這輩子沒在眞實生活中看過這麼誇張的反應，但此刻錢伯連太太的眼睛眞的突出來了，「妳說什麼？」

艾美拉本來想小心翼翼地指出，錢伯連太太之所以不知道這件事，是因爲她每次見到艾美拉，關注的都是她跟誰交往？她最喜歡哪種雞尾酒？或是她週五晚上有什麼計畫？艾美拉即將離開一個她「不只是喜歡」的三歲孩童，此刻這麼努力證明自己又有什麼意義？所以艾美拉只是說：「我要走了。」她咬牙吸氣，擠過錢伯連太太身邊，走向樓梯。

「艾美拉，妳是認眞的嗎?!」錢伯連太太跟在她身後。艾美拉告訴自己千萬別絆倒，她緊抓住樓梯欄杆，小跑步下樓。樓梯下方的蘭妮站在玄關旁，她一隻手扶牆，一隻手撫著胸口。艾美拉走到一樓時，錢伯連太太大吼：「妳敢給我走出去試試看！」站在玄關門口的艾美拉轉過身來。

「這一切都是爲了**妳**耶！」錢伯連太太幾乎要哭了。「我們想爲妳澄清名聲，妳卻背棄我們，還幹出這種事來？無論凱利說了什麼，我……艾美拉。我們做的這每一件事都是爲了妳。**每一件事**！」她專注的眼神似乎在說，「我知道妳知道我做了什麼，但我不在乎了。」錢伯連太太又開口：「妳或許太年輕，現在還不懂，但我們眞的是處處爲妳著想。艾美拉，我們……我們愛妳。」錢伯連太太雙手投降似的舉起，彷彿關愛艾美拉這件事代表她要放棄爲自己家人著想。「我不……」她搖搖頭。「我不知道該說什麼。」

艾美拉抬頭望著前廳的水晶吊燈，就在那一刻，錢伯連太太偷看她的電子郵件帳戶，還把她的私人影片流傳出去這件事，對她或錢伯連太太都不是最重要的問題了。艾美拉可以理解，如果錢伯連太太遭受不公平的對待，她一定希望有人幫她把影片公開到網路上。艾美拉也無法說服錢伯連太太理解，她這麼做其實根本就不是爲了艾美拉，不過，艾美拉還有最後一次機會，她可以利用這個機會做些什麼。艾美拉伸手往後將左側背帶拉起、背好。「是這樣……現在她才三歲，所以或許也影響不大，但妳偶爾還是得表現出喜歡布萊兒的樣子，必須在她……眞正發現之前。」

錢伯連太太一隻手搭在胸口，脖子往一側歪出一道弧線，鎖骨因此異常地顯眼。她整個人僵住，身體古怪地朝旁邊歪斜。她盯著艾美拉說：「妳是什麼意思？」「我知道我沒有孩子，也不是教養專家，」艾美拉說：「但妳必須停止用那種『總有一天妳會變正常』的心態敷衍她，因爲，嗯……總之就是這樣，妳知道嗎？妳是她媽。」

屋裡的每一個人都不講話了。

之前要是有人說艾美拉不擅長自己的工作，她大概只會一如往常地笑一下說：「好喔。」她很清楚自己是個能力很強的打字員，甚至是一名更傑出的保母；知道有人把她做的事視爲一份「工作」，而非閒著沒事的瞎忙，她甚至還會偷偷地心存感激。不過錢伯連太太的眼神變得空茫又難爲情，彷彿大半夜被人在冰箱前逮到她手拿叉子，臉上還沾滿巧克力糖霜。她鼻子下方的嘴唇扭曲成一團，艾美拉看了心想，**難道她眞要哭了嗎？**有那麼一秒，艾美拉試圖說服自己，她其實不算說得太過分，這話她非說不可，希望也眞能帶來一點改變。不過她聽見身後的薩拉倒吸一口氣，然後輕聲說：「啊，車來了。」

前門外的階梯下方，有台車輕按了一聲喇叭。

「抱歉……講這些很怪。」艾美拉吐出一口大氣，她往旁邊踏了兩步，終於最後一次轉身走出錢伯連家。她一路走到快出門口，但又轉過身，身體往玄關斜側過去，「抱歉，蘭妮，」然後跟著薩拉走到一台銀色福特Focus的副駕駛座門口。薩拉打開門問，「你是德瑞爾嗎？」

男人點點頭，兩個女生於是立刻鑽進後座。

27

莉莉．莫菲是威廉．梅西高中的兩位高四學生代表之一，所以會和另一位代表在每週集會輪流上台宣布公告事項，還會在週五時穿上學生會的馬球衫。不過到了畢業時，莉莉沒有透過這個頭銜獲得任何成就，她的高中生涯更像一場惡夢。在羅比．寇米爾無法再靠排球獎學金就讀喬治．梅森大學，而莉莉又成為此事的罪魁禍首之後，莉莉高四的最後一段時光，就是在背上及課本上不停發現寫了「謝啦緝毒大隊」和「有錢婊子」的紙條中度過。

學生會的其中一項工作就是在畢業後打掃會場，但莉莉拜託學生會顧問派給她其他工作，因為她不想跟大家一邊拆下橫幅一邊感嘆「真不敢相信高中生活結束了」。這位顧問一定知道發生了什麼事——沒有人不知道，所以派了另一項簡單的工作給她：清理位於中庭天井的高年級置物櫃。於是在畢業後某一天，莉莉帶著一條髒兮兮的抹布和一瓶清潔劑，從姓氏為Z開頭的置物櫃開始打掃，一路倒回去打掃到姓氏開頭為A的置物櫃。站著清理上層置物櫃不算太難，但跪著打掃下層置物櫃讓她的膝蓋逐漸壓出瘀青。

打掃到姓氏爲J開頭的置物櫃時，莉莉必須跟工友拿一條新抹布來擦。打掃到G開頭的地方時，她整理出來的雜物已經能裝滿一整個垃圾桶，包括大家留在置物櫃裡的大量線圈筆記本、幾雙襪子、不少磁吸鏡子和一堆糖果紙。雅莉克斯丟掉了至少十幾張相片，相片裡都是別著畢業腕花、雙手交握在腰前的女孩子，又或者是足球隊的團體照，還有午餐時間最受歡迎的學生一起吃飯的合照。愈是接近凱利・柯普蘭的櫃子，莉莉就愈覺得有人在偷偷觀察她，所有動作也開始變得很不自然，就好像明明在偷聽別人講話，卻還要裝作在讀雜誌的樣子。

莉莉打開凱利的櫃子，裡頭空蕩又悲涼。這就是她投了好幾封信進去的櫃子，而即便到了此刻，凱利這沒禮貌的傢伙甚至不願留個髒櫃子給她打掃。她不知道自己期待看到什麼，但看到櫃子根本不太需要清理，感覺卻像是被奚落了一樣。不過莉莉還是用力擦拭了櫃子內部，彷彿裡面積了厚厚一層高中生活的磨難。之後清掃凱利置物櫃下方的櫃子時，莉莉沒把上方櫃門關上，她從櫃子頂部開始清理，打算一路往下擦，但感覺抹布在上方角落被卡住了，還因此發出刮擦聲。在這個置物櫃和凱利置物櫃的金屬板之間，有個三角形的紙質物件緊緊夾在裡面。跪在地上的莉莉把腰更往下彎，指甲隔著抹布在頂板表面摸索，隨時準備好面對腐臭襲來，比如拉出一只遭人遺忘的三明治包裝袋，或是死掉生物的脆化翅膀。但就在她用力擦過最後一次，以爲會扯出有人偷藏的色情雜誌時，她卻倒抽了一口氣，因爲此刻她跪在地板的膝蓋前方，落下了幾張折起來的活頁紙，上頭還有自己的手寫字跡。就在凱利置物櫃跟底下置物櫃的間隙中有五封信，這些皺巴巴的泛黃信紙滿是汙漬，更糟的是，這些信都沒打開過，正面還有她以草寫字體寫的「莉莉．莫菲寄」。莉莉驚駭莫名。她轉頭四下張望，慶幸這裡現在只有她一個人，然後她快速撿起這些沒開過的信，塞進胸部和胸罩之間。她把櫃子由上往下胡亂擦過後，用力甩上櫃門，就在此時，她看見另一組姓名縮寫被刻在下方金屬櫃門生鏽的一角，那是一個R和一個C，原來，凱利櫃子的正下方就是羅比．寇米爾的櫃子。

莉莉這幾週都在想凱利的事，其中大多時候，她都在想，**他怎麼可以這樣對我？**結果其實他什麼都沒做。

但現在又有什麼差呢？傷害已經造成，無論如何，在之後的夏天，同學還是會繼續爲她編出各種惡劣的暱稱，羅比也不可能再靠獎學金去讀大學了。有那麼一刻，莉莉在想是否該把信從胸罩裡拿出來，畢竟要是信紙沾上了灰塵或屎塊，她的皮膚可能會過敏。但她再次四下張望，沒有人在，這裡只有莉莉一個人，而此刻她唯一擁有的自由，就是選擇對自己最有利的說法。

得知她的悲劇並非凱利．柯普蘭的錯，而是置物櫃製造不良的問題，完全沒有讓她鬆一口氣。比起相信她的信只是不幸地掉進一條縫隙中，認定凱利是她悲慘境遇的根源容易多了。她選擇自己想相信的眞相，而非此刻緊貼在胸口的髒兮兮信件，這樣能讓她感覺自己仍跟他很親近，就算她必須爲他從未做過的事心存怨恨也無妨。於是，那年的整個暑假，當她在餐廳用餐巾捲餐具，或者從客人手上拿到很少的小費時，她都是帶著對凱利的怒氣撐過一切，再怎麼說，這樣都好過跟凱利變得形同陌路。

等莉莉搬到紐約後，她覺得自己不用再假裝這是事實了。凱利就是毀掉她高四生活的傢伙，就像她被迫改名爲雅阿—莉依—克斯一樣，兩者都是悲劇。

28

若要說艾美拉此後不再做保母工作，也不是非常精準的描述。她先去了綠黨辦公室擔任櫃台接待人員，但總共只做了五星期，因爲在一場募款活動中，艾美拉爲一個大型玻璃桶添加咖啡時，看到一個小男孩想將手裡捧著的金魚放在一個隨時會翻倒的紙盤上，「嘿，」艾美拉對他說：「我們把魚放進杯子裡如何？」這孩子的母親是美國人口普查局的地方支部長，這名身高將近一百八十五公分的女子名叫寶拉．克里斯蒂，而當時她就在遠處看見了這一幕，並雇用了艾美拉擔任自己的行政助理。於是，艾美拉二十六歲那年的時光，幾乎都是在會議室及黑色休旅車上度過。

艾美拉負責幫寶拉安排各種會面、訂購午餐，並在她參與研討會及演講時站在後台待命。不過，當寶拉或其他中年人私下哭泣或激動咒罵時，她也會輕拍他們的背（她會遞上面紙，安慰他們一切都會沒事的）。儘管她在WNFT新聞上播出的片段間接讓她獲得有史以來時薪最高的工作（十八美金一小時，而且還有免費午餐），艾美拉後來覺得好笑的是，她自以爲在費城地方新聞上的四分鐘訪談是件「驚天動地的大事」，但其實不然。那段訪談在薩拉說出「對啦，就是這樣！」就結束了。除了Youtube頻道上匯集少數「地方新聞訪談出包」的影片外，艾美拉的同齡朋友根本沒人看過那段影片，就連肖妮和尤瑟芙都沒看到。艾美拉再三逼問過了，但薩拉發誓她們眞的沒看過。

二十八歲生日過了三天後，艾美拉的老闆把她叫進辦公室。艾美拉在她對面坐下，翻開筆記本，準備把她的指示或午餐要求寫下來，但寶拉要她把筆記本收起來。

「妳在這裡已經工作超過兩年了，對嗎？」寶拉向她確認。艾美拉點點頭，她於是又說：「妳打算何時離職呢？」

艾美拉眨了三下眼睛，微笑著問：「離職？」。艾美拉非常欣賞寶拉的直率，但此刻她的直截了當卻讓艾美拉又是感激又是害怕，因爲寶拉是個言出必行的人。艾美拉瞇起眼睛問：「我被解雇了嗎？」

「老天，不是，但艾美拉，我沒有一個助理爲我工作超過兩年。基本上來說，如果妳在這裡待超過兩年，那代表我一定做錯什麼事了。」

艾美拉往後靠向椅背，笑著說：「好，嗯……」她望向寶拉的書桌，還有桌上的家族合照。「眞不敢相信我會這麼說……但我其實覺得，現在這樣很好。」

或許根據她那些好姊妹的標準，這樣算不上多好（肖妮訂婚了，尤瑟芙正在卓克索大學教書，薩拉賺的錢夠她租一間兩房公寓，還能替她的妹妹付房租），但艾美拉眞的覺得自己**現在**很好。她參加了薩拉的生日之旅，五天都去了，也實現了每天都要鋪好床鋪的新年願望。她有一個儲蓄帳戶，雖然常動用裡面的錢，但也不至於讓帳戶形同虛設。她新學了兩道可以煮來當晚餐吃的菜色，雖然都是電燉鍋料理，但有改變總比沒有好。艾美拉喜歡寶拉，也喜歡寶拉的孩子，她老闆對誰都很無禮，但對她不會。每天去上班的艾美拉都很滿意，因爲她有在賺錢，過著有保障的生活。

但寶拉似乎對艾美拉的安於現狀感到失望。「如果我是個好老闆，這種連我自己都不想做的工作，實在不該讓妳做得那麼滿意，」她說：「我的職責就是讓妳過得無比悲慘，讓妳不得不再去找一份能爲妳帶來喜悅的工作，然後讓我幫你應徵上那份工作。所以……明年妳的目標就是學習合理地痛恨妳的工作，然後找出一份妳不討厭的新工作，懂嗎？」

艾美拉說：「懂了。」然後回到她的座位。之後一直到寶拉退休前，艾美拉都持續擔任她的助理。

四年後，艾美拉的年薪升到五萬二美金，也才終於追上肖妮第一份工作的年薪。不過，艾美拉總算體驗到難得的放鬆感受，因爲她老闆只在意如何讓助理擁有成功人生，從未試圖跟她交朋友，兩人得以一直維持著既定的僱傭關係。那天走出寶拉的辦公室後，艾美拉回到自己的座位，點開電腦螢幕上的一個視窗，將一張打算放在公寓內的雙人沙發「加入購物車」並「結帳」，之後她和薩拉在這張沙發上窩了整個週末，兩人一邊爲腳趾擦指甲油，一邊看完了整整兩季的《超級名模生死鬥》。

就在她受訪的新聞片段播出後，艾美拉有整整六天沒收到凱利的消息。她告訴自己，兩人之間的差異本來就太大，相處時老在喝酒也不對勁，反正她也搞不懂，自己爲何一開始會想跟一個住在魚鎮的白人約會？嚴格來說，凱利是這場鬧劇中的贏家，畢竟艾美拉再次用了凱利那段分手台詞當眾報復錢伯連太太。儘管她不是逐字照搬，但若他決定打電話找她，這件事很適合用來當作開場白。但等他在一週後眞的聯絡她時，內容卻是笨拙又陳腐的鼓勵文字，艾美拉看了一點也不開心。

艾美拉，天哪我的媽，我剛剛看到妳受訪的新聞片段。

我知道現在情況有點尷尬，但我實在以妳爲榮。我一直都知道妳做得到。

當時的她前所未有的缺錢，也還沒從失去布萊兒．錢伯連的傷痛中恢復過來，但無論如何，這種拍馬屁的話語立刻讓她對這段關係判了死刑：既然知道了凱利對錢伯連太太的看法無誤，她和凱利的關係再也不可能回到從前。兩人要是再次復合，彷彿代表往後關係中的大小事都一定是他對，但事實上，他需要改進的還很多。艾美拉沒再傳訊息給他，他的號碼在她手機中仍顯示「不要接」。

艾美拉後來的確有再見到凱利，但凱利沒看見她。在某個夏天的週六早晨，當時艾美拉已經二十八歲了，她和肖妮去了克萊德公園的農夫市集。肖妮看到一台裝滿幼貓的卡車後，兩人就走散了，艾美拉在擺滿農產品的攤位間閒晃，一邊嗅聞著各種氣味，一邊尋找朋友的身影。有那麼一瞬間，她以為看到了肖妮的背影，但很快意識到對方不可能是肖妮，因為這人正牽著凱利・柯普蘭的手。就在一張擺滿大豆蠟燭和瓶裝蜂蜜的桌子旁，凱利跟一名淺膚色的黑人女性站在一起，那名女性的深色頭髮才剛燙捲。她轉過身來，艾美拉把她從頭到腳打量了一遍：她穿著羅馬涼鞋，鼻孔間有一枚小小的金色鼻環，手臂上掛的籃子裝滿根莖蔬菜和各式精油。

「寶貝，等我兩秒鐘，」她輕拍凱利的手臂。「我要去看看能不能申請下週末來這裡賣我做的乳木果油乳霜，你能幫我拿一下這個嗎？」

艾美拉望著她把一杯果昔交給凱利。他接下果昔，拉開微笑，「好的，大小姐。」

若是有所謂的平行時空，艾美拉會傳訊息給錢伯連太太，讓她知道自己巧遇上凱利。她會在訊息中說：「妳不會相信我看到誰，」然後錢伯連太太會回訊：「快跟我說。」因為儘管凱利對錢伯連太太的看法沒錯，雅莉克斯對凱利的判斷也是對的。要是事情不是那樣發展，艾美拉也會把新沙發的照片傳給錢伯連太太，錢伯連太太看了一定會很開心。有時艾美拉會想，如果她能學會正確地講出錢伯連太太的名字，說不定就能更冷靜地面對一切，但木已成舟，而且錢伯連太太跟艾美拉一樣，除了能有每週多兩次叫外賣壽司來吃的預算之外，她也是個必須為自己的選擇負責的成年人了。在總統大選投票結果揭曉當晚，艾美拉想起錢伯連太太好幾次，她希望她的心不只有辦法承擔失敗，還有容納她大女兒的空間。

也是同一年，在撞見凱利的四個月後，因為準備參加肖妮的第一場婚禮，艾美拉走在去拿伴娘禮服的路上。三天後就是萬聖節了，但當時是週末，街上的孩子們已經穿戴上各式戲服和面具，手裡拎著枕頭套或小桶子。里滕豪斯廣場上有一場狂歡派對，人行道兩側的磚造邊台上有許多由小朋友親手裝飾的小南瓜，這些南瓜都被塗了亮粉顏料、黏上各色羽毛，此刻正等待陽光烘乾。在一百二十公分高的邊台尾端，五歲的布萊兒穿成漢堡的樣子，她踮腳又往上努力伸長手，希望拿到那顆澆上綠色顏料的南瓜。

艾美拉小聲說了「幹」，但還是逼自己繼續往前走。

「媽媽？媽媽，可以幫忙拿我的南瓜嗎？」

「等一下唷，布布，」錢伯連太太說。人行道的另一頭，艾美拉看到錢伯連太太穿戴昂貴無邊軟帽、卡其色風衣，還有後方綴有流蘇的靴子，她正蹲在兩歲的凱瑟琳前面。

「拉鍊卡住了是不是？」她說。凱瑟琳打了個呵欠，舔了舔奶嘴。

艾美拉看著布萊兒把踮起來的腳板重新貼回地面，站好之後又四下張望。在她身後，兩位黑人保母推著嬰兒推車經過，推車裡有睡著的寶寶。艾美拉望著布萊兒直直走向其中一位保母，伸手輕拍比較靠近她的那位女人的大腿。「不好意思，好心的女士？」她問：「請問能不能幫我拿南瓜呢？」

那位保母顯然覺得很好玩，看來大概是很多年沒人叫她「好心的女士」了。她說：「當然可以，哪個南瓜是妳的？」艾美拉好希望自己剛剛走快一點，這樣她就可能是那位「好心的女士」了，也就能在錢伯連太太不在場時跟布萊兒說話了，哪怕只有這一次都好。然後她覺得自己的心碎得更厲害了，簡直散落在肚子的各個角落，因爲她聽見布萊兒指著那顆亮綠色南瓜，用艾美拉熟悉的發音說：「就是J個。」

艾美拉屏住呼吸，低下頭，繞過那兩位保母、布萊兒、錢伯連太太還有凱瑟琳。她聽見布萊兒向那名女子道謝，錢伯連太太則笑著爲女兒致歉。

即便已經三十好幾，艾美拉仍始終不知該如何看待在錢伯連家度過的那段時光。有時她會安心地想，布萊兒終究會長成一個有自信的人吧，但又有些時候，艾美拉心中會有揮之不去的恐懼，就怕萬一布萊兒始終找不到自我，會不會也僱一個人來代勞？

致謝

一直以來，我的家人Ron、Jayne以及Sirandon Reid都支持、鼓勵著我。從系列童書《雞皮疙瘩》一路到研究所，感謝你們始終讓我保有閱讀習慣，也願意讓我鎖上房門，保有那個屬於自己的世界。

這本小說的面世必須歸功於我那位孜孜不倦的經紀人Claudia Ballard，她擁有雷射般的銳利眼光，以及將作品雕琢成形的功力。Claudia，能和妳一起見證這部作品的完成，完全是我的榮幸，對於能夠參與妳的團隊，我沒有一天不是心存感激。眞的很高興一開始遇到的經紀人就是妳。

我的編輯Sally Kim總是爲我打氣，她用各種方法告訴我「妳是最棒的！」「妳一直都做得很好！」，就算是陳腔濫調，我也確實深受鼓勵。Sally，這本書中的每行字都受惠於妳，妳總能輕易讓我放下防備，回覆電子郵件的速度也總能讓我安心。

WME經紀公司和G. P. Putnam's Sons出版社的人實在太美好了，面對我寫出的角色及情節，他們毫不爲難地展現出熱情及興趣，還每天關照我的狀況。這個團隊簡直無與倫比，我想對他們獻上最誠摯的謝意：Alexis Welby、Ashley McClay、Emily Mlynek、Brennin Cummings、Jordan Aaronson，還有Nishtha Patel。Elena Hershey和Ashley Hewlett，請永遠不要離開我。Anthony Ramondo和Christopher Lin謝謝你們把這本書的包裝得這麼美。感謝Sylvie Rabineau如此擁護這本書，每當有機會爲這本書辯護時，態度也總是如此理直氣壯。再來是Gaby Mongelli和Jessie Chasan-Taber，跟你們一起工作的經驗有夠愉快，我認爲你們兩人棒透了。

這本小說的前幾章是在阿肯色斯州的費耶特維爾城慢慢寫出來的，精確的地點就在教堂街與中央街交會的亞爾薩加咖啡店，實在沒有比這間店更陽光燦爛、更安靜，又更不會嫌棄客人的寫作場所了。我在愛荷華作家工作坊完成了這本書，並在此得到一位作家能擁有的頂尖餽贈：足以收穫各種靈感的空間與時光。感謝楚門·卡波提基金會給了我支持，讓我得以安穩地度過雪花漫天的日子，並終於能一頁頁寫出了這部作品。另外也謝謝兩位了不起的教授，他們是Paul Harding和Jess Walter，在我陷入偏執時，他們帶領我找出其中值得書寫的眞相。我常能在腦中聽見你們提點的聲音，並因此深感安慰，即便在離開寫作工作坊後也一樣。

瑞秋·雪曼（Rachel Sherman）的傑出作品《不安的街道：富裕的焦慮》（*Uneasy Street: Anxieties of Affluence*）給了我不少靈感，而且不只是對我的寫作有幫助，對我的人生也大有啓發。感謝妳捕捉到了人性經驗中的複雜狀態，也感謝妳懷抱著因自身研究衍生的同理心，致力探討美國資本社會中令人不安的面向。我實在很高興妳的名字能出現在我的小說開場跟致謝裡。

寫作的人總得不停找兼職工作，而我眞的很幸運，遇過的幾個老闆都很清楚我是爲了應付寫作生涯的開銷才去工作，我的同事也讓我在工作時過得很愉快。大大感謝 Ingrid Fetell Lee、Ty Tashiro、Sarah Cisneros、Meg Brossman，還有在紐約設計公司 IDEO 的好多人。謝謝 Lindsey Peers，謝謝妳是這麼好的一個老闆，那是我做過最棒的一份工作。妳創造出一個讓我學習解決問題的空間，那是我從未有過的體驗，此外，在妳的生日上，妳把我當成孩子一樣對待，那份快樂讓我永遠對妳心懷感激。我還要好好感謝所有信任我、願意把孩子交給我的母親，特別是 Lauren Flink、Jean Newcomb、Kalpana David、Mary Minard、Karen Bergreen，還有 Ali Curtis。

Sue 和 Chuck Rosengerg 始終是非常熱情的讀者，他們很會寫電子郵件，也總是以圓融的態度面對一切。

Ted Thompson 對於小說前五十頁的點評既精準又眞摯，更重要的是，這些友善的建議給了我足以重新開始的勇氣。

Deb West 和 Jan Zenisek 幫助我的生活不至於脫軌，他們也總是把握機會找我一起歡慶那些生活中偉大的微小時刻。

我在愛荷華寫作工作坊的目標，就是找到能在畢業後仍願意閱讀我作品的讀者，而其中一位就是Melissa Mogollon，她花了大把時間待在我家客廳，一點一滴幫我搞定小說的背景故事，而我則以諾多餐廳的三明治作爲報償。Isabel Henderson則是一行行仔細讀完我的小說，還下載了音樂錄影帶頻道，好讓我們擁有忘記寫作的喘息空間。Claire Lombardo不只常讓我在她家廚房一待就是好幾小時（「我這個派對主人當得不夠好嗎？妳還需要再喝蘇打水嗎？」），還用追蹤修訂功能給了我詳細的修改建議，我只要情緒低落都會回頭重讀這些建議。眞的很感謝她們給予我的回饋及友情。你們的饋贈甚至遠遠超過我原本的預期（Claire，我再過五分鐘就傳訊息給妳）。

這本小說之所以能夠完成，除了仰賴許多好友的支持及幽默感，也得感謝他們的慈悲心：所有人都很有默契地假裝遺忘我在這本作品之前經歷的艱困時光。我眞的很感謝這些人的友情，他們在我失去信心時仍相信著我。眞心感謝Mary Walters、Njoki Gitahi、Caleb Way、Karin Soukup、Loren Blackman、Darryl Gerlak、Holly Jones，還有Alycia Davis。

Hillman Grad Network及Sight Unseen Pictures的製片團隊每天都給予我新的挑戰與刺激。非常感謝莉娜・韋斯，她不只是一名心地溫暖的老師，也是一名機敏的作家，更厲害的是，她還能在幫助他人尋求發展機會的同時，自己也展現出獨特非凡的才華。感謝

Rachel Jacobs，她有看待故事的宏觀視野，個性大方又極有耐性，而且總在沒必要時回覆我的訊息和電子郵件。感謝 Rishi Rajani 對細節的關注，他致力於保存小說的原創精神，也是我見過最眞摯使用驚嘆號的一個人。

Christina DiGiacomo 讀過所有我寫的作品，當我獲得正職工作時，也是她跟我一起開心地跳上跳下。我眞的很高興我們在二〇〇一年決定成爲摯友。

最後是 Nathan Rosenberg。Nathan，能和你成爲一家人，絕對是我的榮幸。或許我人生中做過最棒的決定，就是按下「傳送鍵」，寄出寫給你的那封信。

Eurasian Publishing Group
圓神出版事業機構
用心與你對話・網野無限寬廣
寂寞出版社
Solo Press

www.booklife.com.tw　　reader@mail.eurasian.com.tw

Cool 039

什麼荒謬年代

作　　者／凱俐・瑞德（Kiley Reid）
譯　　者／葉佳怡
發 行 人／簡志忠
出 版 者／寂寞出版社有限公司
地　　址／臺北市南京東路四段50號6樓之1
電　　話／（02）2579-6600・2579-8800・2570-3939
傳　　真／（02）2579-0338・2577-3220・2570-3636
總 編 輯／陳秋月
資深主編／李宛蓁
責任編輯／朱玉立
校　　對／李宛蓁・朱玉立
美術編輯／李家宜
行銷企畫／陳禹伶・鄭曉薇
印務統籌／劉鳳剛・高榮祥
監　　印／高榮祥
排　　版／陳采淇
經 銷 商／叩應股份有限公司
郵撥帳號／ 18707239
法律顧問／圓神出版事業機構法律顧問　蕭雄淋律師
印　　刷／祥峰印刷廠
2021 年 5 月 初版

Such a Fun Age by Kiley Reid
Copyright © 2019 by Kiley Reid
Complex Chinese edition copyright © 2021 by Solo Press,
an imprint of Eurasian Publishing Group
Published in agreement with William Morris Endeavor Entertainment, LLC.,
through Andrew Nurnberg Associates International Limited.
ALL RIGHTS RESERVED

定價 390 元　　ISBN 978-986-99244-2-9　版權所有・翻印必究

◎本書如有缺頁、破損、裝訂錯誤，請寄回本公司調換　　Printed in Taiwan

也許我們生命中所有的龍都是公主，她們只是等著看我們如何行動，就那麼一次，充滿美和勇氣的行動。也許讓我們害怕的每一件事，其最深層的精髓只是一些需要我們的愛且無助的東西。

——《摯友》

◆ **很喜歡這本書，很想要分享**

圓神書活網線上提供團購優惠，
或洽讀者服務部 02-2579-6600。

◆ **美好生活的提案家，期待為您服務**

圓神書活網 www.Booklife.com.tw
非會員歡迎體驗優惠，會員獨享累計福利！

國家圖書館出版品預行編目資料

什麼荒謬年代／凱俐・瑞德（Kiley Reid）著；葉佳怡 譯.
-- 初版. -- 臺北市：寂寞出版社股份有限公司，2021.05
384 面；14.8×20.8 公分. --（Cool；39）
譯自：Such a Fun Age
ISBN 978-986-99244-2-9（平裝）

874.57　　110004238